繪／紅麟

Gaea

Gaea

特殊傳說 Ⅱ

亙古潛夜篇 03

護玄——著

特殊傳說 II

互古潛夜篇 03

目錄

特殊傳說 II

THE UNIQUE LEGEND

亙古潛夜篇

登場人物介紹

Atlantis 學院

姓名：褚冥漾（漾漾）
年級/班別：高中二年級/C部
性別：男
袍級/種族：無/人類（妖師）
個性：非常普通的男高中生，個性有點怯懦，不太敢與人互動。

姓名：冰炎（學長）
性別：男
袍級/種族：黑袍/燄之谷與冰牙族後裔
個性：脾氣暴躁、眼神銳利。不過是標準刀子口豆腐心的好人～
目前狀況：沉睡中

姓名：米可蕥（喵喵）
年級/班別：高中二年級/C部
性別：女
袍級/種族：藍袍/鳳凰族
個性：個性爽朗、不拘小節，喜歡熱鬧。非常喜歡冰炎學長！

姓名：雪野千冬歲
年級/班別：高中二年級/C部
性別：男
袍級/種族：紅袍/？
個性：有點自傲，知識豐富像座小型圖書館；討厭流氓！兄控!?

登場人物介紹

Atlantis 學院

姓名：西瑞．羅耶伊亞（五色雞頭）
年級/班別：高中二年級/C部
性別：男
袍級/種族：無/獸王族
個性：個性爽朗、自我中心。出身於暗殺家族，打扮像台客。

姓名：萊恩．史凱爾
年級/班別：高中二年級/C部
性別：男
袍級/種族：白袍/人類
個性：個性隨意，存在感低、經常超自然消失在人前，執著於飯糰！

姓名：藥師寺夏碎
性別：男
袍級/種族：紫袍/人類
個性：個性淡泊，不喜過多交談，是個溫柔的好哥哥。
目前狀況：醫療班療養中

姓名：席雷．阿斯利安（阿利）
年級：大學一年級
性別：男
袍級/種族：紫袍/狩人
個性：友善隨和，善於引領他人。

其他

姓名：休狄．辛德森（摔倒王子）
種族身分：奇歐妖精族的王子
性別：男
袍級：黑袍
個性：看重血脈、家族、榮譽，厭惡隨便打交道。

姓名：九瀾．羅耶伊亞（黑色仙人掌）
身分：醫療班，鳳凰族首領左右手
性別：男
袍級：黑袍、藍袍（雙袍級）
個性：科科科科科……

登場人物介紹

其他

姓名：式青（色馬）
性別：男
種族：傳說中的幻獸．獨角獸
特色：能化為獸形或是人形
個性：只要美人希望我怎樣我就怎樣～

姓名：凱里厄卡達
身分：魔使者
性別：男
個性：冷酷無情、毫無情感波動
特別說明：真實身分為「六羅．羅耶伊亞」！

姓名：烏鷲
身分：連結漾漾夢境的神祕小孩
性別：男
個性：似乎非常害怕寂寞
特別說明：夢連結的能力不弱，甚至還……

姓名：褚冥玥
身分：大二生，漾漾的姊姊
性別：女
袍級／種族：紫袍／人類（妖師）
個性：直率強硬，很有個性的冷冽美女。
異性緣爆好！

過去的傳說

歌聲從未間斷過。

他記得從來到這裡之後，不斷不斷聽到來自各方的歌聲。歡欣的、悲傷的、慶喜的或者是各式種族特有的歌。

有幸認識了來自不同世界的人。

有幸在他們生命中留下自己的足跡。

有幸讓自己的時間染上了色彩。

他一直以爲世界只有血紅的顏色，那些住所屋外的綠意總是在任務後染成洗不淨的艷緋。

但在這裡伸出手，就會有來自不同空氣傳遞的顏色，就算閉著眼睛也能感受到各式各樣繽紛色澤。

許多人抱怨學院太過詭異。

許多人都說不小心隨時會被種在這裡。

許多人謠傳老死都會出不去。

但他寧願老死了，也不想出去。

踏出這裡之後，他的人生就要開始揹負許多他不想揹的事情。

從最前線退下來擔任班導的黑袍教育他人生要活得快樂一點，所以第一次見面他就被那個黑袍抓著去砸爛了古蹟抓妖怪，接著被罰錢。

所以他嚐到人生第一次負債的滋味。

那是和以往不同的感覺。

如果時間可以倒轉，他會選擇幫忙砸而不是錯愕呆立在旁邊。

知道冰冷的人才感覺到風多溫暖。

走在黑夜的人才了解陽光的明亮。

曾經垂死的人才嚐得到空氣甘甜。

不曾擁有的人才能分辨擁有美好。

生來空無的人才明白要如何珍惜。

眼淚從他的面頰滑落，那是最後一次感覺到這種寂寞。

之後，他會淡忘掉曾在那所學院裡，將那時候的美好鎖在自己心中，直到風將歌聲吹散之後他知道自己會永遠走出這裡。

再也不會有人遠遠地喊叫對他說——

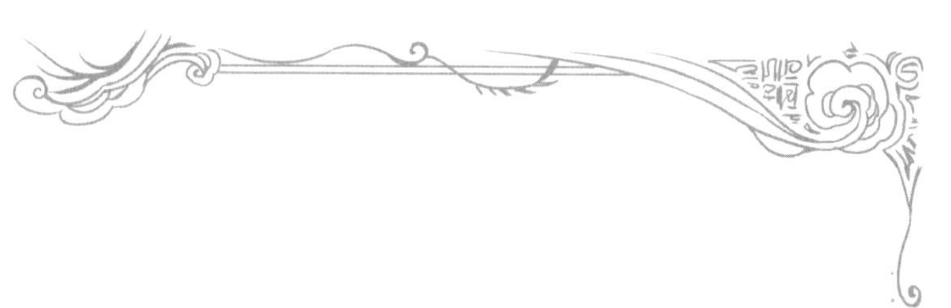

「六羅，來去砸房子！」

因為，他已經不再屬於這個世界。

第一話　集合

有部漫畫是這樣的。

大致上是在說一個變成小孩的名偵探破獲了無數殺人案件，它幾乎陪伴了每個人大半的童年時光。

只是，當年看漫畫的小孩都快變成中年大叔阿姨了，它還沒完結篇。

主角起碼當了十幾年的小學生，還經常受到死亡威脅，可是作者就是死都不讓他變回高中生，這讓我覺得到現在還沒退伍的阿榮搞不好還沒有他慘——至少阿榮還有家裡寄運功散而不是賞他屍體或手指。

會突然想起這件事不是沒有原因的，而是我嚴重懷疑我旁邊的五色雞頭有百分之兩千的可能看過那部漫畫。

「凶手肯定就是他！」

把布希鞋踏上了桌面，無視哈維恩特別明顯的白眼，五色雞頭指著根本沒有人的方向做出了名偵探的怪異姿勢，「讓我們現在殺出去、挖出眞相、宰掉凶手、剝皮拔骨！這樣才不會辜負本大爺我爺爺的名聲！」

……我錯了，他可能混了兩本以上一起看。

但是你爺爺的名聲是建立於把別人剝皮拔骨嗎！

「你們給本王子小聲一點。」摔倒王子的臉色壞得好像隨時可以把五色雞頭抽骨放血。

這是在另一間新房間。

基於傷患要好好休息的前提，黑色仙人掌把我們全都轟出房，我讓魔使者留下來保護阿斯利安後，大家就全都移到這個像是議事廳的地方了。

雖說是移走，不過也就是在原本房間的旁邊不遠處，距離相當近。

打死都不跟來的色馬留在房間對阿斯利安流口水，想要把馬和人都變成標本的黑色仙人掌則是對著馬與活屍在流口水；魔使者則是完全警戒著隨時會撲上傷患的東西，於是那間房間裡維持了某種微妙的食物鏈狀態。

希望回去時這條食物鏈還在。

「我想知道導讀黑夜種族的存在意義。」看著站在一旁的哈維恩，我依照色馬對我的吩咐開口詢問。

「要是他不講就拿妖師身分壓爛他。」在另一個房間的色馬流口水之餘還不忘用天線傳話。

顯然比我們想像中還要善良的夜妖精並沒有刁難我，點點頭之後開始述說：「……世界創立時曾有過幾支隸屬於神祇的後裔，例如時間種族維持著時間之流的運作，像是那邊的奇歐妖精使命為協助妖精王維持秩序法則；而夜妖精則是屬於黑暗種族、妖師一族的讀取者。」挺著胸膛，和任何排擠妖師的種族不同，哈維恩臉上帶著驕傲，「光明無法觸碰的黑夜一族，妖師為平衡、牽制黑色種族的至高存在，而沉默森林夜妖精則是為妖師一族讀取著黑夜軌跡，替妖師一族排除危險與導正前方之路，如果妖師未曾在世界出現過，這個世界早就失去秩序與力量而沉淪，光靠白色與光明之力不可能讓任何種族存活下來。」

其實我曾聽過類似的話，不過從哈維恩嘴裡講出來又是另一種感覺。

他很自傲，以他們過去的任務為榮，並不像其他人講到妖師就臉色突變、或是遮遮掩掩。就算他黑到根本快要變成牆壁上的影子了，但說話時候凜然讓人無法忽視。

「不過你們現在也不是本大爺手下的手下啊～還說得好像你們是保鑣咧，大戰時也不見你們這票黑炭滾出來不是嗎？」還把腳放在桌上的五色雞頭歪著彩色腦袋盯著黑嚕嚕的傢伙。

「根據我們相傳的歷史，距大戰更遠之前的第十七任妖師解除了夜妖精的導讀任務，當時世界種族已視妖師為敵，所以妖師離世，我們無法追蹤刻意隱瞞的行蹤，又該如何出手幫助？」哈維恩抬高了下巴，對五色雞頭的提問相當不屑。

不過這下謎底也解開了，原來那個不知道多久之前的祖先還是有留下貌似伏兵的協助者，我想他當時應該也只是不想讓太多人涉入被世界當敵人的尷尬處境，但是話說回來……

像夜妖精這樣的協助者還有多少？

就我所知，當年學長他的猴子老爸遇到我祖先時，妖師一族身邊已沒有任何人了，後來尼羅他們一族遇到的也是落單的妖師，所以應該在更久之前，輔助的族群都被他們散光了才對。

難道我的祖先們已經預見到會有這種結果嗎？

「除了你們之外還有類似的其他種族協助者嗎？」我邊想著，連忙把疑問順便問一問。

果然，哈維恩點頭了，「有的，但因爲時間久遠已無法確認。」

想想也是，如果不是自己講出來，像夜妖精這樣誰會知道他們與妖師有關係……看來還是不要想太多，畢竟祖先都要讓他們平靜生活了。

「如果您能帶我們晉見現任妖師之首，沉默森林夜妖精也可以重歸妖師之下。」哈維恩看起來一副視死如歸的模樣，好像現在如果我們說「來吧消滅世界」，他一定會帶頭衝出去的那種感覺。

「咳……應該是不用啦，你們還是這樣就好，現任妖師說不喜歡被打擾。」人家然和辛西亞現在兩個人在住所甜蜜得要死，上次冥玥還說然有下毒誓說沒事打擾他們都會被豬踢——雖然看到一堆黑嚕嚕的夜妖精被豬踢應該是世界奇景，但還是不要這樣做比較好，我想然也很滿意現在的生活就是。

「那聯絡方式……」夜妖精還不死心。

「你去問七陵學院好了。」我不想變成一起被踢的對象。

哈維恩顯然對這個回答很不滿，但也沒多說什麼，乖乖閉嘴了。

「話說回來，漾~我們現在不是要殺出去見人就砍，然後抓出那個賴恩渾蛋打到他七孔流血魂飛魄散嗎？」終於把腳拿下來的五色雞頭坐在桌上，環起手對我發出疑問。

並沒有要把人打到七孔流血魂飛魄散啊！太可怕了吧！你跟那些人到底是有什麼深仇大恨啊！

不過被五色雞頭一講，我才想起要回歸正題。「對了，我們現在應該先回去找學長，事情變成這樣我想……」

我消音了。

我想起一件很嚴重的事情。

站在旁邊的摔倒王子露出極度險惡的冷笑，做了「請自便」的手勢。

……我們要回妖魔地的入口現在到處都是霜丘夜妖精。

「這件事情不難，如果你們只想到禁忌區域的話，我帶一支隊伍保護你們過去應該還是足夠。」大致上聽我們提過一些的哈維恩這樣說著：「雖然有設立阻隔結界，但我們有能快速抵達的定點陣法。」

「沒關係嗎？」

哈維恩點點頭。

「嘖，雖然我也很想跟去……」

兩個小時後，我們全體在夜妖精聚落的入口集合。

很遺憾的黑色仙人掌站在旁邊環著手，「不過看似得等你們回來再說。」

幾個夜妖精看見魔使者臉部還會抽筋，雖然已經了解對方暫時不會把他們送回安息之地，不過還是本能地胃扭曲，每個人臉上露骨地表現出「請快點滾吧」的表情。

先行離開的雷拉特只留了一枚聯絡用的水晶給我們。

已整裝好的哈維恩領著約十個、一樣黑到看不出來誰是誰的夜妖精在入口旁邊等我們。

「我們派出的探路者傳回消息，雖然霜丘兄弟遭到打擊，不過果然還聚集在森林外圍，少了魔使者的禁忌區域附近也藏有爲數不少的敵手，請幾位到達後千萬別拖延，只要直接進入就可以了。」哈維恩拿來半張地圖向我們比劃大致範圍。

說眞的那半張密密麻麻到像是螞蟻窩的東西我幾乎看不懂，旁邊的阿斯利安與摔倒王子居然還看得下去。

站在另一邊的魔使者拉低自己的斗篷帽遮去大半張臉，然後轉過身迴避在他旁邊繞來繞去的色馬。

「小美人～讓哥哥再看一眼嘛……」

我舉起腳，從色馬的馬屁股踢下去。

看到那個白白圓圓很有彈性的大屁股出現了腳印會讓人莫名心情愉悅。

轉回過頭，那張別人看起來很清純但我看起來很淫蕩的馬臉用著他那兩顆閃亮亮帶著凶光的大眼瞪著我，「妨礙人家姻緣是會被馬踢的！」

那匹馬就是你嗎！你都已經覺得你是馬而不是獨角獸了嗎！

還有你和魔使者不會有什麼好姻緣的，光他兩個兄弟就會讓你變成馬乾了先生！

「你們準備好了嗎？」捲起地圖交給阿斯利安，哈維恩這樣問著，所有人點頭後他才彈了下手指，地面上立即出現相當大型的陣法，泛著怪異的黑紫色冷光。

在眼前其他夜妖精消失之前，我看見他們不約而同露出鬆了口氣的表情。

接著出現在我們面前的新景色，赫然就是妖魔地入口的那些石柱，不算太遠的距離，剛剛好就在我們當初被攻擊那邊。

「來了！」

瞬間，我的屁股突然被重重一踹，人就飛出陣法範圍，接著成大字形撞在地上，旁邊鏘然一聲，不知哪來的黑刀插進離耳朵五公分旁的土地裡。

站在旁邊的霜丘夜妖精沒機會再把刀切過來了，轟地聲整團火焰直接在他臉上爆開，他發出淒厲的哀號聲後摔到一旁地上不斷打滾，摀住的臉好像還可以聽見某種鐵板燒式的滋滋作響，光看都覺得痛。

我憤怒地轉過頭，果然看見那隻號稱全世界最清純無敵善良代表的獨角獸把頭轉到一邊還吹口哨，表明了剛剛踹我屁股不是他幹的——

你這外表和內容物不符的卑鄙色馬，我詛咒你再被全身長毛的少女包圍一次！

「請盡快進到入口。」瞬間出現在我身邊的哈維恩把我從地上拉起向後一推，他帶來的同伴直接在我們前面站出阻隔線。

出現在我們面前的，是更多武裝完備的炭妖精。因爲森林太黑了，隱約只看到陰影中有不少形體錯落站立，數量多少完全看不出來。

「本大爺等的就是這一刻──」

「快走啦！」我一把抓住想撲出去打妖精的五色雞頭，用力把他拖著往妖魔地入口跑。

喔喔喔喔……我眞感動啊，沒想到我最近拖人的頻率還眞高！要知道我自從進學院後沒有被拖二十次也有十次，終於有那麼幾次機會可以把這些無視移動自由權的傢伙給拖回來了！

我的感動只維持了短短幾秒。

「放開我！本大爺行走江湖……」

五色雞頭的話還沒說完，我們兩個就被非常機車的力道一個衝撞、撞進小石柱裡，用他龐然肥軀把我們撞進去的色馬還故作不小心的可愛姿勢小跳步了兩下，穩穩站在旁邊。

我決定等這次事情結束之後，一定要拿某隻珍獸來練槍。

晚幾步跳進來的阿斯利安吹了口哨，縮小到像貓的飛狼瞬間竄入，接著是摔倒王子。

大概等了約十秒，全部人發現不對了。

魔使者沒有跳進來。

「噢……天啊……」色馬兩眼發直，看著在外頭英姿颯爽戰鬥著的魔使者。

──你在外面打什麼打啊你！

完全不受控制的魔使者顯然在執行他另一個使命──入口處不能有活物。不過幸好他分得出來敵友，在我們等待的那短短十秒他打倒的全都是敵人，很快地，擾亂了霜丘夜妖精的陣腳。

這個我體會過，在整片他們擅長的黑暗中還有與鬼一樣的東西在攻擊他們，重點是他們捕捉不到時的那種恐懼不是言語可以形容。

現在如果魔使者嘴巴噴出雷射光線掃殺敵人我都不驚訝了。

「快叫他回來！」摔倒王子直接一拳頭打在我頭上，語氣不善地命令。

我……XO的，不要以爲你們比我高就可以用這種方式打我頭啊！

「凱里！快點回來！」試圖喊了聲，魔使者像是旋風般的腳步稍微止住，不過也只頓了那一下。

似乎沒有打算放過入侵者的魔使者對我們伸出手，下一秒我們所在的石柱內開始泛出我之前見過的那些微光，地面開始輕微震動起來。

最後消失在我們面前的是魔使者竄入黑暗中，深色的影子裡到處都噴出了血花、而霜丘夜妖精尖叫著往外逃命的離奇畫面。

看來沉默森林會被魔使者嚇瘋不是沒有原因的。

＊

小河、流水、柳樹。

之前見過的外圍景色再度重現我們面前，不同的是這次前面站著蒂絲。

「等待你們很久了，請跟著我來吧。」微微躬身，應該被特別交代過的女性魔使者沒有多餘的話，一轉身就在前方帶路。

抱著縮小飛狼，第一次進入的阿斯利安顯然對妖魔地高度好奇，左右張望了下才跟著蒂絲的腳步走上去，接著就是對我們狠瞪一眼的摔倒王子。

「妖魔未免也住得太清幽了。」剛剛才想謀殺我的色馬蹭了腳蹄，跟在我與五色雞頭旁邊，「眞不像妖魔，妖魔住所應該充滿黑氣啊、尖叫啊眼珠滿地滾啊死人骨頭架高高，那才叫妖魔住的地方，這麼清爽的完全不搭～」

這個槽我之前就吐過了，所以色馬講起來沒多少新意，我打賭等等看到住所他還會大叫「可惡這根本不是妖魔地」之類的話。

「放魔使者在外面沒關係嗎？」走在蒂絲後頭的阿斯利安問出了連我都有的疑惑。

「放心，他不會讓活口離開的。」女性魔使者笑容可掬地回答。

我想阿斯利安肯定不是要問這個問題！

「安啦，老三說老四都快比我家老頭還強了，那種人數算不了啥～」五色雞頭不客氣地搭著我的肩膀，非常有自信地推銷他家兄弟。

按照五色雞頭可以踩過鬼王的狀況來看，我大約明瞭魔使者可能也是那種一根手指可以摺倒一頭猛瑪象的變態了。

關於那個「也」字……咳，那種變態裡肯定還有個學長。

「這裡的空氣很清淨，完全不會影響到像我們這樣的世界種族。」從下來之後與摔倒王子一直戒備著的阿斯利安在踏入小花園時稍稍鬆懈了點，「這是妖魔特意還是……」

「你以爲我們會幫你們這些弱小的東西準備什麼，這當然是我們自己喜歡！」

打斷阿斯利安話語的聲音來自於先前那座小涼亭，五色雞頭和阿斯利安同瞬間全身緊繃起來。

比起他們，反倒是應該與妖魔爲敵的清純獨角獸小跳步著前進，然後在小亭子外看到水妖魔那瞬間打開了嘴巴——流口水……

「大美女……還有露三點……」

應該是差點露不是有露！

「哎啊～好可愛喔——小馬過來～」看著心地骯髒的獨角獸，水妖魔伸出了不知道算不算的友善之手。

眼睛已經開出花朵的色馬居然眞的一頭往水妖魔的胸部……不是，懷裡鑽，臉上還露出了淫蕩的笑容。

……

……不對！等等！那個是妖魔耶！

「漾～你怎麼了？」終於發現我異狀的五色雞頭轉回來，一爪子往我臉上用力掐下去，「你的臉在抽筋耶，要不要本大爺幫你舒鬆一下。」

「不用了！」被你舒鬆下去我還要不要活！

連忙掙脫五色雞頭邪惡的爪子，我瞪著那隻很滋潤很美好的色馬，他連被水妖魔上掐下摸都無所謂，一逕在人家胸部上蹭來蹭去，尾巴還拍在旁邊的火妖魔身上——你是想通吃嗎你！

我可沒聽過聖潔的獨角獸連在室的妖魔都可以接受這種話啊！

妖魔眞的沒關係嗎！

這根本不對了吧！

阿斯利安咳了一聲，可能是看到色馬這麼容易就巴過去判斷出沒有危險性，於是往前走了兩步，非常有禮貌地躬身一禮，「突兀打擾之處……」

「呦，你傷才剛好吧，蒂絲妳把客人丟去房間吧。」已經快把色馬翻過來的水妖魔很歡愉地搓著馬肚。

基本上應該已經在天堂的色馬連四腳朝天都無所謂般隨便她去搓。

原來妳喜歡這種東西嗎？

我突然覺得水妖魔的罩門搞不好是大型布偶什麼的，下次找一隻來實驗看看好了。

「喂！我們可不是跑來讓你們搓馬的！」完全沒有禮貌可言的五色雞頭一掌打在石桌上，還是用獸爪的型態，當場把石桌給打裂成兩半。

完全沒嚇到的水妖魔倒是放開正在蹂躪色馬的手，身體微微向前傾，出乎意料之外並沒有馬上抓狂，而是伸出了兩根手指點在五色雞頭的爪子上，像是小腳一樣往前移動了幾步。「獸王族的小東西，在這地方最好是乖乖地去旁邊蹲著舔你的手指，否則當心我・剁・掉・你・的……」

剁掉什麼我們根本沒聽見，因為水妖魔幾乎是貼在五色雞頭耳邊吐氣，而聽完瞬間五色雞頭整個人往後跳開很遠……超遠的，至少差我們有三十公尺。

「妳、妳個……」整張臉異常漲紅的五色雞頭「個」了半天就是說不出一句他的電視劇台詞。

水妖魔歪著頭朝他吐舌頭，看起來極其欠揍。

「人都齊了，別玩。」從頭到尾都坐在旁邊不發一語的火妖魔終於睜開眼睛開口，然後把橫在他們身上的色馬直接推飛出去。

幸好他有控制力道，倒是沒有眞的摔得四腳朝天的色馬被推飛回來之後穩穩站在我們側邊，「嘖，眞是過河拆橋！」

正想問人都齊是什麼意思時，我們後面突然傳來細微的聲響，轉回過頭就看見留在沉默森林的魔使者往我們這邊走來，一邊走還一邊解下濕濡沉重的斗篷，布料墜地的同時上頭附著的血液也印上了地面。

他就這樣直接走進花園、越過我們身邊，在妖魔們面前低首蹲跪下來。

還眞的把靠近的夜妖精都做掉了是嗎！

接著，從妖魔後方也走出一個人。

仔細一看，居然是學長。

「終於都齊了，這下子可以開飯了嗎？」

水妖魔的一句話，讓所有視線都看向她。

「再看，就把你們的眼睛都挖出來喔～」威脅句後有個讓人毛骨悚然的愛心語氣結尾，讓我們連忙把視線全都轉開，連感受到威嚇的小飛狼都把臉轉向旁邊的花圃。

「蒂絲準備好食物和藥物了，過來吧。」走到小亭子旁邊，學長才開口：「一邊休息一邊說現在的狀況，房間什麼的也都整理好了。」

學長，這不是你家吧，別說得好像你是這裡的主人啊！

「褚，最好給我閉緊你的腦袋。」

等等！你不是說過沒有偷聽嗎！

我連忙按住頭殼瞪大眼睛看他。

「看你的表情也知道你現在正在腦殘。」

此話來自於黑袍的鄙視。

※

蒂絲幫我們準備的餐食異常豐盛。

……豐富到讓我不敢問為什麼會突然有這麼多食材，連九孔那種東西都出現了，不知道是怎麼來的。

難道其實妖魔地裡除了花園還有水生養殖場嗎？

還是不要想太多對心理衛生比較好。

看上去好像很久沒有使用的餐廳是個巨型的空間，似乎可以容納幾百人的那種大小，牆面上全都是雕刻壁畫，連石製桌子都沒有馬虎，幾十張桌子邊緣都有不同的圖案，有的好像是什麼英雄神話有的是妖魔故事。

這讓我想到了北歐神話裡的宴會廳，會有很多英雄在這裡打破啤酒桶的地方，我們幾個人連半桌都坐不滿，看起來有點浪費。

「聽說這是切錯的空間。」坐在我對面的學長面無表情地朝我們解釋：「水妖魔想切個皇家寢室，結果切到皇家最大聚集所。」

看樣子學長在我們離開的時間也沒怎麼安分，連這裡都搞得這麼清楚，說不定還有廁所啥的來歷他也都知道的，無一不漏。

依照學長的性格，我覺得這是極度有可能的事情。

「這好像是四百多年前奇歐妖精使用的花刻印記。」摸著桌緣的雕刻圖案，阿斯利安像是發現有趣事情一樣笑了出來。

看著桌邊的固定圖騰，摔倒王子臉色臭到像被人家用大便打上去、還要是稀的那種。

「如此說來，我記得奇歐妖精的確有記載四百年前遭受突如其來的攻擊，當時對外宣布的是集會所在一夜之間被銷毀得無影無蹤。」阿斯利安露出個原來如此的表情，罕見地心情相當愉悅。

是說，你沒事把人家奇歐妖精的歷史背得滾瓜爛熟要幹什麼？

「原來就是他們幹的！」砰地個巨響，摔倒王子重重拍了他家被幹來的桌子站起身，「可惡！」他直接轉身，氣沖沖地一臉就是想去找妖魔們算帳的表情。

不過魔使者和蒂絲直接擋在他面前，擺明就是不讓他擅自行動。

「這件事情請晚點再處理吧。」阿斯利安輕撫著在旁邊盤子低頭舔肉湯的飛狼，「我想我們應該有比『找根本打不過的妖魔』還重要的事必須先處理。」

摔倒王子用凶惡的表情死死瞪住他。

「宰了夜妖精！」五色雞頭罕見地沒有跟著摔倒王子一起起鬨，第一目標就是殺他哥最可疑的嫌犯，「本大爺一個就綽綽有餘，你們這些妖道角都可免！」

好啦好啦，知道你的實力有到紫袍等級，但在座有兩個是黑袍，怎樣看都不像是妖道角吧！

「驅逐霜丘夜妖精的確是首要的事，雖然他們暫時撤到外圍了，但按照目前的情勢來看，他們只是在整頓所有的力量，有極大可能會將沉默森林打下來。」根本沒有把五色雞頭意見當意見的學長繼續他們的話題。

「因爲夜妖精並未與公會結盟也無發出求援，所以眞正要請公會來處理這件事情也是有些不太方便……」同樣回到正經話題的阿斯利安也很一致地略過某人剛剛的話。

「可以啊。」

學長肯定的話講得太乾脆了，反而讓其他人有幾秒搭不上。

「啊、對了，他們的目標是學弟。」阿斯利安很快理解了學長的意思。

所以簡單說因爲危害到公會，就可以找人來剿了那些夜妖精嗎？

好你個公會！

「不必用到公會。」轉回過頭，臉色起碼降了幾個色階的摔倒王子重重坐回原位，「擋路者死。」

他遷怒了，把桌子的憤怒轉移到夜妖精身上。

「……我們要的是盡量減少傷亡、和平地解決掉這些事情，不是讓夜妖精在一夕之間全毀，希望王子殿下您可以理解這兩者的區別。」阿斯利安否決自行處理的提議。

所以摔倒王子你剛剛是想把霜丘跟沉默森林一起核爆掉嗎？

不，依照摔倒王子剛才的表現，我覺得他應該是想趁這個機會把妖魔一起送向焚化廠，夜妖精只是陪葬……你的眞正目的終於浮現了！

「賴恩是本大爺的！你不准搶！」五色雞頭氣勢洶洶地指著摔倒王子，大有「我沒幹掉的東西你也不准幹掉、否則我就把你幹掉」的意味。

「賤民沒資格跟本王子對話。」頭抬高高的摔倒王子不屑理他。

不然你是在跟鬼說話嗎？

「我想九瀾應該也已經把這邊的狀況都回報了。」無視於旁邊兩人的阿斯利安大致上向學長交代了下沉默森林中的狀況。

一邊聽著他們幾個完全像在不同世界的談話，沒有啥發言權所以正想吃點東西的我赫然發現桌上的菜不知什麼時候已經減少至少七成了。

「……」

所以五色雞頭你從開始到現在……是一邊吵架一邊連盤子吞掉，阿斯利安還有摔倒王子你們也都是用另一張嘴巴在吃東西的是嗎？

看著自己桌上完全沒動過的乾淨碗筷，我無言了。

你們到底有幾張嘴巴啊！

「沒想到妖師的食量比我們想像的稍微大一些。」

全部人吃飽、各做各的事跑開之後，我去找蒂絲要麵包她就送了我這句讓我想翻桌的話。

基本上我只有喝到一杯紅茶啊！

摸著正在咕嚕嚕叫的肚子，那杯紅茶反而讓我有點胃痛，果然空腹不應該先喝茶。

「不過男孩子正在發育，應該算是正常吧？」領著我走向餐廳後方的廚房，她一邊在爐子上弄些新的食物出來一邊這樣說著。

其實一點都不正常。

外面那些人起碼吃掉十人份的東西哪裡正常啊妳告訴我！

很快地，蒂絲幫我弄了一份新的食物，香噴噴的焗烤肉醬千層麵和麵包、濃湯，讓我坐在旁邊的桌子吃，她自己也盛了湯一起喝。

「凱里不用吃東西嗎？」指著從頭到尾都站在門邊的魔使者，我有點好奇。

蒂絲搖搖頭，「他已經算是屍體了，使他像是有生命行動的動力都是來自於妖魔大人們的力量結晶，所以不須像我一樣經常性補充食物。」

「原來如此。」所以是偶爾吃嘛？

偷瞄了下魔使者，我的確從未看過他吃東西的樣子。

「你……」

我聽見蒂絲的聲音。

對，我的確聽見了，不過那是從很遠很遠傳來的聲音。

原本握著叉子正想要大快朵頤一番，但我眼前的食物突然慢慢模糊起來，手上的叉子也像空氣一樣突然散開。

我整個人晃了兩晃。

下一秒，原本泛著食物香氣的空氣出現青草的味道，應該是廚房的地方轉爲另一種深沉的顏色，然後，稍微光亮了起來。

蠟燭的火焰在微暗的空間中搖晃著。

空間被強制替換了。

我看見微光映亮另外一張臉。

「羽裡……？」

等等，我倒退了兩步左右張望，這裡的確是烏鷲的小屋沒錯，爲什麼羽裡會在這個地方？

「等等，他快回來了。」

抬起一隻手止住我想要喊烏鷲的動作，羽裡微微偏著頭，像是在側聽什麼。

「是你把我弄進來的？」我才吃飯吃到一半耶老大，該不會醒來之後會像喜劇一樣抬起頭滿臉醬汁吧！

「不是，應該是他無意識的動作，我的力量並沒有強大到可以將人隨時拉入夢境裡，尋常的夢使者只能在人的精神比較衰弱時將他引導進來。」瞄了我一眼，然後逕自走向門口的羽裡微微做了個深呼吸的動作，「到了。」

話說完，我連問個什麼東西都來不及，奇怪的氣流突然從門口竄進，室內比較輕的東西全都被風捲落，還有大量的深色青草跟著狂飛。

風過後，一頭青草組成、不知是狼還是什麼的綠色動物衝入，體積塞滿整間小屋，綠色頭轉向我們的同時整隻爆開，裡面出現圓形的風壓氣流，上面纏滿綠色與黑色的光線。

沒有對我解釋什麼，羽裡毫無猶豫地將手插進那團正把青草捲回去的暴風中，瞬間他臉色出現了明顯的痛苦神色，不過因爲他沒有叫我，我也不敢隨便插手，如果害到他就不好了……

「你是不會過來幫忙喔！」

我一秒衝過去幫他拉。

要幫忙也要先講啊！

把手插進去那瞬間眞的非常痛，像有許多刀從肉上劃過去，在我尖叫的同時我也抓到一個東西，小小的，不知是手還是腳，有著極大的拉力將我們往裡拖去。

「快點，不然我們都會被捲進去。」可能也抓到一樣東西的羽裡卯起來往後退，但沒什麼成效。

我的狀況和他差不多，兩隻手都痛到沒感覺了，隱約知道有抓住東西，不過怎樣都扯不出來，反而一直被拉過去。

那團風球近在眼前，幾乎快颳到我們的眼珠子。

就在這種迫切危急之際，我聽見淡淡像是歌謠一樣的句子，第三雙手越過我和羽裡的肩膀穿進風球裡。

壓力瞬間消失大半。

歌頌時間潮汐，

一是孩子取起鮮血成爲河谷聚成大海，

二是孩子舉起骨頭成爲樹木穩固生命，

三是孩子組起皮肉織成大地承載萬物，

其餘成爲繁星點點賜予眾生……哀傷的歌曲沒有回應，空間與時間依然流逝著……

這世界是由生命構成，母親還在尋找些什麼？

千萬的歌謠回應您，但是答案並非止息。

渾濁的風球逐漸變得透明，慢慢地捲入的青草掉了下來，像是蛋殼般不斷剝離。

我的手不再那麼痛了，接著我看見風球裡飄浮著烏鷲，沒有反應、看起來像失去意識。我伸進去的手抓住他的一隻腳，羽裡則抓住他的手臂，他就這樣被我們慢慢拉出來。

幾秒後，爆裂的風球完全消散，只剩下滿屋子的青草與混亂。

烏鷲一脫出暴風，我立刻放開手轉回過頭看向那陌生的第三人，接著，我錯愕了。

我看見的是魔使者的臉。

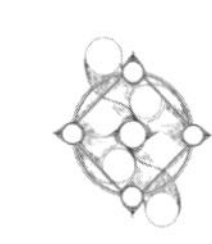

第二話　死亡者

說眞的，其實我並沒有那麼笨。

當初看見魔使者使用的法陣和烏鷲幾乎是同樣的塗鴉類型時，我多少肯定了烏鷲應該就是六羅的靈魂，有可能是死亡的衝擊讓他改變樣子，因爲小說漫畫梗都是這樣子，八九不離十。

一直想著，如果烏鷲再來找我的話，我肯定要問問看這件事情。

畢竟在異世界聽得懂芭樂劇的人並不是那麼多。

我有九成的把握他應該是。

但當我回過頭看見魔使者就站在我們身後時，我整個人錯愕了。

和仙人掌不同，這個人散發很溫柔的氣質，有點像是伊多他們那種感覺，但又更清澈一些。

那種、光站在這邊就讓人覺得很舒服的感覺。

漂亮的臉上帶著溫和的淡淡笑意，與黑色仙人掌的奸笑完全不同。

「和時間之流正面接觸也太危險了，就算只是一小滴水流也會割除你們的現世時間，千萬別再這樣做。」

他伸出手輕輕拍了拍我和羽裡的頭，那瞬間手上的痛楚全都不見了，淡色的光從我們手上消失，像是治癒類的術法。

「……六羅？」我愣愣看著那張與黑色仙人掌像得過分、有些透明的臉孔。

如果他是六羅，那麼烏鷲到底是哪裡來的？

對著我微笑了下，沒有承認但也沒有否認的人表情似乎有些哀傷，他淡淡地說著：「我似乎並不認識你啊……？」

「我的導師是個光頭！還會跟班長打賭，現在賭到快要脫褲子跑路了！」失禮了班導！但是我眞的想不出來有什麼特別的東西可以形容你啊！

果然，那人愣了下，露出了稍微思考的表情，「嗯……還沒賭完嗎？」

「爲什麼你不回去？九瀾大哥他們在找你喔！」我往前伸手一抓，結果見鬼的什麼也沒抓到，直接從他手腕透過去了。

「等等，他是意念體。」發現不對勁的羽裡抱著烏鷲走過來，「你的靈魂很分散，爲什麼？」

他看著我們，笑著搖搖頭，「告訴三哥和西瑞不要再查下去了，現在這樣很好……」

「起碼講一下凶手吧，不然西瑞會看到黑色東西就砍啊！」這是非常有可能發生的事情。

「我們這一族本來就是許多凶手……何必再去查別的凶手……」淡色的眼睛裡有點難過，不過他並沒有多講些什麼。

「你這樣下去會消散的，如果不做點什麼穩定靈魂的話。」羽裡連忙放下烏鷲，在地上展出一個金色的陣法。

「沒關係，我清楚狀況。」伸出手，金色陣法在他的手下消失，取而代之的是淡藍色的光陣，那個我見過的塗鴉型法陣，然後從那些圖騰中飄出了一根同顏色的羽毛，「收下吧，觸碰時間之水的傷害不容易清除。」

羽裡伸出手，那根羽毛落在他的手上。

然後，青年轉過頭來看著我，「新的學弟嗎……？」

「六羅學長！」

他在我們面前消失了，閉上眼睛後就像剛才突然出現般瞬間消散不見，根本來不及說更多的話。

那些話我不太明白，爲什麼不要找凶手？

「已經不在這裡了。」羽裡彎下身，在滿是青草碎屑的地上拾起一條截斷的短線，「他只是意念體，就是靈魂的一部分，可能是跟著剛剛那東西來的。」

「那是啥東西？」羽裡一講到我才想起來，轉身回去看看烏鷲的狀況，他躺在小床上，似乎沒受到什麼傷害，或許有，可能也被治好了。

「……時間河流的水滴。」

「啥！」水滴？

那個叫作水滴？

那根本就是風炸彈的東西居然只是水滴而已是嗎！

「因爲違反了時間與空間法則，所以水滴引起了狂暴漩渦要排除掉異物。」給了我模糊答案的羽裡把那根毛折成三段，一段放在我手上，觸碰到手的那秒羽毛直接消失在我手中，身體突然也變得輕鬆許多。「你們去把身體要回來那時候，照理說是不能用這種方式通過夢連結的，這違反空間存在，所以他被時間河流捲入，幸好在被銷毀前把人弄回來了，浪費我的力量和精神。」說著，他把另一截毛拍在烏鷲頭上。

「這樣做很嚴重嗎？」看著氣色逐漸恢復的烏鷲，說眞的我還是有點擔心，畢竟他是因爲要幫我們才這樣做的。

「可能是因爲在妖魔空間的關係，所以沒有引起時間種族的注意，如果他再待久一點，除了會被時間河流的力量銷毀，還會被注意到的時間種族抹殺。」看著我，羽裡解釋道：「我們剛剛都有碰到時間的水滴，會留下氣味，如果時間種族注意到的話就糟糕了，而那根羽毛的力量可以消除我們的蹤跡，和反彈力量的侵蝕。」

「有點難懂……不過我應該知道你在講什麼。」抓抓臉，反正就是會引起重柳那種人的注意就是了吧？

是說反正我也已經是他想殺的對象了，多一條擾亂時間河流好像也糟糕不到哪裡去，反正都是要被宰掉嘛……

應該不會分輕鬆宰跟重重宰吧？

在我們同時停止說話時，打哈欠的聲音從另端傳來。

引起水滴發瘋的事主一臉好像剛睡醒的模樣從床上慢慢爬起，悠哉的動作讓我相當想巴他。

「唔？」看到我們的同時他眨眨眼睛，似乎以爲自己在作夢……不對！這裡就是夢啊！

「清醒了沒？」看著小孩，我蹲下身與他保持視線平行。

兩秒後，烏鷲點點頭，加上飛撲，「來找我玩了嗎～～～」

「玩你的頭！給我乖乖站好！」羽裡一秒把他拉開，說教意味濃厚，「你怎麼可以在夢連結裡做這種事情！」

「爲什麼不行？」烏鷲歪著頭，用滿臉問號回答他：「因爲烏鷲很強，所以我可以這樣做。」

「這跟能力強不強沒有關係，這是違反世界規則……」

「我不知道規則什麼啊！」打斷了羽裡氣急敗壞的聲音，完全不覺得自己哪邊不對的烏鷲一把撲在我身上，轉頭回去瞪著羽裡：「爲什麼要遵從你們的規則啊！我不懂啊，我做得到的事情爲什麼不能做！」

「因爲你會破壞世界法則。」

羽裡突然變得毫無表情，連我聽著都感覺冰冷的聲音從他嘴裡傳來：「不管是什麼生命，只要你使用著這個世界都必須遵從法則，就算是一滴水滴都會引起風暴與漩渦，如果一個生存體任意妄為，影響到的比你所能想像的還廣。因為你的動作，你差點害死我們，還要害時間種族修補被破壞的空間，重新填補時間支流消耗的是時間種族的生命，如果時間種族因此折損，被他們壓制的黑色力量也會趁隙而出……還有更多種影響，就因為你覺得你可以做而產生。」

我愣了下，沒想到羽裡居然會講出這麼嚴厲的話。

烏鷲可能也被他嚇到，緊緊抓住我，瞠大了圓圓的眼睛看著眼前的夢使者。

「率性是建立在懂事之上，任性是建立在傷害之上……我承認你有相當大的力量、甚至高過我認識的任何夢使者，但你還想要任性多久？」看著眼前小小的男孩，羽裡沉重地說著。

烏鷲縮了縮肩膀，然後轉過頭茫然地看著我。

我當然不可能給他什麼答案，羽裡的話雖然很重，但我想他並沒有說錯。

他的話讓我想起來不知道誰曾經說過，能力越大的人必須越明瞭自己、負起責任。

烏鷲抿著嘴，慢慢從我身上拔出來，然後僵硬著身體轉向羽裡，小心翼翼地低下頭，

「……對不起……以後不會了……」

羽裡嘆了口氣。

「你以後乖乖跟羽裡學一些夢連結的事情吧。」我摸摸烏鷲的頭。

下秒，烏鷲轉回來，一臉高興地應了好：「可是你什麼時候再來玩？」

說到玩，我立即抓著烏鷲的手，「改天，我問你，你對六羅有什麼印象？」

「六羅？不懂？是什麼東西？」烏鷲疑惑地看我。

「……算了，那你的法陣為什麼會畫那樣子？」看他還是很疑問，我解釋地說：「就是像畫圖……」

「因為用力量時，就會想到那些圖案啊。」給了我一個相當奇怪的答案，烏鷲很高興地回答我：「圖案有力量，烏鷲可以用，畫出來會有很多好玩的事情。」

圖案有力量？

一般來說，法陣雖然有力量，但大多是我們附加上去的。

上課時安因和夏碎學長都這樣教過我，把力量附在文字圖騰上，然後以此為媒介引導出術法，雖然文字與圖案本身存在力量，但不到強大的地步，太強大的幾乎都是他人按上去而形成。

更強悍的使用者則是直接讓自己的意念形成法陣，像妖師的「心成」則是算比較特例的一種。

扯遠了……

反正烏鷲講的讓我覺得相當奇怪就是了。

與其說他在發揮自己的力量，還不如說他講的比較像是……

我愣了下，關鍵字我沒想到。

四周突然破碎了。

※

清醒時，我看到旁邊都是濺出來的醬汁。

……我果然拿臉去砸食物了。

以後要嚴禁他們這票人在吃飯喝茶上廁所時把我拖進夢裡去。

「漾～你都用鼻子吃東西嗎？」五色雞頭可惡的聲音從我的腦後方傳來。

你才用鼻孔吃東西！

忿忿地從盤子裡把頭拔出來，我突然發現我沒有這樣悶死真的是我阿嬤在橋的那邊有保佑，但是臉好痛啊……！

「可能有點燙傷，我幫你準備了藥水。」不知什麼時候把水盆和毛巾準備好的蒂絲一臉擔心地站在我旁邊，「你暈了很久。」

那就應該要先把我的頭拔出來啊！

正常人暈倒之後一臉砸在剛出爐的焗烤上都應該要先幫他移開吧！妳居然讓我燙到麵都涼了……我真的有一天會死在自己人手上。

接過蒂絲的毛巾擦臉，下意識看了下時間，我到羽裡那邊去起碼有一個多小時了。

「漾～你居然自己躲來這邊吃好料的喔，居然敢不叫本大爺！」五色雞頭一屁股在旁邊坐下，然後搭在我肩膀上。

明明剛剛餐廳裡有八成的東西都是被你吃掉的吧！你居然還想來吃飯後點心嗎！也太會吃！

不過話說回來，五色雞頭在野外時也沒那麼會吃，有時候耐餓度還比我高，難道他都是先吃起來堆積脂肪嗎？

那搞不好我應該改叫他五色駱駝了。

「我剛剛好像看到……」頓了下，我突然覺得最好不要這麼快說出來。

夢裡那個人似乎有什麼難以啓齒的理由，而且又叫五色雞頭他們不要追究……我不懂，如果他眞是被賴恩殺掉的，那有什麼更重要的事讓他不能說出來？

看著依舊站在那邊的魔使者，我滿頭問號。

「漾~你又在想什麼好玩的事情嗎？」坐在旁邊的五色雞頭懶洋洋地看著我，語氣中有點危險，似乎注意到我的不對勁。

「呃、沒事啊。是說爲啥你會又跑回來，其他人呢？」把已經不能吃的東西連盤子撥到旁邊，我拿了藥水擦臉，一下子臉就不痛了，跟醫療班的藥一樣好用。

「喔，去商量啥事情的樣子，本大爺就到處逛，逛到這裡來了。」

我應該慶幸還好五色雞頭沒有像我那麼愚蠢被房間走廊陰，他絕對不會像我只會大叫，而是踹房門跟裡面不知名的東西先對幹下去再說。

「這是什麼東西？」五色雞頭歪著頭，從我手肘下拉出一段線，帶著淡淡銀色光芒的藍色短線……

這不是夢裡面那個嗎！

爲什麼會跟著我回來了！

烏鷲——！你又在搞什麼鬼啊你！

「請借我看看。」蒂絲一秒湊了過來，對那段短線表現出極大好奇心。

五色雞頭才剛縮起手要講些沒營養的東西時，那段線突然更亮了，而且自己從五色雞頭的手裡飛出來，直接飄浮到有點距離的魔使者面前。

毫無表情的魔使者顯然也被發光線吸引，整個人直直地盯著那段線。

就在整個廚房一陣沉默之際，那段線突然發出幾個奇怪的聲音，然後在魔使者臉前炸開。

瞬間，反應非常快的魔使者已經抽刀砍下去，但什麼也沒有砍到，爆開散成小小光的線散落在他身上、手上，然後完全消失不見。

看著消失在手上的微光，魔使者突然鬆開手，黑刀就這樣掉到地面，發出刺耳的碰撞聲響。

最後，他直接面朝下地倒在地上，沒反應了。

我和五色雞頭大概同時撲過去把魔使者拉起來。

「掛了？」五色雞頭非常直截了當地發出疑問句。

是說魔使者本來就掛了，這樣講好像哪裡不對。

被翻過來的魔使者眼睛沒有閉上，反而是睜開看著天花板……有可能也不是看天花板，總之眼睛很迷濛，看起來也不像死掉還怎樣，倒像是在發呆之類的感覺。

還好他不是翻白眼，不然會很恐怖。

我很難想像魔使者翻白眼的樣子，就跟很難想像黑色仙人掌……想歪了。

空氣震動了下，那隻水妖魔的黑鳥又飛出來，直接降落在魔使者胸口上，一開口就是十足命令的語氣：「你們幾個小東西後退。」

蒂絲拉著我們退到旁邊。

我們退後一些距離後，躺在地上的魔使者身下猛地展開黑色陣法，上面散著暗色光芒的圖騰有些陰森感讓人覺得很不舒服，下意識就想離得更遠點。

整個過程大概只有幾十秒，很快地陣形便四散消失，黑鳥無意義嘎嘎叫了幾聲，跳在魔使者的肩膀上，隨著他緩緩爬起的動作晃動幾下。

「你們搞了什麼東西，剛剛凱里的精神維持動搖得很厲害。」盯著我們，鳥嘴打開吐出有點責備意味的話語：「蒂絲，帶他們到這邊來。」

說著，鳥振開翅膀飛進空氣漩渦中。

淡黑色的渦這次沒有消失，反而是拉長到一個成人的高度。

「請走這邊。」蒂絲看著我們，臉上沒出現什麼特別的變化，也沒透露出任何訊息，只是逕自走進黑色漩渦中，而魔使者跟在她後面。

我和五色雞頭對看一眼，跟著跑了。

再次出現我們面前的同樣是個很巨大的空間，不過與餐廳的風格完全不同。是個像是聖堂的地方，非常明亮，房間四周立滿水晶雕刻柱子，牆上有著翡翠壁畫與其他漂亮的裝飾，乍看之下會以爲是供奉神明的什麼大教堂還是大神殿，純白的晶石鋪滿整片地板和牆面；在房間中央則是有著可以睡上五頭大象都不成問題的巨床，床的四周有幃幔，上面繡著各種漂亮的精緻圖騰。

有了餐廳的經驗後，我打賭這個地方肯定也是切來的，不知道又有哪個種族遭殃了。回去之後我要問一下千冬歲到底有多少種族一夕之間被毀掉某某房間還是某某地方，還連灰都不剩的……也太誇張！

原來你們的住處都是切來的嗎！

人家種族拚死拚活蓋房子不是拿來讓你們切來玩的啊！

蒂絲和魔使者走了兩步，停在床前。

水火妖魔就躺在大床中間，一個看起來正熟睡，醒著的水妖魔半靠在華麗的靠枕上盯著我們看，倒是沒有先開口。

「請問動搖是指什麼意思？」看她沒有先打破沉默的打算，我還是自己先問了。

「先說你們幹了什麼，小妖師。」水妖魔挑起眉，冷笑了下。

「呃、這個說來話長……」夢連結的事學長沒有說可以講，所以我只告訴她我暈倒之後醒來就看到那條線，以及後續發生的事情。

聽完這些話，水妖魔什麼話也沒有說，思考了有陣子。

「喂，不會是你們那啥鳥法術失效吧，如果不行就把老四還給我們，本大爺絕對不會計較你們這兩隻蜥蜴當變態綁架年輕人的事情。」站在我旁邊的五色雞頭很煩躁地說著讓我很想轉過去捂住他嘴巴的話。

你就乖個五分鐘不要開口是會死嗎！

水妖魔瞇起眼睛，露出了邪邪的微笑，「小東西，你眞的很想讓我對你有興趣嗎？說不定我也想把你綁下來當玩具喔？」

「你個大芭樂——」

我連忙抓住五色雞頭，不讓他撲過去。

幸好五色雞頭也只是做個樣子，我想他那麼討厭水妖魔，該不會眞的撲上去被她躺……更正，撲上去她的床，所以五色雞頭只是意思意思掙扎兩下，就把我的手甩開，惡狠狠地站在原地瞪著房主。

「請問關於剛剛的問題……」蒂絲抬起頭，還未問完的問題被水妖魔給瞪掉，她立即不敢再發出聲音。

「為什麼叫我們來這裡？」我看著水妖魔，總覺得她是故意要我們過來的，而且還不想驚動別人。

沒有回答我的問題，水妖魔只是向魔使者招招手，後者輕盈地跳上床鋪，無聲無息地走過去，單膝跪在妖魔面前。

幾乎就在那秒發生，完全沒給我們反應的機會，水妖魔的手直接貫穿了魔使者的胸口，然後再抽出。

我張大嘴巴，旁邊的五色雞頭也錯愕到沒任何動作。

水妖魔的手上拿著那條斷線，接著她從自己頭上拉下一根頭髮把那條斷線綁好，扔到我身上，「這會妨礙我的術。」

看著那根斷線，已經沒有光了，就像普通的線一樣乖乖躺在我手上。我抬起頭疑惑地問著水妖魔：「這到底是什麼東西？」

「連結。」

回答我的不是水妖魔，而是躺在旁邊、不知何時睜開眼睛的火妖魔，「靈魂的連結，告訴他們，如果他們想要把人帶回去。」

看著自己的同伴，水妖魔有點不甘不願地冷哼了聲，接著轉回來看著我們：「有那個東西，說不定可以找到凱里不見的靈魂。」

我手抖了下，差點把線給掉在地上。

「這玩意是本大爺家老四的靈魂？」五色雞頭臉上寫滿了「你放屁」之類的字樣。

「不是靈魂，你耳朵是裝飾用嗎？那是一種連結著靈魂的管道，雖然已經爛成這樣子了，不過說不定可以靠它找回凱里的靈魂，如果你們有覺悟的話。」像抱著大型娃娃一樣，水妖魔環著魔使者的頸子，把玩著柔軟的黑色短髮，「說不定會和時間之流正面相對。」

又是時間之流！

這東西出現的機率還真頻繁……難道六羅的靈魂像烏鷲一樣被捲下去嗎？

也不是不可能，畢竟他那時候出現是跟著水滴來的，說不定斷線就是水帶來……越想我就越覺得搞不好眞的是這樣。

「那老四到底要怎樣才能找到？」不把巨大危險放在眼裡的五色雞頭問了很理所當然的問題：「本大爺沒打算把自己兄弟留在這種鬼地方。」

「獸王族的小東西腦袋空空，碰到時間之流的『水』會不存在喔。」水妖魔看了我一眼，意有所指。

我見識過時間之流水滴的厲害了，不過當時我去時間之流交際時似乎沒那麼凶險，看來果然有差別。一直以爲時間之流應該就是類似我那時候看見的銀絲線、只是增量而已，果然沒我想的那麼簡單。

那時候賽塔的確也說過摸到會出事。

等等，如果是和時間之流相關，說不定可以找黑山君幫忙？

還是算了，那個地方很奇怪，沒有到最後關頭還是不要隨便去打擾人家比較好，更何況我也不知道要怎麼找到那邊。

不過話說回來，剛剛水妖魔的意思好像是……

「也就是說只是可能會碰到吧？」說不定也根本不會碰到，現在要趕快用力地祈禱我們絕對碰不到，一定不會碰到。

妖師的能力應該就是在這種時候派上用場！

不要老是只有衰事跟跌倒才會成功啊！

「有那個機率，也有可能碰不到。」水妖魔邪邪地笑著：「如果你們認爲把命搭上很值得的話就去啊，如果找得到的話，把人帶回去也沒關係，反正我們需要的只是個死人，要是他沒死完全我們也會很麻煩，你們只要找具屍體來給我們就行了。」

屍體！

這種東西還用找嗎！

黑色仙人掌那邊肯定如山一樣高啊！

我第一次發現黑色仙人掌的價値，說不定因爲他的屍體收藏，魔使者就得救了！

「那種東西外面隨便拖都有，還要找嗎。」五色雞頭很鄙夷地看著水妖魔，同時也提醒我外面的夜妖精正在對槓的事情。

對喔，這種衝突狀況下，到處都是半死不活或是完全翹掉的，隨她愛挑一打還兩打都綽綽有餘。

「我們要的是有與凱里相同力量的新鮮屍體。」水妖魔鄙夷地把五色雞頭看回去，「眞的找不到，起碼要有蒂絲的實力。」

要跟魔使者一樣的……

搞不好黑色仙人掌拼裝會有……

但是蒂絲的實力我們就不知道了，幾乎沒有看過她出手，連我把頭塞到麵裡她也不出手。

「挑挑挑，到時候叫老三找個屍體給你們就可以了，囉唆！」又鄙夷回去的五色雞頭顯然我知道了，她的實力就是冷眼看人自生自滅吧！

他講話很不客氣，幸好妖魔似乎也沒怎麼注重禮儀，所以沒有發飆或是做什麼奇怪的事對黑色仙人掌的收集品充滿信心，「怎麼找回老四！」

情。躺在一邊的火妖魔終於爬起身，毫無感情的眼睛盯著我們看，然後把魔使者遺回地上。

「有那種價值嗎？」

沉沉的話在空間中響起，壓力似乎突然劇增。

我倒退了一步。

「……弱小族群，有那種價值非救不可嗎？」

火妖魔看著我們，發問了。

「爲什麼？」

問句來得很突然，我和五色雞頭愣了下，然後看著似乎很認真、不像在開玩笑的火妖魔，「價值……？」

說眞的，這個問題很芭樂梗。

我甚至覺得五色雞頭該死地會回他每個電影電視動漫畫小說裡面都會出現的經典答案——

「因爲ㄞ……唔！」

在那個「愛」字出現前，我一秒摀住他的大嘴。

「唉什麼？」水妖魔挑起眉。

「一定要回答嗎？」我靠！他咬我手！你是雞不是狗啊！

「可以不用回答。」問人的火妖魔回我要人的六個字。

那你是問心情好的嗎！

把我的手吐掉，五色雞頭用一種再來會把我手咬下來的凶狠目光瞪了我一眼，幸好沒有再爆出愛還是小宇宙之類的話語了，「你們廢話很多，男子漢大丈夫，要就一句定江山！拖七拖八的你是婆娘嗎！」

……這好像也沒好到哪裡。

「我是婆娘沒錯啊，你要來試看看嗎？」水妖魔刻意晃了下快露出來的胸部，然後拍拍旁邊的床鋪曖昧地說。

五色雞頭馬上往後跳開，露出踩到屎的表情。

「你們決定好再過來吧。」

似乎沒有打算立刻告訴我們方法的火妖魔倒回床上，接著蒂絲與魔使者走過來我們這邊，說：「請兩位先回房間休息吧。」

「我──」

好像還想說些什麼的五色雞頭被蒂絲暗暗按住，她朝他搖搖頭，領著我們走出房間。

通過一樣的黑色漩渦後，我們站在房間長廊上。

可能因爲學長的關係，這次幫我們重新布置房間後，居然變成了一人一間房，還升格成高規格的華麗房間，果然有後台就會不同。

帶著極度不爽的心情，五色雞頭直接甩頭進房，還故意很用力甩上房門，發出巨大噪音。

你是耍脾氣的小朋友嗎你！

看著蒂絲和魔使者，我抱歉地笑了下。

「……我想火妖魔大人的意思是要請你們先想清楚，畢竟牽扯上時間之流就代表相當危險；且水妖魔大人的意思是可能能夠用那段線找到、不是絕對找得到。你們再想想吧，我們會先協助你們處理夜妖精一事。」話說完，她就帶著魔使者走掉了。

其實蒂絲的話沒錯，我和五色雞頭說歸說，不過也只是當下衝動而已。

我的任務是把學長帶回去，應該必須以學長爲第一優先，這種情況下實在不能再分心牽扯出其他事情。

但是我……

房間裡的光突然晃了一下。

就在我還沒反應過來是什麼時，某個東西突然像帽子一樣蓋在我腦袋上，接著毛茸茸的八隻腳掉到我面前。

「哇啊——」

腦袋上的毛東西一下子跳開，貼到門板上。

是那隻藍眼蜘蛛。

要命！是要嚇死我嗎！我還以爲我夠衰連換房間都會換出問題！

等等，既然這玩意都跑出來了，那麼……

我一轉頭，果然看見黑色人影就站在後面的牆邊，幾乎完全沒有聲響，也不知道什麼時候來的，整個像鬼一樣，沒心理準備可能還會被他嚇一次。

「有事情嗎？」我拍著胸口，往旁邊移動腳步，盡量離蜘蛛和人遠一點。

感覺短短時間看見這個人三回，很怪。

之前兩次算是意料之外，但這次他明顯是刻意來找我的，也不知道是什麼問題……難道終於想開了決定把我幹掉一了百了嗎？

依然是全身弄得像木乃伊只露出藍色眼睛的青年冷冷盯著我看，看到我全身雞皮疙瘩都起來了他才慢慢抬起手，張開手掌像是跟我要東西。

……雖然我很想把手放在他手上握手，但是沒這個膽。

「你要跟我拿什麼？」難道是衛生紙？他突然想上廁所沒有衛生紙嗎！是說我還真不知道他怎麼一邊跟蹤我一邊上廁所吃飯的，眞是太厲害了！

「……」

不講話是知道你要什麼！

我隨便摸了摸身上，本來想看看有沒有面紙，不過一摸就摸到了那條斷線，上面還纏著水妖魔的頭髮。

莫名地，我立刻知道青年是要這個東西。

「你知道六羅在哪邊？」握著斷線，奇妙的想法突然出現，既然他會要這個東西就代表他絕對知道人在哪裡。

對，他也是時間相關種族，一定知道！

「……我……」青年突然搖晃了下。

他看起來有點奇怪。

還沒仔細思考是哪裡奇怪，我就看見地上滴下了一滴白色的東西，從青年黑色的衣襬滴下來的，接著是第二滴，當我定睛一看才發現他身上有一大片布料都濕了，只是深色的布料讓我沒有立刻察覺。

「你受傷了？」我突然想起之前在森林那邊也是這樣，明明應該在我身後跟蹤的青年突然不明受了很嚴重的傷勢。

「……將你手上的東西、交出來。」沒有回答我的問句，青年往我這邊逼近了兩步，白色的血液也隨著他的動作在地上拉出一條刺眼的移動線。

「發生什麼事情了？」

色馬的聲音突然從我腦袋貫穿出來，「我在門外，快開門。」

我不曉得色馬爲什麼會突然覺得我這邊發生事情，但門板上有隻正在對我發出不善聲音的蜘蛛，根本沒有辦法去開門。

看他那麼堅持要線，我一秒就把線塞進褲袋裡，這很可能是六羅復甦的機會，不可以交出去。

「我要撞門了喔——」

色馬的聲音繼續傳來，搞得我有點注意力不集中。

我突然發現這種講話方式最麻煩的就是我不能把話回傳給他，如果可以我一定第一秒先尖叫，叫到他腦膜破裂下次不敢再隨便腦入侵別人！

可惜沒有。

看到我塞線的動作，青年微微瞇起眼睛，然後收下他的手；在我僥倖以爲他可能放棄時，他突然把手按在他的兵器上了。

「交出來。」

完全沒有商量餘地的冷語。

「退後喔～～～」

我立刻往後跳開。

幾乎就在瞬間，門板發出非常悲哀的巨大聲響，本來貼在上面的黑蜘蛛直接被衝力給撞飛出去，還砸到牆壁上。被人由外衝撞的門整個往內彈飛，砰地直接撞在柱子上裂開。

根本來不及反應的青年被一大團白色東西給撞到後面的床上。

我看見那匹色馬驚悚地以泰山壓頂之姿把青年整個壓倒了，還是那種重力加速度的飛撞壓下法！

要命！

這樣壓下去不死都半殘了吧！

難道他會成爲世上第一個被獨角獸屁股壓嗝屁的時間種族嗎！

「唉啊，屁股有點硬硬的。」根本不知道自己的馬屁坐到什麼的色馬還轉動自己肥大的軀體，我幾乎都可以聽到他下方的人體發出噗嘰的扁掉聲音了。

「快點移開你的屁股——！」

坐死人了啦！

第三話　祕密

我跟色馬趴在床邊。

被撞開的房門又被塞回門框上，不知道是不是這裡的房間隔音夠好，居然沒有人跑出來問我們發生什麼事，門被放回去之後瞬間自動修復了，房間被關鎖上之後，便看不出曾被破壞的痕跡。

黑蜘蛛不知道是被撞死還只是暈過去，反正就是掉在旁邊地上沒反應，也沒人想要去撿牠，色馬就弄個臉盆把牠蓋住，上面還用東西壓著。

他做壞事的手段比我熟練！

現在的狀況是——

有個受傷的重柳族被馬屁股給襲擊，暈倒在我床上，白色的血直接滲入棉被，我完全不敢碰他。

總覺得碰下去好像不是我會死就是會發生什麼恐怖的事情。

「啊啊……眞是個漂亮的小美人……」

臉蒙成那樣你還知道他是個美人！見鬼了！

色馬的美人標準根本不知道是什麼！

「現在怎麼辦？」一巴掌把涎著口水的猥褻馬臉推開，我看著那些白色的血，照理說最好要先幫他止血，但又覺得不可以摸他。

「先脫衣服……」

我用鄙夷的目光看著想趁人之危的色馬。

「不是，我是說先幫他治療。」色馬咳了聲，頓了頓，轉成人形，接著從衣服裡拿出治療用藥水，就是醫療班給我們的那批。

「這個嘛……」比劃了下，看著青年身上紮緊緊的黑色布料，我還真不知道要從哪邊治療起。

「拖拖拉拉的，小美人等不到你想完啦！」把藥水往我手上一丟，式青直接跳到床上，一把拉開青年最外層的袍子，那幅畫面怎麼看怎麼像鄉土劇裡把無辜少女迷昏然後拖上床去的流氓還是壞角。

聽說演這種角色的有時候出門還會被丟雞蛋，超可憐。

不對，現在問題是他就這樣理所當然地撲上去撕人家衣服眞的可以嗎！

這個是重柳族耶！

顯然不覺得有什麼不可以的式青一臉口水都快掉下來的表情，把他的魔手伸向青年的臉，開始解開黑色蒙面布料。

說眞的，我對青年的眞面目也抱持著好奇。

「等等！」拉住了式青的手，「他的臉沒受傷。」雖然我很好奇，但青年會蓋成這樣就代表不想被看到，脫他衣服已經很對不起他了，最好不要連人家的臉都冒犯。

「嘖，眞是不解風情的臭小孩。」式青不滿地咕噥幾句，倒是把手伸回去，慢慢解開青年的衣襟。

第一眼看見的是，他的皮膚很白。

白到幾乎可以看到血管，可能是因爲流著白血，讓他感覺看起來有點像精靈。

拉開之後接著看見的是很大一片若隱若現的紋身圖騰，顏色很淡，但從不同角度看，那些圖案仍能看得清楚，畫的不知是什麼。式青把人翻側，我們也看見他的背上有幾道很深的傷口，白血不斷從那邊流出來，不曉得是怎麼受傷的。

掀開衣服後胸部是平的，果然是個男的，還好打開看到的不是女生，不然我和式青就算被砍死都不能說什麼了。

「奇怪，這個不是刀傷也不是兵器造成的。」接過藥水幫青年治療，式青一邊看著那些傷口，「好像是裂傷耶，他身體自己裂開的傷口。」

「咦？不是被攻擊嗎？」身體自己會受傷？

式青搖搖頭，「看起來不是。」

醫療班的藥水倒下去後，那些傷口用很緩慢的速度慢慢癒合，不知道爲什麼和我們可以瞬間治癒的狀況不同，感覺藥水在青年身上的效用不大，不過還是能用。

時間種族的身體似乎哪裡不一樣？

式青左右看了下，把衣服拉得更開，接著看到馬屁股造成的瘀青，很大一片的深色，然後凶手尷尬地笑了兩聲，趕快幫他把瘀傷推掉湮滅痕跡。

「我去拿點水和毛巾過來。」我邊想著可以順便幫他整理乾淨，邊轉過身想下床尋找可用的物品。

那瞬間，怪異的冰冷突然貫穿我腹側，帶著遲緩的痛楚從後腰突出。

我慢慢低下頭，看見透明到毫無雜質的短刀插穿了我的肚子。

然後，是帶著罕見怒氣的藍色眼睛瞪著我們。

……你搞錯了老大，把你剝光想要對你幹什麼的不是我啊！

刀被抽出後，我只想告訴他這句話。

紅色的血灑在床上。

「好痛……」我下意識捂住肚子，然後往後退開，退到床邊緣還差點摔下去。

立刻發現異狀的式青直接壓住青年的手，抽掉那柄不知從哪生出來的短刀，清透的刀上只沾了一滴紅色的血，眨眼便詭譎地被吸進刀身裡，什麼也沒剩。

「小美人，不要一醒就這麼激動，當心傷口又裂開喔～」把刀丟到牆邊，式青一把掐住青年的後頸，把人給壓回床上，然後用腳踢了罐藥水給我。

痛到差點噴淚，我連忙拿起藥先幫自己治療，等到肚子沒那麼痛之後才戰戰兢兢地爬下床，很怕對方等等又從哪邊拿出什麼東西戳爛我的腦。

青年被壓制後沒有多餘的掙扎，就這樣靜靜趴在床上，然後開口：「請放開我。」

「那不要做可怕的動作喔。」式青拍拍他的頭，就鬆手站開了。

身上的重量完全離開後，青年才慢慢從床上爬起，把衣服布料全穿回身上，接著無聲地走到旁邊撿回他的短刀收入袖子裡，接著踢開臉盆，裡面的黑色蜘蛛立時跳出來攀在牆上。

做完這些動作，他才轉回來看著我們。

算帳的時間終於到了嗎？

我抖了下，突然想起楔他們說過青年的實力超強。

意外地，深邃的藍色眼睛裡已沒有憤怒的情緒了，就與我之前看到的一樣冷漠，完全沒有任何情感，似乎剛才的劇烈起伏是假的一樣。

式青舉高手像是投降，「看在我們幫你治療傷口，別追究了吧，不然小美人會顯得心胸狹窄喔。」

「你說誰？」冷冷地看著式青，青年終於開口了。

「小美人叫你啊～」

那一秒，青年突然摸向自己臉上的布料。

「放心啦，沒有看到，摸皮膚那麼嫩也知道是小美人。」完全不怕下秒被捅死……或許是被捅得很習慣的式青捧著臉扭身體，「我對自己的鑑賞能力很有信心的，可惜小妖師不肯給我看臉。」

如果不是時間地點不對，我還眞想朝他在扭的屁股重重踹下去。

世界上果然有某些事情會引起腳癢，例如眼前這傳說中聖潔無瑕的高級幻獸。

藍色的眼睛往我這邊瞟過來一眼。

「呃……如果哪裡冒犯很對不起，不過因爲看到你一直在流血所以我……」正常人都不會看到有人拚命流血而放之不理啊，如果他眞的超不爽我也沒辦法了。

沒有回答我什麼，青年往前走了兩步，接著朝我伸出手，我這才想起他在被式青的屁股攻擊前是要跟我拿那條斷線的。

看來不給他眞的不行。

「給他吧。」旁邊的式青朝我眨了下眼。

我看了看他，又看了青年，才戰戰兢兢地從口袋裡拿出那條線，小心翼翼放到青年手掌上。

握住了那條線，青年喃喃唸了些我聽不懂的語言，接著拿掉水妖魔的頭髮。

那瞬間，我看見我們之中的地面慢慢浮出了點什麼，隨著它越來越大，我終於看清楚那是什麼東西了——

黑色的，似人非人的手臂。

「……告密者？」

我記得這個東西，在那時候、黑山君那裡，他爲了幫助我們曾經引來這個東西。

式青拍了下我的肩膀，對我做出噤聲的動作。

浮出的黑色手掌一張一闔，與我記憶中的完全一樣。

青年繼續唸著不知什麼意思的語言，然後慢慢抽出剛剛拿來捅我的短刀，迅雷不及掩耳地就朝那隻大張的手掌重重插下去。

黑手整個僵直，幾秒後整條手臂開始震動，不知從哪發出、類似野獸般的淒厲哀號迴盪整個房間，讓人聽了頭都暈眩起來。

它只持續不到十秒，在我摀住耳朵的同時，黑手帶著短刀再度震動了下，猛地全散落開來，變成碎沙攤在地面，最後融入地板下完全消失。

青年幹掉那個告密者。

不用問，光看我也知道他眞的把對方殲滅了，絲毫沒有手下留情，似乎不在意任何後果。

沒有再去看地上的狀況，青年只是握著那條線把自己的話唸完，然後張開手掌，斷線瞬間變得有些暗沉，不再像剛拿到時讓人感覺到有某種力量。

在我沒來得及問他要幹什麼之前，握著線的手已經遞到我面前了。

我以爲他會摧毀線、或是帶走，就是沒想到他居然會還給我……應該不會在我接下的那瞬間砍斷我的手吧？

時間種族顯然沒我想像的那麼小人，也有可能只有這個青年不是那麼小人。

收回線到我放回口袋，他都沒有做什麼，只是靜靜地看著我放回去。眞是的，如果一開始知道他的目的不是要拿走或毀掉，我就會老實給他了，又何必連累他被馬屁股壓、被式青剝衣服呢……

果然是世間沒有早知道。

「你帶著時間的追蹤，怎樣都找不到人。」青年冷淡地看了我一眼，說道。

所、所以他剛剛是在幫我消除線上面的「多餘物」嗎？

我好像誤把他當成壞人了。

「眞是抱歉啊小美人，不小心傷到你。」終於開口的式青晃過去，一爪就想搭上對方肩膀吃豆腐兼攀關係，不過被很不賞臉地閃開了。

「你眞的知道六羅的下落嗎？」看著青年，不曉得爲什麼我覺得他就是知道，而且還是非常肯定的那種，只是他不講。

青年只是站在那邊看我，接著一轉身，眼看就要離開。

「我以妖師之名拜託你！」

那時候我也不知道爲什麼，我能想到的就只有這句話。

他停下腳步。

「不要用這種方式拜託！」式青立刻拽住我，但我的話已經講出去了，根本收不回來。

站在前面的青年緩緩回過頭，問了一句我曾聽過、非常非常類似的話語——

「値得嗎？」

我愣住了。

「妖師爲了幼小的種族，値得嗎？」他看著我，冷冷地說著。

就在不久前，火妖魔的問句我們無法回答。

……但，或許我知道怎麼回答，在很久之前，似乎就已經決定過這樣的事情。

「不是値不値得的問題，而是因爲我想這樣做。」與其等到之後才後悔，我想要現在就這麼做，不違背自己的感覺，就算會再摔倒。

那些都總比什麼也不做得好。

青年就站在那邊看著我，半晌，他抬起手，突然開始解他臉上的布料。

頂多只有一層的黑色布料很快被解開，被包裹在裡面的銀白色頭髮慢慢順著他的肩膀披散在黑色布料上。

第一時間我以爲我看見的是個精靈。

但是不同，雖然似乎有那種感覺，但明顯看得出來是完全不同的種族。

對方的年紀與我之前猜想的差不多，看起來沒有很年長，大概二十多歲的感覺，臉型輪廓很漂亮，像精靈一樣接近完美，不過沒有精靈那種自然感，反而是一種讓人感覺到壓迫、力量的氣息。

他的臉有一半都刺上了圖騰，與身上的那些一致，淡色的圖騰，有點淡淡的微光。

整個空氣緊繃住，就連式青都看到眼睛發直，口水滴下來都忘記擦。

「那麼、我值得嗎？」在四周靜到連根毛掉下去都會聽到聲音的時候，青年慢慢開口，聲音很清澈，和之前隔著布料完全不一樣。

我無法理解他的意思。

抬起自己的左手，青年解下其上的手套，有著圖紋的白皙手臂暴露在空氣中，只短短幾秒，上面赫然出現了細小的線，接著由內往外逐漸裂開。

白色的血從那道傷口不斷湧出。

「太不懂得憐香惜玉了！」式青哀號一聲，抓著藥瓶就要撲過去拉人家的手，不過青年還是閃開了。

「爲什麼會這樣？」我看他逕自把手套戴回去，有點害怕地發問。

「我正在……違背誓約。」看著自己的手，青年丟出一句讓人摸不著頭腦的話，「時間種族不該進入歷史中。」

「……所以告訴我任何情報都會這樣嗎？」光是這樣與我們接觸、處理斷線都不行？

他們的啥時間也太小氣了吧！

「不理解，不殺妖師之後爲什麼會開始這樣……」像是說給自己聽，青年聲音相當低，然後才抬起頭看著我：「對我來說，值得嗎？」

對他來講當然是不值得。

六羅與他完全搭不上個鳥關係，我突然知道那時候火妖魔的問句可能也在反問他們自己，所以他才告訴我們不用回答也沒關係。

我想得太簡單了，要六羅回來的代價很有可能……不只我和五色雞頭要付，就像羽裡說過的一樣，影響太多事情，最有可能的狀況就是，協助我們的人同樣要付出很大的代價。

到現在我才完全了解這層意思。

這次的事情可能不單純。

「我看你還是不要講好了。」想想，我的確不能要求他幫我什麼，畢竟他是妖師的死敵重柳族，沒道理也沒理由要幫我。

青年冷冷看著我，沒有表示什麼。

我歪頭想了下，從式青手裡挖來藥瓶塞給他，「你還是快點去跟蹤我吧，不要管了。」再多講下去他可能會皮開肉綻，我也不是很想看到有人在我面前皮肉開成花，別幹這種缺德的事情比較好。

看著手中的瓶子，青年轉過身。

「回去多洛索山脈，你們會知道的。」

隨著話語淡化在空氣中，人也跟著不見了，只留下地上幾滴白色血液。

我聽過那個名字。

山妖精居住之地。

※

「山妖精嗎？」

重柳族青年離開後，我和式青把這件事告訴學長。

後來他叫來了其他人。

「當時山妖精的狀況的確很有問題。」阿斯利安這樣說著：「不過長期有鬼族的情形下，不算是太過於離譜，只是真的有些怪異。」

其實我一直覺得山妖精很怪，從一開始到後來離開，微妙感始終揮之不去。

「不過就是長毛的東西而已，現在回去，本大爺見一個殺一雙！不信那些傢伙不吐話！」一講到和六羅相關的訊息，五色雞頭整個就燃燒起熊熊的青春焰火，巴不得第一秒殺去。

但是重點來了，山妖精的山是在我們旅程開始的起點，現在都已經走到中段要進入後段了，沒道理再浪費時間折返。

就算我想，學長的狀況也沒那麼多時間讓我們再耗下去。

基本上在夜妖精森林的這幾天幾乎浪費掉了，如果再往回走，學長不知撐不撐得下去。

「我不贊成回返。」在學長開口前，難得嚴肅的阿斯利安微微沉下臉，「就任務而言，我們第一要務是將學弟送入燄之谷或冰牙族，且時間有限，我們沒有機會折回再重新走過，何況山妖精那邊不知道又必須耽誤多少時間。」

「本王子也認爲不用浪費無意義的時間。」摔倒王子第二個投了反對票。

「我覺得有必要往回返。」身爲事主的學長完全沒把反對票看在眼裡直接開口：「山妖精那邊一定有些什麼。」

一旁的阿斯利安直接拍住他的肩膀，臉上除了微笑之外還是微笑，但是讓人覺得很陰險的微笑，「學弟，你知道嗎，你這趟的唯一任務就是：睡、覺。」

學長看了他一眼，「身爲袍級的職責……」

「我叫夏碎來交換任務好了。」阿斯利安的笑容更燦爛了。

但是在旁邊的我們只看到一股黑氣沖上天。

「嗚啊啊，小美人好黑啊。」已經恢復成獨角獸的色馬用蹄子捂住自己的眼睛。

一講到夏碎，學長氣勢頓時減半。

說眞的，我發現不知道爲什麼，不管是夏碎還是阿斯利安，包括我老姊……爲什麼當紫袍的都這麼黑啊！

難道維持紫袍的要件就是黑嗎！

太可怕了，我一定要打電話叫雅多不要考紫袍，如果連他都黑掉那還得了！

「這是你欠夏碎的，現在首要任務是前往燄之谷。」收起讓摔倒王子都倒退三步的燦爛微笑，阿斯利安低低說著：「這是我們欠夏碎的，所以請你先將身體恢復到完全狀態吧，學弟。」

學長沉默了。

「所以你們不去？」五色雞頭挑起眉，「六羅的事情不重要嗎？」

「六羅的事情可以交給公會處理，我想九瀾先生也願意接手此事……」

「好吧。」

意外地，五色雞頭沒有發飆也沒有我想像中的翻桌，就是很乾脆地從座位上站起，「那就算了。」

說完，他走出學長的房間，然後重重摔上門。

那個差點讓門脫框的力道我想可以完全表示出他的不爽。

阿斯利安與摔倒王子互看一眼，「明天公會將過來處理夜妖精一事，應該很快就會驅逐霜丘夜妖精，我們也該在那時候出發。」說完，他們兩個幾乎同時站起身，「學弟們，還是趁有時間多休息一點吧。」

接著，他們轉身離開，還順便把色馬一起拉走。

房間只剩下我和學長。

這種狀況很微妙，不知道爲什麼我感覺我好像是被故意丟下來的。

坐在原位的學長動也不動，整張臉一點表情都沒有，這種時候看起來特別恐怖。

「褚。」

「有！」我一秒跳起來。

「沒事早點回去房間休息。」

「咦？」

看著一臉什麼事都沒有正要走回床上的學長，我愣了很大一下，「就、就這樣？」我還以爲有什麼重大的事情。

所以？

沒有別的？

「就這樣。」轉回過頭，學長開始有點不耐煩了。

我倒退一步，「眞的沒有了？」

學長抬起腳。

「對不起請你慢慢休息，我先回房間了！」在他踹上來之前，我立刻往後跳開，然後一秒竄到房外還幫他把門關上。

哪有人動不動就抬腳的啦……不過我發現我也越來越會躲了。

說不定是學長手下留情？

算了，還是不要想太多，萬一他等等想到不對又追出來踹我就糟了。

連忙竄回自己房裡，不久之前還滿地白血的房間不曉得爲什麼在短短時間內就被完全清理乾淨，連掉落在地上的東西還是撞壞的裝飾都恢復了，一點痕跡也沒有留下。

看樣子房間如果不是有使用恢復結界，就是他們的清潔員工太厲害了。

黑館住久了我多少也知道一些，黑館的房間都有一些基本日常術法，像是恢復結界可以把一些不小心用壞的日常用品完整復原到全新狀態——聽說黑館住戶常常把東西打壞，也不知道爲什麼。

要關上房門那瞬間我以爲我看錯了。

我的房間裡多了一個人。

而且他的頭毛還是彩色的。

「我走錯嗎？」

愣了一下，不過我看到我的東西放在旁邊桌上，可見走錯的應該不是我。

「漾～」可能是出來之後就跑來我房間的五色雞頭突然很熱絡地走過來，直接搭上我的肩膀，「本大爺決定蹺頭了。」

……你要蹺頭來找我幹什麼。

等等，你要蹺頭？

我馬上轉過去看旁邊的五色雞頭，「你要去哪裡？」

五色雞頭露出了邪惡的笑容，「本大爺江湖一把刀、來去一陣風，他們說不能回去，本大爺就偏偏要回去給他們看。」

我就知道他不可能那麼乖！

原來他先跑掉打的就是這種主意啊！

不過依照五色雞頭的個性來說，其實我應該想到他會這樣做的。「可是這樣很危險，如果那些山妖精眞的有問題，你……」

「那些長毛的東西本大爺才不放在眼裡，直接把整座山掃平就是，反正雷拉特也在那裡。」似乎眞的已經決定好的五色雞頭連遠望者都算下去了。

這就是傳說中的朋友要爲你粉身碎骨嗎？

「我覺得再跟學長他們商量一下比較好，而且六羅已經消失這麼久了，應該也不差這一來一回的時間啊。」把五色雞頭的手從我肩膀上抓下來，我怎樣想都覺得不太好，雖然五色雞頭眞的會把人家的山給夷平，但隱約就是有種很不對勁的感覺。

那天山妖精的異狀我一直沒有忘記。

「六羅消失這麼久，但是引路燈直到最近才亮起來，漾~你不覺得事情很巧合嗎？」

五色雞頭的話也提醒我了，確實是這樣，那盞怪燈亮起來之後沒多久我們就得知六羅的消息，甚至連他的身體都找到了，感覺似乎眞的非常巧。

像是有什麼力量在指引我們去做這件事情。

要死，該不會又是那個啥嘲笑人的命運吧！

「你眞的要去嗎？」

看著五色雞頭，其實我不覺得他是假的要去，都已經在這邊等我了代表他根本完全拉不住。

「本大爺說話算話。」

他都這樣講了，那肯定十八匹馬都拉不動。

用力拍拍我的肩膀，五色雞頭難得愼重地說：「本大爺的僕人，接下來一路上沒有人照顧你了，看到危險要躲遠、看到人要閃遠，最好把別人推出去當炮灰。」

喂喂喂，這樣講也太沒禮貌了！

還有到底是誰在照顧誰啊！明明在空中掉出去的不是我，人生旅途歪到十八拐也不是我，我看到你才應該閃到最遠才對吧可惡！

而且我根本不是你的僕人啊！

「那本大爺先去準備了，運氣好有追回來再給你紀念品。」

啥紀念品？

一把毛嗎？

五色雞頭用著好像要去郊遊明天晚上到家的語氣對我揮揮手，說這是我們的祕密不要告訴別人，然後很愉快地走掉了。

你就是來跟我說你要蹺頭嗎？

我突然鬆了口氣，還好他沒有叫我陪他一起跑，怎麼看都是五色雞頭那邊比較危險啊！而且兩個人半夜突然自己溜走怎樣看都很奇怪。

關上門後，一轉頭我又看見一個人影。

「哇啊！」

今天到底是怎樣啊！

不曉得什麼時候站在那邊的魔使者完全沒聲音，直接把我嚇一大跳。因爲我眞的以爲今天應該已經結束了，一個重柳族一個五色雞頭，再來肯定可以好好休息了，沒想到還眞的無三不成禮……想歪了。

「你、你有事嗎？」我拍著胸口，貼在門板上有點怕怕地看著這一個。

魔使者看了我一眼，然後用他的黑刀在地上畫一個圈示意我過去。

來找我跳房子？

踩進去圈圈的那瞬間我們四周突然扭曲了。

移動法術。

再出現時四周是妖魔們的那個巨大房間，沒有看見蒂絲，只看見床上打結的雙妖魔。

這種時候他們突然找我來幹什麼？該不會是因爲剛剛重柳族的出現驚動他們吧……這樣也不太對，青年應該從頭到尾都跟著我，根據我的經驗，我相信他有絕對的辦法可以在空間裡自由來去不被其他人發現，所以應該也不會被妖魔抓包才對。

那是……？

「你答應我們的條件應該兌現了。」

水妖魔微笑著，對我伸出手。

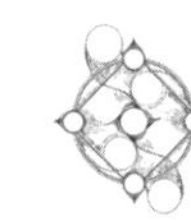

第四話　分歧的選擇

我幾乎快忘記有這回事了。

應該說學長回來之後發生了一堆事情，所以忘記了還和妖魔約定過，被她這樣一提我就完全想起我欠他們一個條件。

糟糕，應該不會要殺人放火搶劫之類的吧？

「如果現在不跟你要，可能之後就比較沒機會了。」水妖魔對我眨眨眼睛，說出了意義不明的話語。

以後沒機會？

是指可以這樣抓人面對面獨處嗎？

「呃，我可以辦到的事情請盡量說吧……」只是我能辦到的事情真的很少就是了……可能頂多就是詛咒別人撞樹摔坑之類的。

「放心吧，不是什麼難做的事。」把玩著旁邊火妖魔的髮，水妖魔這樣喃喃地說著：「這件事情一定要你們這一族才做得到。」

看著她的動作我才注意到火妖魔好像又睡下去了，沒有什麼反應。

等等，她說我們這一族？

妖師限量版條件嗎？

「我們需要一個絕對的言語。」筆直地看著我，提出交換請求的水妖魔這樣說：「我們被稱爲妖魔中的巡遊者。」

「巡遊者？」對了，我記得學長好像也這樣問過他們，「還在巡遊嗎」之類的話語。

「因爲太無聊了，不管是這裡還是那裡，黑色的世界很無聊，時間近乎不動。我們和別的妖魔不一樣，一直變化的景色才讓我們感覺到不那麼枯燥；停滯的事物讓我們感覺到怒火、煩躁。」漂亮的異色手指在空氣中比劃出幾個圈形，似乎嘗試著讓我理解的水妖魔歪著頭挑選著詞語：「這裡的東西很有趣，但是弱小的生物太多，同樣令人厭惡，明明自己力量不足還妄想對我們出手，讓人愉快不起來。」

「流動的水、盛開和謝掉的花我們都很喜歡，顏色變化的天空還有沙與土的地面，只要一點點都可以讓我們不再那麼憤怒。」

我想我大概可以了解她的意思。

巡遊各地的雙妖魔只是喜歡這裡的各種自然景色，這裡面應該不包括種族。

對於妖魔來講這可能很奇怪，因爲一般黑色種族最大的興趣好像是毀滅世界，不然就是毀滅活物之類的。

「那和絕對的言語有什麼關係？」我想想，學長他猴子老爸是千年前的傳說，所以水火妖魔起碼也在這裡旅行了一千多年，既然都已經到處蹓躂那麼久了，怎麼會突然想要個啥語言？

難道他們想要一路順風、萬事平安之類的東西嗎？

這就不是我要說了，他們絕對找錯人了，出門在外追求平安這種事情應該要去找阿斯利安啊！他的本業才是保護旅人安全……是說他家的神有保佑妖魔的習慣嗎？

「我們需要絕對的言語維持接下來的旅行。」

水妖魔說，因爲他們已經旅行太久了，對漫長的旅途感到疲倦，而且好不容易喜愛的一點生物也很快就沒有了；他們需要一些力量將他們的行走維持下去，同時不被干擾。

他們用巡遊維持著自己，連這點有趣的事情都不見的話，他們就只剩下遵循本能毀滅世界的選擇了。

「大概已經有好幾百年了，自從那個死精靈走掉之後，就好無趣啊。」水妖魔微微睜大眼睛，表情其實有點放空，視線不在我身上。「但是他又說呢，不可以隨便殺害生命，妖魔只對死精靈守信用，可是我們無聊到好想要把這些弱小的生物都給抹除，聽聽能稍微讓人愉悅的哀號聲，嗅著甘甜血液的味道，起碼有那麼一瞬間可以讓我們高興些。」

也就是說再不幫他們維持旅行注意力他們就要來毀滅世界嗎？

這根本不是什麼小條件啊！

我一秒要變成救世主了嗎我！

但是我覺得我根本沒辦法有那種可以驅使妖魔的言語能力啊，雖然這段時間然他們有教過我一些應用方式，但也只是最基本的。妖魔的要求一聽就知道異常高階，這種我哪有辦法！

我會的頂多就是叫人家撞樹撞牆摔倒之類的啊！

「辦得到嗎？」水妖魔把注意力拉回來，放在我身上。

「老實說……辦不到。」

轟地一聲，水妖魔一巴掌把他們的大床給打破一個洞，我嚇到往後彈開好幾步，撞在魔使者身上，這種時候旁邊那個火妖魔居然還在睡，完全沒有醒來的跡象。

「不好意思，稍微激動了一點。」水妖魔對我露出可怕的微笑，「奇怪，我們的確從你身上感覺到古老強大的力量，照理來說這件事情對你這樣的妖師應該只是最簡單不過的事情。」

我順了順口氣，然後抹掉冷汗，「妳可能誤會了，我的力量是先天因某些方式直接繼承古老妖師的，自己不太能控制，但是如果妳願意的話我可以幫妳詢問現任妖師，我想應該可以辦得到。」

「不，你可以辦到。」水妖魔盯著我，聲音變得有些輕：「只是沒有人引導你，這股力量……當代的妖師雖然很強，但是混合惡意的古代之力更加吸引人……如果你能把力量全數使出來，說不定可以打敗你們的首領。」

凡斯的力量……

我想起了他們那些不應該屬於我的記憶。

「這些力量不屬於我，我還是這樣就好了。」抓抓頭，雖然我知道如果可以把古老的力量發揮出來一定可以改變些什麼，不過那個畢竟不是我。

就像然一樣，他有著自己的生活，不讓古老的記憶干預他選擇的生活。

我並不是那麼偉大的人，也不到那個等級有資格動用別人留下來的力量。

更直接點說，我們不過只是容器而已。

一度我覺得我可以變得很強大，但是那又怎樣？

我希望的是完全屬於我自己的力量，在開眼之後，我所掌握住那種堅定的細小之力，而不是曾經為別人帶來不幸的詛咒。

水妖魔用指尖敲敲自己的嘴唇，歪著頭想了半晌，「你們這種生物真的很麻煩，既然都已經在你身上了當然就是你的……算了，不強迫你，不過你還是必須完成我們的條件，折衷來說，我暫時引導你部分能力，你就用引導出來的力量完成對我們的承諾吧。」

這樣好像也可以。

「那就這樣做好了。」

「這件事情很簡單。」

跟我談好的水妖魔勾勾手指，示意我到床上去。

看著被打出來的那個洞，我有點怕怕地繞過去，希望等等不要換成我被搥成那個洞。

「不用緊張。」小心翼翼把火妖魔放到旁邊去，水妖魔在我臉前張開手掌，慢慢地往側邊移動。

四周出現了氣流。

這跟之前黎沚使用的方式很像，所以我也慢慢地放下緊張感，讓水妖魔轉動手掌吸引那些氣流。

那是某種力量的氣息。

平常我偶爾也可以從別人身上感覺到。

「閉上眼睛。」

隨著水妖魔的話，我緊閉眼睛，更敏銳地感覺那些氣流慢慢在我們之間轉繞成球，不斷捲動著我們身上的衣料和頭髮。

水妖魔拉起我的右手，讓我輕輕把手掌放在那團劇烈奔騰的氣流上，「替我們編織話語……」

某種強悍的力量從氣流裡跳出，帶著讓人感到全身冰冷的氣流捲繞住我的手，隱隱刺痛著皮膚。

我希望……

我深深地希望巡遊者們不中斷自己的旅行。

「一定」會有新的事物讓他們重拾起原本喜愛美景的心。

最重要的是，拜託「千萬不要」毀滅世界。

如果他們想要毀滅世界我們就糟糕了，首先就會有一堆人跳出來說要收拾爛攤子，接著時間種族一定又遷怒到我身上要殺我全家……想歪了……這段請抹掉不要收錄進去，我不想莫名被殺全家。

黑暗中我感覺到手下的氣流球狠狠震動了下，灼熱的溫度猛地竄上來，直接貫穿我的手。

我一秒痛到睜開眼睛還縮手，等看清楚時已經什麼也沒有了。

沒有氣流球、沒有火焰，只有我的手差點捏到水妖魔的胸部。

這樣就完成了？

翻看著剛剛被燙到的手掌，上面連一點傷痕都沒有。

所以這樣真的就算完成了？也太簡單了吧？凡斯的力量有沒有這麼好用啊？早知道我剛剛就順便許一個下期大樂透會中獎然後快點打電話回去叫老媽幫我簽個號碼啊……

難過了。

果然人生錯失機會就很難再來一次……不知道可不可以請她再來一次？

抓著我手的水妖魔慢慢睜開自己的眼睛，然後鬆手，「嗯……似乎這樣就行了。」

「妳確定嗎？」我超沒把握的，誰知道剛剛到底有沒有成功啊？

「不行再把你抓回來搞到行，反正抓一百次總有成功的那一次。」

請尊重我的人權謝謝。

話說回來，他們的條件出乎意料之外地簡單，原來只是想繼續旅行下去而已，還算滿可愛的願望，難怪學長他老爸會和他們處得不錯。

我往後退了退，爬下床。

幾乎在同時，剛剛直接用睡的混過篇幅的火妖魔突然睜開眼睛，像起屍一樣整個人霍地坐起來把我給嚇了一跳。

結果老大你剛剛到底是眞睡還假睡啊？

火妖魔冷看了我一眼，翻看了自己的手，不知道得出什麼結論，總之他沒有說什麼再來一次之類的話語，不過開口倒是讓我錯愕了：「你決定要做這件事嗎？」

「哪件事？」我連我要幹啥都不知道耶！

難道你以爲才剛開始嗎！要再倒帶回去引導嗎！

水妖魔抬起手，尖長的指甲指向我……後面的魔使者，「小妖師，你們不是很想要去將原本的凱里找回來嗎？」

這句話問倒我了。

那個彩色的傢伙已經跑出去了。

根據我自己的計算，跟五色雞頭獨處有百分之九十會死，跟在阿斯利安他們旁邊頂多比較容易受傷……

但是我想去。

這一路上五色雞頭雖然人生路途分岔過好幾次，卻也很盡力地在幫我們忙……扣掉扯後腿的奇怪行爲不算，眞的幫很多。

他甚至比我要有用很多。

我很擔心他就這樣闖進去山妖精的地方，有種冰涼的感覺在心裡的某處提醒我，那個地方不能讓他自己去，會出事情。

所以我不想讓他這次自己再度扭曲人生路途。

下意識我如此認定，毫無懷疑。

「你帶回來的線有著時間的氣流，可見凱里的靈魂一定連結著很重大的事件，他在一個非常靠近時間之流的地方，正常人不能觸碰到的禁忌區域。」水妖魔這樣說著，然後和火妖魔互相交換了一眼，就從她的尾上剝下一塊鱗片。

有著幽暗顏色的鱗片仔細一看是半透明的，上面有著很多細小光點，讓鱗片看起來就像玉片一樣漂亮。

她向我伸出手。

我連想也沒有想，很自然就把口袋裡的線交出來給她。

摸到線的那瞬間水妖魔露出有點詫異的神色，不過一閃而逝，馬上不見了。她將斷線與鱗片互相貼合，接著一旁的火妖魔雙手往那兩樣東西用力一拍，火焰和熱氣從掌中貫出。

等兩人的手都張開之後，水妖魔手上已經沒有鱗片和線了，取而代之的是一個圓錐形的東西，大概一根小拇指的大小，顏色和鱗片一模一樣。

「加上我們的力量，這個東西會在適當時候讓你更靠近凱里的靈魂一點。」水妖魔把錐體射出來，直接嵌入我腳邊的地面。

……這教我怎麼拔出來啊！

看著只剩下一個頭頂的錐體，我當下心中就只有個「靠」字。

妳好好拿過來是會死嗎！

站在旁邊的魔使者黑刀刀尖一挑，就把錐體凌空挑到我手上。

「好了，快滾吧。」水妖魔揙揙手，顯然就是叫我不要繼續站在這邊礙眼了，「凱里借你們一起帶去吧。」

「咦！」

我猛地轉向魔使者，超有力的幫手啊！

但是他不是要顧大門殺活口嗎？

「外面太吵了，我們會暫時把門關閉起來，只有特定的人選才能進來，蒂絲會把多餘的趕走。」像是看透我的想法，水妖魔打了個哈欠，說著。

……你們幹嘛不從一開始就這樣做，爲何要把沉默森林給逼瘋才使這招啊喂！

看著站在我身後的魔使者，的確，如果山妖精那邊狀況不對，我們肯定越多人越好，「那我就不客氣借人了。」

水妖魔挑了半邊眉，「這也不是爲了你，如果眞的找到靈魂的話，凱里的身體就在旁邊是最方便的吧。」

這樣說也沒錯啦。

再度向水妖魔表示感謝後，我和魔使者退出他們的房間。

然後，回到了我房裡。

※

「半夜不睡的小孩打算幹什麼壞事？」

色馬的聲音在我腦袋裡響起。

我整理著行李，在這裡其實也沒有用到什麼東西，正在把換洗衣物塞進背袋時我看見了出發時帝送我的那件東西。

先前我打開過一次，裡面是一些小白球。

翻看著那些球，我突然注意到上面有些奇怪的圖紋痕跡，每個都不太一樣，有些看起來好像是植物有些像是物品，但是看不出來是什麼物品就是。

記得帝好像說過這些是他們做出來的東西？

根據我對這個世界的人的了解，如果是他們隨手做出來的，只有兩種可能：一，很有用的東西；二，很有用且恐怖到讓人用過後會一輩子不想再用的東西。

帝他們應該不會做出第二種吧……

「如果你走太遠，這個連結術法就無法用了。」色馬隔了很久才繼續講話。

摸著小白球上的圖案，我坐在床邊，因爲沒有辦法回答他的話，所以也只能沉默。

這應該眞的是我第一次要單獨踏上這個世界了。

和學長、阿斯利安他們一起旅行時受到多方照顧，可能接下來不會有，肯定再也不會很平穩。

在這種時候，我突然異常冷靜。

我想我知道自己在幹什麼，某種感覺告訴我，這一定是該做的事情。

摔倒王子和阿斯利安他們接下來絕對沒有問題，搞不好他們有沒有我根本沒差啊……說不定還走得更順利！

「你記得你有小隊的責任嗎？你是一個隊員。」色馬的問句剛好問進我的糾結處。

當初是我自己答應要一起把學長送回冰牙族和燄之谷，照理來說我應該像阿斯利安他們一樣把任務完成，不能在中途突然離開，這是非常沒有責任感的行爲。

可是，夜妖精的事情、六羅的事情，還有山妖精的事情，都讓我十足在意。

爲什麼我們會在契里亞城被追捕？

爲什麼城主試圖襲擊我們？

山妖精那時候到底是表示什麼？

所謂的陰影……

隱隱約約，我覺得好像有什麼東西可以連成一線。

當初六羅的行動路線已經顯示很有問題了，他要殺的應該是霜丘夜妖精，但他一路進入契里亞城再轉向沉默森林，選擇的道路目標根本不是霜丘的位置。

反而像是一開始就要往沉默森林去一樣。

而在他走過的路線上，蒂絲重傷、隊友死絕。

現在，我們也走到這裡。

雖然不太相關，但近期安地爾也無預警冒出來在這一帶徘徊，在湖之鎮下還有不可告人、被重柳族再度封閉的東西。

我想起哈維恩所說的預言。

於是，霜丘夜妖精踩在這條道路上，攻擊沉默森林。

現在五色雞頭要重新回到路線上去找六羅的真相，怎樣說我都覺得不能讓他自己一個跑回去……引起更多災難。

「值得嗎？」

式青的問句輕輕傳來：「謎底有多少、眞相有多少，像蒂絲那麼強的旅團都湮滅在時間中，但是其實這些都與你沒有關係，你覺得足以拿出性命去尋找嗎？」

我把白球放回盒子裡，小心翼翼地收進背包，另外把一些多餘的東西拿出來放著，反正放妖魔這邊的話，還可以拿得回來。

唔，糧食應該可以在路上補給吧？

打獵生火什麼的我完全不行，頂多用米納斯把魚弄成生魚片，問題是我不吃生食啊……啊，搞不好可以用米納斯切肉然後用火符烤肉。

隱隱約約，我似乎聽到從幻武兵器那邊傳來的不屑哼聲。

這次式青的話語停頓非常久，久到我都把房間裡的食物搜刮一空塞進背包拉上拉鍊他還是沒有開口。

搞不好他忘記腦入侵是單向的不是雙向的所以在等我回答？

看了下時間，已經半夜三點多了，五色雞頭應該已經出發有段時間才對，現在去搞不好可以在哪裡碰到他，前提是我可以安然通過霜丘夜妖精的包圍網。

這點還是可以碰運氣的，魔使者應該知道不用正面和他們衝突的方法……說不定他所謂的方法就是殺光往前衝……

完蛋，我開始不安了。

他眞的很有可能做這種事情！

將包包揹上身，我突然有種好像和地下錢莊借錢還不出來，所以半夜搬家跑路的錯覺。

打開門時，魔使者一如我所料地就站在外面，不過不曉得什麼時候身上多了個小背包，也不知道裡面裝什麼，如果不是會跳出來咬人的東西應該都沒所謂啦。

出乎我意料之外的，是突然響起的小小鳴聲。

我看見魔使者腳邊出現了不該出現在這裡的東西——

縮小的飛狼坐在地上對我發出了兩個細小的聲音，順便搖搖牠的尾巴。

「我們估計第七天後會進入燄之谷的領域，飛狼會在第五天啓程折回和我們會合，如果錯過了，你們就只好回學校繼續上課。」

式青的聲音再度傳來，我幾乎可以猜到他在聳肩的表情。

「半夜不睡的小孩，記得回來啊。」

❀

五色雞頭的腳程比我想像的還要快。

我是在天亮後才追上他，那時候已經很接近信奉尹格爾的小村莊了。

沒有我想像中的大開殺戒，可能被交代要很低調的魔使者領著我們去一個定點，讓我們瞬間被傳出離沉默森林有段距離的地方，我想大概是妖魔們自己做的來回傳送點之類的東西。因爲阿斯利安說過這個世界上的種族會做很多結界屏蔽術法，避免被隨意入侵，所以我們才必須用徒步趕路的方式前進。

既然可以無視屏蔽任意傳送，那肯定就是妖魔們幹的好事了。

畢竟他們可是會連別人餐廳都切來用的。

這類型的傳送點有好幾個，魔使者領著我和飛狼斷斷續續找到一些，把原本要跑上整天的路瞬間縮短到幾個小時，提前回到了小村莊附近。

但是我沒想到居然會在這邊遇到五色雞頭。

難道他是傳說中的日行千里路行雞！

一路上在定點都沒找到他，我還以爲是落後了，但他居然出現在我們前面……太神祕了……

看到我和魔使者冒出來的瞬間，五色雞頭也愣住。

「漾～你迷路了嗎？」吃驚過後，讓我半夜跟著落跑的元凶走過來搭著我的肩膀，「迷路的話要向右轉，東方太陽升起時就是你人生的標誌，快點去找你的小太陽吧！」

……我突然覺得我追上來眞的是對的嗎？

這又是哪裡來的台詞啊！往右轉就眞的迷路了吧！

「你不是要去山妖精那邊嗎。」無視他的亂七八糟發言，我抓抓頭，「所以我也一起過去，帶著凱里比較好吧？」

五色雞頭眼睛閃亮起來，還一把抓住我的手，「本大爺就知道，忠狗是不會拋棄主人的！」

等等我不是僕人嗎！什麼時候變狗了……不對！我也不是僕人啊！

把雞爪給甩開，我咳了兩聲，天剛亮的時間都會比較冷，急著趕路沒注意到，現在被五色雞頭一弄整個冷了起來，「你要進村莊嗎？」看他的樣子也沒帶很多東西，應該也是輕裝趕路，只是不知道爲什麼趕得很快。

「本大爺打算進城一趟。」五色雞頭咧開笑，然後摩著拳頭，「沒把那個啥鳥城主拖出來打，本大爺一口怨氣都可以吐六月雪出來了。」

其實看雞噴雪好像也很不賴就是。

「現在城裡不是在抓我們嗎？」居然還想進城。

不過被他這樣一講我突然也有點想去了，上次在這邊時千冬歲和我的電話明顯就是有別人侵入，他才假裝成在和萊恩講話，後來就沒有再收到其他消息，也不知道到底有沒有事情……我很相信千冬歲和夏碎學長的家族能力啦，但是沒有親眼看到果然還是非常不放心。

「本大爺家的密道有千千萬萬條，想抓本大爺沒那麼容易！」

你沒事在人家城下挖千千萬萬條密道幹嘛啊！

那是你家嗎！

我突然覺得契里亞城百分之百有可能因爲小地震突然全城垮，而元凶就是站在我旁邊這個連自己挖幾條都不知道的傢伙。

「對了，爲什麼你這麼快就到了？」看著五色雞頭，我發出疑問。

「這是商業機密。」五色雞頭嘿嘿嘿笑了幾聲：「漾~如果你要加入我家我就告訴你爲什麼。」

「……不用了謝謝。」我不想去當被秒掉的炮灰。

看著逐漸發亮的天空，只穿花襯衫根本不知道冷的五色雞頭張望了下，「就這樣一鼓作氣衝進城好了。」

也太簡單！

「你不用吃東西嗎？」我黑線都掉三打了。

「本大爺要吃的時候就會吃，這種國家興亡的非常時期有一秒是一秒，把寶貴的時間浪費在吃東西上面，身爲榮譽國民你捨得嗎！」

我絕對捨得，因爲我根本不是國民啊！你到底最近都在看什麼片子啊，爲什麼跳tone得更奇怪了！

「你要從上次那邊回去嗎？」看著四周的樹木景色，我其實完全不知道我們上次到底是從哪裡出來的。

「嘖，學著點，本大爺可是江湖一把刀，曾經走過的舊路怎麼可以再回頭呢！男子漢大丈夫，當然是要走新路！」很豪氣地指著我這樣講，五色雞頭轉過頭在附近走動了下，接著朝我們勾勾手指，「S路線。」

聽不懂啊聽不懂……我還是直接跟著走不要問他技術性問題好了。

抓起縮水的飛狼，後面也跟上來的魔使者完全沒聲音，說眞的很容易忘記還有多這個人，看來我得稍微注意一下他的行蹤，要是不小心弄丟就糟糕了。

帶著我們鑽進旁邊的小林子中，約莫五分鐘後五色雞頭停在一堆半人高的雜草前，「找到了。」說著，他甩開獸爪，在草叢裡撥了撥。

幾秒過後，突然有扇門從裡面浮出來，停在我們面前，門上有著與當初我們那條密道上一樣的印記。

拍開了門，後頭果然是條石砌的暗道。

「走吧。」也沒說路會通到哪邊，五色雞頭一馬當先地跑進去了。

最後魔使者關上門後，那扇門便消失在黑暗中。

於是，我們踏上返回的道路。

※

我一直以為五色雞頭家的密道全部都是通往靈光大飯店。

所以當一打開我看見全日式建築之後我傻眼了，因為門開在溫泉邊的造景裡，怎樣看都不像那個我們曾去過的靈光大飯店。

聽說，這個城市好像只有兩座溫泉大飯店——

你把密道開到千冬歲他家！

你居然把密道開到千冬歲他家的旅館了！

某種暈眩直擊我的腦袋，我有種這次玩完後一定會被千冬歲給掐死的感覺。

幸好溫泉這邊看起來是非開放時間，完全沒人，水面上只有霧氣緩緩移動，周圍的櫻花樹開得異常美麗。

後面跟著出來的魔使者突然按住我的肩膀，然後把我和五色雞頭往回拉。

「怎麼了？」愣了下，才剛開口詢問，旁邊的五色雞頭也做了個噤聲的動作，然後將密道的隱門拉到剩下一條細縫。

應該無人的外邊傳來非常輕微的聲音。

越過我的肩膀，魔使者伸出單手手掌在細縫上輕輕抹了下，那條五公分大的縫上立即蓋上了層淡淡的米色。

下一秒，一雙黃色大眼出現在門外。

那種感覺就和當年酷斯拉經典畫面一樣，不像人類的巨大野獸眼睛瞳孔剛好塡滿了縫，正好對上我們，我嚇得不敢呼吸，很快地外頭的眼睛像是沒看到我們似地移開了。

我透過米色透明層再度往外看，這次看見的不是空無一人的溫泉，而是兩、三個騎著很像恐龍大騎獸的人在廣大的泡湯區走動，那些人的服裝統一，是契里亞城裡見過的衛兵服裝。

「奇怪，剛剛好像有聽到聲音。」門外傳來某人的自言自語，接著恐龍屁股在門外閃了下，一樣的騎獸逐漸遠離我們，跑去和其他人會合。

恐龍小隊集合後，中間有個像隊長的發號施令說可以收隊了，整票人便從一旁的通道離開。

等到恐龍完全走乾淨，從頭到尾都沒聲的五色雞頭嘖了聲：「這些傢伙也太小人了，居然用消失蹤跡的術法在巡邏。」

「該不會出什麼事情吧？」如果這裡眞的是千冬歲他家的旅館，怎麼會放城裡的衛兵進來巡查？

我開始眞的不安了。

站在後面的魔使者抹去了那層顏色，然後推開門，這次四周眞的完全一片靜悄悄。

倏地一個細小聲音，速度最快的魔使者猛地抬起手，我遲了半秒才看到他徒手抓住了一支箭，箭還超眼熟的——

「你們也太慢了。」

我慢慢轉過頭，在冒著細緻白煙的另外一端櫻花樹上看見有人晃著腳，持著非是幻武兵器、而是經常在動漫畫和日本劇看見的長弓對著我們。

「千冬歲？」要死，還眞的是他家旅館！

「不良少年，我警告你最好把那條密道給我填掉，如果你不動手我就直接炸了它，順便把你那棟丟臉的旅館也送下地獄。」冷冷瞪了五色雞頭一眼，不知道爲什麼沒有戴他平常閃光眼鏡的千冬歲從櫻花樹上跳下來，一下來我才看到他連衣服都不太一樣了，是比較傳統的日式服裝。

正想回敬他點什麼的五色雞頭張開嘴同時瞇起眼睛，然後走過去在千冬歲身邊繞了兩圈才開口：「四眼仔，做人要光明正大，不要畏畏縮縮地用替身，你是欠人家債務要跑路是嗎！」

替身？

我跟著也仔細看了眼前的「千冬歲」，其實人沒什麼不同，只是在額頭上多了一個紅紅的印記。

「這是傳令式神其一，有什麼好大驚小怪。」用著幾乎與本人完全一樣的鄙視表情看了下五色雞頭，和千冬歲擁有完全相同外表的式神甩下手，長弓就消失在空氣之中。「我可不想浪費跟我哥的相處時間在這裡等你們，要知道我哥可是在養身體，沒有好好照顧怎麼行，那條蛇又一天到晚作怪。」

也就是說你寧願巴在夏碎學長旁邊然後讓個式神過來找我們這樣嗎？

眞是見兄忘友……好吧，起碼有式神。

不過我怎麼有點感覺搞不好夏碎學長滿樂見你在這邊等我們的？

嗯……一切都是猜測猜測。

「另外是這棟旅館和那棟丟臉的飯店已經被城主的衛兵監視著，如果我太常出入也會被人懷疑。」看著我們，式神傳遞另一方的語言，然後走在前面引路讓我們跟上，「每天會來三次，嚴重影響到我家生意，我已經授權請班長代爲索取賠償了，分到的五五拆帳。」

這招夠狠，誰都知道班長絕對會把城主脫下一層皮的……爲了那五成的拆帳搞不好還會脫兩層！

「現在裡面什麼狀況？」跟著式神，我們拐進一條小路，四周轉爲紫陽花的景色，剛好把人都埋進去，在外面反而看不太清楚裡面有人。

「那天你打電話說到一半時，契里亞城的親衛隊突然闖進來，名義上是說你們隊伍可能遭遇到危險須緊急保護，但實際上卻是把兩邊的旅館狠狠搜索過，甚至想要讓我們配合找出你們。」式神偏著頭，繼續說道：「依照我們的地位他們當然沒辦法這樣做，後來我哥……藥師寺家族也發出警告，不良少年你回去最好去跪我哥感謝他，那棟該倒的飯店是藥師寺家族在第一時間保下來的，不然最可疑的就是那棟破飯店了！」

「你家這種破爛沒特色的才叫可疑！」五色雞頭突然很亢奮地一腳踩在旁邊的石頭上，「看來看去都是草跟花，讓人眼睛一亮的東西都沒有！」

不、我覺得眼睛太亮也不是好事。

似乎不想回答他這個抱怨的式神只一逕地往前走，很快地，小路慢慢寬廣了起來，出現在我們面前的是個傳統的日式庭院，四周同樣種滿了紫陽花，異常漂亮。

一秒引起我注意的，是庭院中的女孩子。

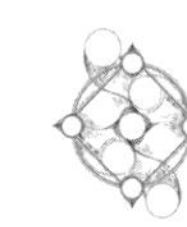

第五話　知情的第三人

「她說要找你。」

式神用的是肯定句，直接指的就是我而不是其他人。

我看向庭院中的女孩——

正裝打扮的城主妹妹——艾芙伊娃微微向我們一躬身。

我下意識往後看了一眼，魔使者的斗篷帽拉得很低，暫時應該看不到面孔。

「我聽說兄長去追捕你們，有點擔心。」艾芙伊娃握著拳頭，看著我們：「眞的很抱歉，很抱歉……」

如果現在色馬在這邊肯定會來一句小美女不要傷心，哥哥不管幾次都給妳追之類的話……還好他不在！

「嘖，這干妳屁事，本大爺向來是冤有頭債有主，要殺要打一定去找那個屁城主，妳道啥個歉，囉囉嗦嗦的有夠煩！」很煩躁的五色雞頭不太客氣地堵掉女孩的話，「沒事的話就快走開，本大爺和本大爺的僕人還有很重要的事情要做，沒時間跟妳囉唆。」

聽到五色雞頭語氣很衝，我偷偷推了他一下，他還轉過來凶惡地瞪我一眼。

似乎不以爲意的艾芙伊娃只是看著我，「爲什麼你們還要回來這裡？」

「……為什麼妳會知道我們回來這裡？」看著正裝的女孩，我開口問出了連我自己都有點訝異的直覺問題。

她穿著正裝在這裡等我們就代表她知道我們會回來，雖然我不像萊恩那麼了解千冬歲，不過我可以肯定他不會隨隨便便把朋友的行蹤告訴別人。而她又準確無誤地在這邊等待我們，可見她對我們的位置可能很有一定的掌握。

艾芙伊娃愣了下。

「我也是這樣認為的。」站在旁邊的式神轉動手腕，然後握緊了再次出現的長弓，「我們神諭家族可沒有做到妳的生意，為什麼天還未亮妳就會來找我說要見他們呢？」

女孩看著我們，微笑有點苦澀，「不管你們相不相信，我並沒有惡意……真的，我只想要確認你們安全。」

「……式青說過妳和城主沒有血緣關係，所以妳這樣瞞著他過來不要緊嗎？」看著女孩的臉，其實我無法分辨她有沒有說謊，但我寧願相信她沒有，畢竟那時候在擔心六羅的女孩不是假裝的，我希望她持有的是善良的那一面。

「我……」

「有人！」中斷我們的談話，式神與五色雞頭立時警戒起來，站在後方的魔使者瞬地抽出黑刀，連我抱著的飛狼都咧出牙齒嘶嘶發出低吼聲。

數秒後，從紫陽花叢外跳進好幾頭巨大獸類，仔細一看居然就是我們剛剛看見的那些衛兵坐騎。

「誰允許你們在這裡！」式神一秒彎弓搭箭，把其中一個張揚的衛兵給射翻下來，「你們嚴重侵犯了雪野家族私密領域，我有權在這裡將你們處置。」

一看惹毛了千冬歲，幾個衛兵紛紛跳下恐龍坐騎，一個像是帶頭的走出來，「雪野家的少主，很抱歉讓您不快，但是契里亞城城主有令必須把這三位帶回去；另外還有艾芙伊娃小姐，您不應該私自離開住宅。」

艾芙伊娃臉色明顯很慌張，「爲什麼兄長知道……」她愣了下，露出恍然大悟，「他在我身上加了追蹤法術嗎？」

「這是爲了保護小姐的安全，羅耶伊亞與雪野所屬的產業都爲我們關注地點，城主不希望小姐太過關切。」不帶感情地說完話後，首領轉過來看著式神，「至於無禮之處，請雪野家的少主多擔待了。」

「四眼仔！」

五色雞頭才剛想要撲上去，好幾個衛兵突然出現在我們面前用兵器指著我們，同時間有了動作的魔使者一刀斬斷最靠近我們那人的手臂。

可能是替身術法傳達得比較慢，還未反應過來，式神發出了奇怪的聲音，銀亮的刀貫穿了他的胸口，刀尖從背後突出來。

「我們有我們必須之正義。」抽刀殺人的衛兵首領低著聲音說道：「很抱歉，雪野家的少主，這次請你海涵。」

順著刀勢微微向後仰的式神冷冷看著對方，然後勾出讓人毛骨悚然的笑，「我的心胸可沒那麼寬大。」

還未意識過來那句話的意思，魔使者突然一掀斗篷，把我和五色雞頭撲開好一段距離。

金色的光從式神的身體裡面發出，震天巨響跟著傳來，塵灰瞬間充斥於空氣之中，地面劇烈動搖著。

魔使者用力壓低身體，把我們保護在拉開的斗篷裡。

式神無預警自爆了，而且還是不分敵我直接爆掉，連跟友方的我們打聲招呼都沒！

震動維持了十多秒才慢慢減緩。

被壓在我旁邊的五色雞頭掙扎了幾下，把魔使者推開，髒灰的空氣馬上鑽入，連小飛狼都用爪子搓鼻子打了個噴嚏。

灰色的空氣慢慢沉澱後我才看清楚，原本站著式神的地方被狠狠炸開一個大洞，周遭的紫陽花與房舍全都不見了，不像是被炸毀，而是「不見」。原本該有東西的地方空無一物，似乎在那瞬間被移轉了……或者被移轉的是我們也說不定。

衛兵隊伍飛的飛翻的翻，可能剎那也反射性做了保護法術，所以損傷意外地沒有很多，好幾個掙扎著從地上站起，只是坐騎已在剛剛的爆炸中全被殲滅了。

漫天灰塵逐漸落定後，四周突然多出許多黑影，仔細一看，全都是古老日式打扮的人，手持長弓腰佩刀，幾十個人將衛兵隊團團包圍，長弓搭箭隨時可以將敵人射成刺蝟。

「嘖嘖，四眼仔家的死士。」完全知道那些人來歷的五色雞頭很快樂地甩開獸爪，「剛好本大爺也手癢了！開戰吧渾蛋們！」

不要隨便在別人家開戰啊你！

左看右看，我發現艾芙伊娃不見了。

在被炸開的巨大坑洞中，緩緩走出一個人，手上抱著已昏厥過去的艾芙伊娃，衛兵們一看見來人立刻跪下行大禮。

穿透空間而來的契里亞城主面無表情地看著所有人。

「請解除武裝吧，各位。」

※

五色雞頭和我、魔使者被帶到一間大廳中。

大廳外就是我們曾造訪過、契里亞城主的庭院，目前有一層衛兵，衛兵外有雪野家的死士，然後剛剛五色雞頭告訴我個好消息，就是他家的人也圍在死士外面，準備有個萬一就先屠城再說……你家已經決定先毀掉城鎮了嗎！

不要隨隨便便就做這麼恐怖的決定啊！至少也先等城裡其他無辜的百姓撤掉再屠……不對

啦，為什麼我要被他們奇怪的行動給影響！

我捂著臉，默默有點哀傷了。

坐在腳邊的飛狼晃著尾巴，眼睛緊緊盯著大廳入口。

不知道為什麼堅持站著的魔使者就站在我和五色雞頭右後方差不多四十五度的地方，斗篷帽拉得比剛剛更低了。

似乎是下了要好好招待我們的命令，雖然門邊有衛士監視我們，但是非常有禮貌，連茶水點心都不敢怠慢，一看就是最頂級的東西擺滿了整個桌子。等待期間五色雞頭也毫不客氣地把食物往嘴巴裡面塞，還一直挑剔，叫服務生……衛士送別的東西上來，雖然露出一臉想揍人的表情，不過衛士還真的有點必來。

看著送上來的炸雞桶我有點無言，然後趁五色雞頭全部塞到嘴巴同類相殘之前摸了根雞腿出來餵飛狼。

阿斯利安沒有說過飛狼是吃什麼，旅途中也都放給牠自己到處去吃，所以我想雞腿應該不會怎樣吧？

兩、三口連骨頭都嚼碎之後，飛狼舔舔嘴巴，趴下來半瞇起眼睛。

旁邊的傢伙把剩下的雞肉全都倒進嘴巴裡，連骨頭都咬得卡卡響，在他要點第二桶前，城主走進來了。

我發誓我有看見衛士鬆了口氣的表情。

「還需要點什麼嗎？」看著滿桌滿地的食物殘渣，艾里恩示意幾個人過來整理乾淨。

「免了。」應該是吃得差不多的五色雞頭抹抹嘴巴，然後蹺著腳囂張地坐在位子上，「你個芭樂城主，是想快點夕陽落下嗎！早點說本大爺早點成全你，秒殺到讓你感覺不到痛苦，瞬間就去找你祖先敘舊！」

艾里恩苦笑了下，「我遲早會跟你們解釋所有事情，爲什麼偏偏要挑在這種時候出現？」

我盯著他，想起了式青之前的疑惑，他的確說過城主是個乾淨的人，所以有點不解他小人的行徑。

「艾芙伊娃呢？」看見只有城主自己進來，稍早被震暈的艾芙伊娃不見人影。

「在休息，她的身體一向不好。」艾里恩輕輕帶過我的疑問，在大廳的主位上坐下，接著所有衛士退了出去、關上門，室內只剩下我們。「我們有苦衷，不是你們所想的那樣。」

「我呸，本大爺才不聽你的鬼話！」五色雞頭跳起來，順便把我腳邊的飛狼也驚醒，「一路上一直在那裡追個不停，難道你是追心情爽嗎！」

「這方面我承認的確讓你們感到不舒服，但我們有我們所信仰的正義以及該做之事。」語氣強勢了些，不讓五色雞頭壓過去的艾里恩挺起胸膛，「即使會遭到怨恨，我也無所謂。」

剛剛那個衛兵首領也講了類似的話，然後一刀就把式神給捅掛了。同理可證，難道他現在是打算突然把我們捅掛嗎？

「既然已經把我們捲進來了，現在我們應該也有知的權利，你到底是爲啥要這樣幹？」看著凜然的城主，我邊想著式青的疑惑邊說著：「我無法理解你在妖魔地的作爲，難道你和霜丘夜妖精一樣也在垂涎那個巴拉巴拉的什麼鬼力量？」

「如果是這樣，本大爺就拍死你先。」五色雞頭張收著獸爪，發出了警告。

像是感受到緊張的氣息，魔使者的手一直搭在他的黑刀上，如果現在突然喊一聲「動手」，他搞不好就會撲上去把城主給劈成兩半。

這樣看起來，貌似我們還比城主安全很多。

說起來，難道他撤掉衛兵是爲了保證我們安全嗎？

「雖然我想試圖取得黑色的力量加以變革，但我和霜丘夜妖精的目的不同。」看著我們，艾里恩的臉上又出現那種我曾見過的悲哀表情，眨眼即逝。「爲了這座城市，以及我毫無血緣的妹妹，縱使你們不認同，我們還是會遵守我們的正義。」

「爲了艾芙伊娃？」

我與五色雞頭對看一眼，總覺得聽到什麼關鍵點。

上次見面時城主和艾芙伊娃明明相處冷漠。

「是的，艾芙伊娃是我最想守護的存在，接著是這座城市。」艾里恩偏著臉，點點頭，像是在揀選些容易說明狀況的語詞，「很久之前艾芙伊娃曾發病，之後被六羅治好的事情你們應該曉得。」

啊，對喔，我差點忘記這件事情。

聽說那時候城主找遍城內所有醫生、還有醫療班來爲艾芙伊娃治病，但都沒有效果，如果是眞的對她不關心的冷漠兄長，是不會做到這樣的，何況他之後還和六羅成爲好友，所以這個人肯定沒有我們想像中那麼奸險才對。

「如果我請千冬歲撤掉雪野家的死士，你是否願意告訴我們些什麼？」看著城主有點慘澹的神色，我想應該再加點什麼籌碼比較好，「以妖師一族的名譽發誓，在我能力所及，而且你也有正當理由的情況下，我可以幫你。」

「漾～！幹嘛對這個傢伙那麼好！」五色雞頭突然不平了起來，獸爪指著正在思考的城主，「等等他唬爛你怎麼辦！這傢伙怎樣看都很狡猾，江湖上最會扯後腿的就是這種人！」

……就算他唬爛我，魔使者還是很有餘裕可以砍掉他啊。

輕輕咳了聲，我看了看城主：「說不定他眞的有事情，如果眞的是正當的事，你也要撤掉你家的人手。」

五色雞頭嘖了聲：「先看他的狗屁鬼話可不可信再說。」

取得共識之後，我們一起轉向艾里恩。

對方苦笑了下緩緩點了頭，算是達成協議。

❀

艾里恩知道的事情比我們想像的還要多很多。

「我認識蒂絲，他們的旅團曾在契里亞城求援後離開，我的護衛團護送他們到半路之後才折返。」坐在位子上，契里亞城主從一邊的小桌拿起半溫的茶水，慢慢摸著杯緣，「根據當時我與他們的協議，這件事須完全保密；再之後我聽見了旅團失蹤的消息便派出護衛前去尋找，卻在路上找到已經破碎的屍體。依照約定，我讓護衛們將屍體就地掩埋，因為屍體已經腐敗到無法辨認，也不曉得有無活口，但是當初的旅團沒有人再回來，我想應該是全部都遭遇不幸了。派出的人蒐集不到情報，無法得知是誰下手。」

我本來想告訴他蒂絲還活著，不過因為他突然提到這件事情也很怪，所以暫時沒開口。

「我知道你們在查旅團的事情，這些情報公會並不曉得。」偏頭睨著我們，艾里恩的語氣有點猶豫：「這些事情牽連很大，聽完之後你們也無法脫身，你們認為這樣值得嗎？以自己的安全來作賭注，而你們不過就只是年輕的學生。」

「你到底要講不講啊，本大爺要是怕事就不會坐在這裡了，這年頭是怎樣，行走江湖每個人都那麼婆媽，男子漢大丈夫伸頭一刀縮頭也是一刀，怕砍就不要出來混啊懂不懂！」五色雞頭重拍旁邊的桌子，指著城主說道：「要聽就不後悔，反正來找碴的一律幹掉，本大爺恩怨分明，不會隨隨便便對你怎樣的。」

是啊，五色雞頭唯一的優點大概就是恩怨分明了，讓我好感動。

用複雜的表情看了看我們，可能也已下定決心的艾里恩重重嘆了口氣，這才開始說出他所隱瞞的事情。

所有的事情都是從他擔任城主之後才開始的。

「我們這個種族，在世界責任中所肩負的是殘餘之力。」

艾里恩向我們解釋，不管在哪個時期，大戰集中區之後都會產生一些類似他們這樣的種族，有可能是原本就在這一帶的部落，也有可能是當初軍隊中留下來收拾殘局或是安排復原的人馬。

他們的部族在很久之前就已經在這邊了，因爲部族歷史在精靈戰爭時受到波及被摧毀，無法向上追溯有多久，當時湖之鎮還是座大湖，而契里亞城也不過就是個小小的部落地區。

部落祖先傳唱的歌中有提及湖之下沉睡著黑色之力，遠古曾一度席捲世界，當時被數大種族聯合封印在各地，而這裡也有散落細小的印記，不過因爲太過久遠，基本上沒人知道那個到底是怎樣的東西，也不曉得確切位置。

聽到他講這些的時候，我一個抖，想到了安地爾找到的東西，還有重柳族那時的警告。

「在我們部落中每一代都會選出一個人作爲預備，可能原世界來的妖師不能理解這些作法。但是每次戰爭土地都會有所污染，戰爭之後那些影響依然存在，如果封印爆發的話會再度傷害孕育我們的大地和其他生命，肩負殘餘之力責任的我們所選的人會吸收那些負面影響，將傷害壓抑到最低。」艾里恩給了我們一個很模糊的概念，不過我覺得他的說法似乎就是找一個替身的意思。「這種規則在很多部族中都有，每個肩負殘存之力的部族都維持著一個區域，互相連結起來，和整個大地相互平衡。」

「啊，原來你是克利亞。」五色雞頭拍了下手掌。

「克利亞？」可麗餅我是聽過，某種食物。

「就是他們那種責任者的統稱，每次戰爭之後就會像筍子一樣冒出來很多。」用著完全不對的形容詞說別人，還不覺得有什麼問題的五色雞頭環起手，「喔，原來這個區域是在契里亞城。」

「是的，原本今代的選任者是我。」艾里恩頓了頓，放下手上的杯子，一口茶水都沒有喝：「克利亞在挑選適任者有些條件，今代適合的人是我，但在契里亞城接替時意外地這位置也必須由我繼承，族裡的長老認爲必須再尋找新的人選……於是就有了艾芙伊娃。」

「艾芙伊娃是責任者？」那麼小的女孩要當替身？

我有點錯愕，因爲依照城主的形容來看，當作吸收的替身很有可能下場會很糟糕，畢竟我看過夏碎學長那麼驚悚的轉移法，實在不覺得這種任務會很仁慈，甚至會比夏碎學長他們那種殘忍很多。

「是，與我相近的人只有她，但她不具備完全承擔的力量，所以我才認她爲義妹帶在身邊，如果有什麼萬一，我也可以立即將責任轉移到我身上，畢竟城主這個位置仍是能有其他人替代。」

他繼續告訴我們關於契里亞城的事情。

契里亞城和湖之鎮先後建立，只間隔了些微的時間，所以變成姊妹城鎮，當時湖之鎮很快就出現倒灌的現象，於是契里亞城方面也做出必要的支援。

後來發生了大競技賽的事情。

但在那之前，蒂絲等人就已經前往拜訪過了。

根據艾里恩多年學習古代知識的臆測，加上附近幾個部落的傳說，他和蒂絲認定那些封印很可能就在兩座城市其中之一的下方或之間。

之後蒂絲出發尋找相關事物，幾年後返回時形色匆匆，交代了艾里恩一些事情，之後在城市中採買了具有封印力量的保險箱，在他的護衛隊保護下便轉向湖之鎮，之後離開，目的地是當年的學院。

於是旅團就這樣消失了。

艾里恩不清楚他們發生什麼事情，只知道旅團被殲滅，隨身攜帶的物品與保險箱下落不明，找不出任何線索。

那陣子他的重心放在艾芙伊娃身上。

因爲不是完全適任者，所以艾芙伊娃的身體狀況一直不是很好，終於引起了大病，當年正好六羅路過幫了他，將病情壓抑下來。

他與六羅來往密切，兩人私交甚篤，於是他將蒂絲的事情告訴六羅。

過了些時間，六羅被家族派出去執行任務，中途進入契里亞城告訴艾里恩他知道了些事情，可能和夜妖精、山妖精有關，約定回來之後告訴他，兩人一起去找出眞相。

但是六羅就沒有再回來過了。

艾里恩派出許多使者，但殺手家族僅告訴他六羅執行任務失敗，死亡了。

「沒過多久，夜妖精的預言傳來，霜丘夜妖精開始有動作，時間正好是鬼族攻擊學院那時候，在檯面下進行了很多事，也曾來契里亞城要求結盟；浮出檯面攻擊他族是最近開始的事情。」看了一眼魔使者，艾里恩搖搖頭：「你們也有點誤解夜妖精了，雖然霜丘夜妖精的目的是奪得黑色能力，但他們是爲了在黑色種族之前搶先取得並壓制住敵人，並不是想利用黑色能力做什麼壞事。」

「他們還來攻擊本大爺的老巢耶！」五色雞頭一提到這件事就不爽起來，「還去攻擊公會，夜妖精啥時也兼任瘋狗亂咬人了！」

「那是因爲殺手家族先襲擊霜丘，想想六羅的任務是什麼。」艾里恩很直接地回駁了五色雞頭：「我們有我們該爲之正義，但並不是所有人都能認同；霜丘同樣有該爲之事，只是他們手段激烈得讓人先入爲主認定他們爲敵，刺殺執行者賴恩就眞的是正確的嗎？爲什麼殺手家族之後並未再派出新的追殺者？六羅死亡對殺手家族不是打擊嗎，爲何你們不再繼續暗殺他，仔細想想這些事情，才能知道答案。」

「那麼你沒事跟蹤我們、抓學長是爲什麼？這種也叫作你家的正義嗎？」想到我們莫名被追著跑，我和五色雞頭就有差不多的一肚子火。

「我與賴恩相同，都必須找到封印之地，那是我們該做的事情，但是牽連太大，不能讓太多人知道，如果不是因為你們身分特殊、又是與六羅相關之人，我也不願意讓你們坐在這邊聽這些。」拒絕透露更多，艾里恩站起身走到窗邊，「最多也只能說到這邊了，雖然有妖師願意協助讓我感到有些開心，但我們的目標是冰與炎的殿下和獨角獸，妖師們還是不要插手這些事情。」

「你個芭……」

五色雞頭才剛想罵些什麼的同時，某種聲音突然貫穿了艾里恩前面的玻璃，接著一支木頭削成的粗箭擦過他的肩膀釘在地上，淡淡的血色瞬間在城主的衣物上暈染開來。

木箭非常粗糙，感覺上像是手工製品，比一般的箭還要粗兩、三倍，從釘在地上的狀況來看，射箭者力道一定不小。

魔使者瞬間有了動作，凌駕於其他人的速度撞破玻璃，腳一蹬就衝出去追殺襲擊者。

很快地，外面的衛兵聽見騷動也撞門衝進。

「沒事，全都回到自己崗位上，第一隊伍去追蹤入侵者！」艾里恩按著肩膀，立刻對衛兵發下命令，訓練有素的士兵很快退了出去。

事情似乎還未結束。

就在衛兵退出去的同時，庭院的另外那方也傳來騷動。

「艾芙伊娃小姐遭到攻擊，快抓住入侵者！」

五色雞頭一秒衝了出去。

艾里恩拔起粗箭。

「沒事吧？」我小心翼翼地靠過去，看著他肩上的傷口，因為只是擦過，出血並不嚴重，很快就停了。

城主搖搖頭，「擦個藥就可以復元，只是浪費了衣服。」他細細摸著那支箭，我也湊過去看。真的是支很粗的箭，上面甚至還有削過的刀痕，不像千冬歲他們使用的那種精工箭支，反而有點像是什麼土著之類使用的，直接拿筆直的樹根削一削就用……

等等，土著？

我和艾里恩對看一眼，幾乎同時脫口而出：「山妖精！」

他的敘述裡只有山妖精沒有提及，霜丘夜妖精基本上已經知道了個大概，只剩下當初蒂絲旅團死去地點的種族。

大門被人一腳踢開，五色雞頭甩著手走進，「嘖，跑掉了，有夠快的。」

在他之後，魔使者也踏進門來，手邊空空，看起來兄弟一個樣。

「有看到是什麼嗎？」沒想到居然跑得比魔使者快，那是什麼東西？跳躍版的高速山妖精嗎？

魔使者搖搖頭。

「可惡，居然敢擺本大爺一道，被我抓到的話就送他們進西天！」

不，其實我覺得被你抓到只要把對方綁在你家大廳一個禮拜，就跟上西天沒兩樣了。

一想到那間金光閃閃的靈光大飯店我就毛骨悚然。

去包圍飯店的衛兵應該都是哭著回來吧？

眞是人生一輩子一次的奇景……但是再也不想去第二次就是了。

「那魯，有追蹤到入侵者使用的術法嗎？」艾里恩側過頭，一條黑影突然從上方掉下，太過靠近了所以把我嚇了一大跳，仔細一看居然是個很像忍者的東西，黑頭黑臉的看不到模樣，總之就是個人。

所以他剛剛在和我們談話時其實還是有伏兵嗎？

我突然覺得城主果然也不是我們想像的那麼老實，如果剛剛我們動手，說不定就會跑出來很多這種東西，難怪五色雞頭看起來很不爽，大概是早有發現了。

黑影人半跪在地上，發出了很低沉的聲音：「有移送陣法的蹤跡，已經移向城外，目前正在追蹤。」

啊，難道這就是城主剛剛講的護衛嗎？

「艾芙伊娃如何？」

「小姐平安無事，在對方侵入之前便已經將之擊退。」

艾里恩點點頭，黑忍者又瞬間消失了。

好吧，起碼可以認定之前我的印象有錯，城主應該是滿疼妹妹的，只是讓人難以察覺而已，典型的內斂式愛妹變態。

「你的城也快完蛋了，光天化日之下被攻擊。」嘿嘿笑了兩聲，不懷好意的五色雞頭搓搓下巴，「本大爺家多得是傭兵出租，看在認識份上打你九五折，有需要不用客氣啊。」

九五折也太小氣了吧！

那你還不如打九八折更省！

「……謝謝你。」完全看得出來很沒誠意的道謝，艾里恩咳了兩聲：「倒是，我不明白爲什麼兩位會突然折返？」

我稍微把六羅的事說了下，既然他已經對我們坦承不少事情，外加這次六羅很顯然也牽扯在裡面，所以我覺得他有必要知道，應該也是這樣想的五色雞頭沒有阻止我，隨便我去交換情報了。

趁著空檔，我一併告訴他蒂絲最後的遭遇和我們根據情報猜測的一些事情。

看著站在一邊的魔使者，艾里恩的表情顯得相當凝重。「照你這麼說，我想也應該是時候了，知曉這些事情的就只有我們三個人，蒂絲與六羅已經出事了，看來我也不能再繼續置身事外了。」

不知道爲什麼，我突然開始慶幸還好自己眞的有折回來，否則事情很可能不會這麼順利，隻身回來的五色雞頭有百分之九十九的機會把別人給屠城，接著消失在他人生道路上去屠別人，最後等我們完成任務回來剛好踏在他開好的血路上。

似乎冥冥中就是這樣被安排著，時機、或是其他的因素都很恰好，原本以爲是敵人的契里亞城主很有可能會變成助力，在蒂絲和六羅之間也是個關鍵。

命運的力量眞的很明顯。

如果它能就這樣保佑我中大樂透就好了，我肯定一秒飛奔回去我可愛溫暖的家，然後一輩子腐爛掉。

但這是不可能的，很久之前就被嘲笑過了。

不過這次命運的力量實在是太明顯了，活像有人操縱一樣……啊，該不會是因爲我和蒂絲的約定吧！

看來以後我眞的不能亂講話或者是亂下決心，每次實現時都會有點奇怪，摔倒王子也不知道詛咒消失了沒，又撞樹又摔倒讓我看得都有點愧疚了。

下次回去應該問問看然關於時效性的問題。

「漾～」五色雞頭突然在我面前一個彈指，讓我瞬間回過神，「你在發啥呆啊！」

「呃、沒事。」總不能跟他說我剛剛有瞬間在考慮要不要認眞詛咒山妖精集體得脫毛症吧，還眞想看看那幅畫面。

「既然事情都講開，本大爺也大人有大量，肚子裡撐船地放過你這次，不過你不要太不知好歹，本大爺只是不想追究而已，要是再把本大爺給惹毛，絕對殺個你們片甲不留！」對艾里恩狠狠放過話之後，五色雞頭才搭著我的肩膀，「漾～走吧，懶得再攪和下去。」

「請兩位等等。」艾里恩很快攔住我們要離開的腳步，「你們知道如何找到六羅嗎？」

「欸……憑妖師的能力。」我並沒有告訴他水火妖魔送了我指引的東西，總覺得還是要留一手比較好。

「本大爺多得是商業機密！」

又是商業機密！你家的商業機密該不會還包括觀落陰吧！

我突然覺得很有可能，不然五色雞頭這樣莫名衝出來是在衝心情爽嗎？說不定他本身也掌握到某些東西，例如下黃泉和死者對談之類的。

這樣一想還眞的有可能！

因爲他是五色雞頭，越民俗的東西越有可能出現在他身上……糟糕！爲什麼我會這麼了解他！我完全不想了解這個奇怪的人啊！

「這方面，或許我們可以一起解決。」艾里恩匆匆向我們提出建議，「我也想知道當初六羅要告訴我的事情，既然大家目標一致，爲什麼你們不善用我所擁有的資源？」

簡單地說現在的狀況就是大家變成同一條船上了。

我看著艾里恩，突然驚覺我現在也滿會和別人交涉了，眞感動。

原來我眞的有成長了！

「本大爺先告訴你，就算你拉我們兩個下水，也沒有太多甜頭。」

看著城主，五色雞頭冷冷地說：「你還不是就想用我們這邊的資源，死心吧，其他人都繼續去找冰塊族和火焰谷了，沒有精靈和獨角獸去幫你找那啥鬼黑色力量啦，本大爺先送你兩圈黑色的黑輪還比較快一點。」

「請放心，既然我告訴你們這些事情我也有某種程度的覺悟，現在我想先了解六羅的下落，說不定當年他與蒂絲所掌握的事情可以讓我們找到一些什麼關鍵，不用驚擾精靈與獨角獸……如果可以我會盡力避免，不再做傷害你們的事情。」這次看起來很誠懇的艾里恩用力握緊了拳頭，「爲了我的正義，如果能夠因此排除威脅，我願意和你們誠心合作，以此讓湖之鎮、契里亞城，以及艾芙伊娃平安。」

五色雞頭睨著他，像是在判斷對方話裡的眞實度。

然後，點頭。

「本大爺就信你一次，爲了雙方的誠信合作，本大爺就在飯店裡擺張酒席，大家吃飽之後先前事情一筆勾銷，還有把本大爺飯店和四眼仔飯店的那些監視都撤掉！」

……爲什麼你會用這種賠罪酒的方式！

這應該是啥啥道上喬不攏最常幹的事情吧？

是說他居然有想到千冬歲，看起來五色雞頭也長大了……大概有吧？

一聽到要在靈光大飯店吃飯，艾里恩的表情明顯抽了一下，不過還是回應了五色雞頭的善意：「我會準時到達。」

我猜他應該是會在最後一秒到達吧，然後還要是直接陣法傳輸，要走進去那個很恥的大門不是一般人幹得出來的事情啊！何況是個很嚴肅的城主！

說不定他還寧願被五色雞頭毆打一頓然後船過水無痕。

眞是太難爲人的酒席！

「好！本大爺今天晚餐就等你來！」一把搭住我的肩膀，五色雞頭才回過頭露出很愉快的表情，「那麼漾~我們兩個就先去飯店吃中飯吧，本大爺上次走得很匆忙，忘記驗貨，新來的那批東西應該也到了才對。」

……

……我可以不去嗎？

我比較想要去千冬歲他家啊！

五色雞頭用絕對力量抓住我的肩膀讓我掙脫不掉，只好乖乖被他拖出大廳，往那棟恐怖的靈光大飯店走去。

外面的死士已經散掉了，大概是剛剛的交涉或者千冬歲認爲已經可以撤退就跑光了。

離開城主住所好一段路，順利走到街道上之後，五色雞頭才鬆開手，看了後面的魔使者和我手上的飛狼一眼，「漾~你眞的以爲我們要去吃飯啊，果然僕人的腦袋比較單純。」

我被笨蛋說單純了！

可惡我有一秒好想掉淚。

「城主的手下是笨蛋，不代表本大爺和四眼仔的手下也跟著笨，既然那些見不得人的襲擊小人逃出去了，肯定要經過外面包圍網。」五色雞頭衝著我嘿嘿嘿地邪笑了，「讓我們去看看到底是啥東西這麼有種吧！」

這麼說我也想起來有這回事了。

「可是對方不是有用移動術法？」

「笨啊，在傳走之前有多少抓多少啊！」五色雞頭朝我比了一個拇指，然後還用力拍拍我的頭，「僕人啊，聽好本大爺的教誨，江湖上人心險惡，行走江湖時最好有幾手留幾手，底牌都丟出去對自己有壞沒好處，那個城主怎樣看都不太老實，我們先他一步抓到人搞清楚對方底細比較好。」

難怪他會拉著我快點跑出來。

不過對於同時攻擊艾里恩和艾芙伊娃的人我也感到很有興趣就是了。

但是我必須再重申一次——

「我不是你的僕人啊！」抗議抗議！不要擅自把我當成你的僕人啊！都說過多少次了啊！

五色雞頭斜了我一眼。

「啥？你說啥？本大爺沒聽清楚喔，僕人。」

……你個可惡的雞頭。

你根本有聽到吧！

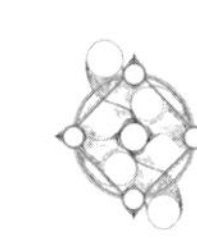

第六話　深埋的祕密

繞了一圈，我又回到我的惡夢。

不知道是不是我的錯覺，我總覺得現在正在我面前的靈光大飯店好像多了點什麼……為什麼會多一條銀色的龍！我們才出去沒有多久吧！

看著金龍旁邊多一條同樣閃閃發亮到嚇人的銀龍，我一個暈眩。

我幾乎可以想見那個西裝男應該快要胃穿孔了。

「嗯，不錯不錯，本大爺很滿意。」五色雞頭扠著手站在飯店門口，做出極度愉悅的表情後突然向後轉，往對面的民家走去。

「咦？你不進去嗎？」看著五色雞頭轉向，我愣了下，他不是要去飯店裡面？

五色雞頭白了我一眼，「漾～你眞的以為來度假啊，那邊是休閒娛樂場所，正事要走這邊。」他指著對面超普通不過的民家，說道：「要是啥東西都放在那麼豪華的地方太有風險了，有的當然要放在寒酸一點的才不會引起別人的注意。」

你也知道太豪華嗎！

其實我覺得放在靈光大飯店搞不好還更容易隱藏，每個要進去搜的衛兵都是很恥地進去，一定也會很恥地想要趕快出來，所以絕對不會搜太仔細，太仔細還有被閃瞎眼的可能，肯定是越快跑越好。

走向相對來說平凡無奇到會讓人直接漠視的一般民宅，五色雞頭隨便敲了兩下，立即有人開門，是個看起來很像鄰居小婆婆老太太那種老人家，圓圓的有點討喜可愛。

什麼話也沒有多說，好像早就知道我們會來這裡的小老太太讓開身，五色雞頭就大大方方走進去了，看了下我們也快步跟了進去。

房子裡全是黑的，窗戶與透光的地方似乎都貼上了黑色的紙……想想也是，如果我是住在靈光大飯店對面的人我肯定也會這樣做，避免連在自家眼睛都會瞎掉。

小老太太慢慢關上門，屋內全黑，接著地面開始泛出一點一點的光，持續往屋後延伸而去，像是指標一樣。

「小主人，已經幫您準備好了。」小老太太手放在背後，發出了細小的蒼老聲音，走在前面引路，順著指標而去。

黑暗中，我感覺到好像有什麼東西拍了我的肩膀一下。

走在我後面的應該是魔使者，我想他沒那麼無聊突然拍我，正想用光影村術法點亮房間時，有人突然抓住我的手指。

「漾～最好不要看比較好喔。」五色雞頭的聲音從我側邊傳來，還附帶有點恐怖的警告，「前廳是關……用的。」

你可以告訴我被你消音的那些字是什麼嗎！

黑暗中似乎突然多了一些腳步聲，我從腳底發寒到頭頂，雞皮疙瘩都起來了。

走在後頭的魔使者似乎也不怎麼放心，刀離鞘的輕微聲音傳來，似乎一有狀況他就會把黑暗裡的不明物體全殲滅。

「安啦，這些都是安全警衛，你以前房間外面也有養。」五色雞頭朝最後那個人丟出這句，不過大概是想到魔使者沒有記憶，就噤聲了。

大廳通往後方的距離並沒有很遠。

就在我們簡短幾句談話間，地上的指標已經轉折一個彎，進入了某條小走廊，接著順著地下樓梯向下方走了約莫幾分鐘之後，四周慢慢明亮了起來。

地底空間比我想像的還要寬廣。

整個空間完全大亮後，我看見四周寬敞得可以，都快像個大型賣場了，大到有點離譜，與剛剛看見的普通民宅完全不合比例。

「這邊幾棟房子都是我家的產業，地下是相連的。」五色雞頭偏過頭這樣告訴我，「在契里亞城，這才是我羅耶伊亞家族的分部。」

原來你家的家族也知道靈光大飯店太恥了！

那瞬間我腦袋裡就只想到這件事，看啊連他家的人都寧願把對面的房子買下來，就是不願意蓋在飯店裡或飯店下面。

驚愕過空間之大後，很快地我們看見了在地底空間的另一端有很多人，大致十個左右的數量，身上清一色都是同樣的黑色衣服，有點像是西裝但又不是，在那些人中間有一團東西跪在地上，身體被暗黑色的鎖鏈團團捆住，無法動彈。

那團東西的旁邊丟著張粗弓，木削成的，手法很粗糙，還丟著幾支同系列的箭，一看我馬上就知道是剛剛射城主的那種箭。

不過那團東西不是我們預想中的山妖精，一樣也都是粗毛，但長得比山妖精還大一倍，形體有點像猿猴，身上有些手工的皮甲和粗布衣服，眞的就是猴子的臉呼出重重的喘氣，看起來那些黑色的鎖鏈對他的負擔很大。

「這是我們在外圍抓到的。」小老太太轉過來對我們說著，手上不知什麼時候多出來的枴杖戳了戳那隻毛猴子。「端姆，沒什麼智商的傭兵小猴子，又便宜又不怕死，已經很少看到有人使用了。雖然很凶猛，但任務達成率沒有職業傭兵得好。」

毛猴子被戳了一下發出咆哮，往前一衝試圖想撞擊小老太太，不過立刻被周圍人用黑鍊拉住，只發出幾個掙扎性的吼叫。

五色雞頭盯著那隻毛猴子，走上前去就停在對方不到三步遠的正前方，「哪，告訴本大爺，僱用你的是那些長毛的山妖精嗎？」

毛猴子微微抬起頭，黃色的眼睛瞪著五色雞頭，然後發出了詭異的咕嚕聲音露出牙齒，像是在挑釁一樣。

「端姆很耐打，剛剛已經拷問過了，什麼也不講。」看著正發出聲音的猴子，小老太太嘖了聲。

「喔。」

五色雞頭隨便應了聲，在我還沒想到他要幹什麼之際，猛地伸出了獸爪直接掐住毛猴子的脖子，無視對方淒厲的慘叫聲直接將他提離地面，「本大爺很沒有耐心，反正你也不講，直接捏斷也無所謂吧？」

我看著五色雞頭，他金色的眼睛露出讓人毛骨悚然的冰冷，完全沒有平常打鬧時的那種溫度——他是在說眞的。

獸爪慢慢收緊，毛猴子的叫聲也越來越虛弱，龐大的身體開始顫抖，很快地沒有了剛剛的氣勢，整隻就痿下來了。

五色雞頭把手上的東西扔到地上，對他踢了兩腳，「結果到底是不是山妖精？」和剛剛不一樣的語氣，充滿了好奇，卻讓人覺得恐怖。

「嘎……」整隻趴倒在地，毛猴子沒有停止發抖，很快地點點頭，算是承認了雇主。

「好，了解。」五色雞頭把視線轉移開，用著很平常的語氣，只說了一句：「殺掉他。」

「西瑞！等等！」看到這裡，我連忙出聲：「可以把他放掉嗎？」就在我面前殺掉那麼大隻的東西，他會講話有意識也不是食用性動物，這種感覺眞的很不好，我討厭這樣子。

就算是食用性動物，看著在眼前被殺死也不舒服。

轉過頭瞥了我一眼，似乎不以爲然的五色雞頭用似笑非笑的語氣告訴我：「漾～這種東西沒啥好可惜的，放掉也不會感謝你，搞不好哪天還會來扯你後腿，多不划算，人在江湖可不能太善良喔。」

「欸……那個啥的，我也不是江湖中人，平民百姓比較不喜歡打打殺殺嘛。」像是附和我的話，小飛狼也跟著鳴叫了兩聲。

環著手，有彩色腦袋的殺手似乎有些猶豫，「好吧，看在你不是江湖中人的份上，本大爺讓你欠我一次。」

說著，他轉過頭突然出手了。

迅雷不及掩耳的狀況下，獸爪狠狠在毛猴子肩膀上撕裂出一道深刻見骨的爪痕，暗紅色的血液與嚎叫聲同時而出。

「看在本大爺僕人的份上，拖出去丟掉。」

然後，那隻毛猴子被拖走了。

不知道是不是我的錯覺，在他被拖往深處的同時，那雙黃色的眼睛一直瞪著我，瞪到眼睛快突出來了也不轉開……

希望是我想太多。

毛猴子被拖走之後，室內又安靜了下來。

「漾～現在證明是山妖精幹的，我們要立刻去滅了他老巢嗎？」甩甩爪子上的血水，五色雞頭接過旁邊人遞來的毛巾慢慢擦著手，「不過也眞奇怪，山妖精殺城主幹啥？」

「會不會是跟蒂絲有關係？」我一秒就想到這件事，不過也不知道爲什麼，隱隱約約我很篤定這個可能，畢竟這連串的事情都有關聯，如果他們轉對城主下手也不讓人意外。「我們拿到那個保險箱後就來這裡了，當初蒂絲也是在這邊買保險箱，而且有段路還是城主派人保護他們，如果蒂絲眞的是被山妖精殺掉的話……」那麼山妖精肯定也會來找還有可能知道那些祕密的人。

越想，我越覺得有這種可能。

五色雞頭抓了抓臉，歪著頭，「好像有這種可能。」

只是我們都不清楚山妖精到底在搞什麼。

站在旁邊的小老太太拍了拍五色雞頭，低聲不知說些什麼，五色雞頭立時就咧開嘴。

「漾～本大爺要回旅館一趟，順便等城主來喝賠罪酒，你要先跟本大爺過去等還是在這邊休息？本大爺是覺得你可以過去泡個溫泉放鬆一下……」

「我在這裡等就好了，謝謝。」打斷五色雞頭的話，我連忙咳了兩聲：「如果這裡有房間可以借我。」

開玩笑，提早過去又要接收西裝男的怨恨攻擊還有視覺上的閃光攻擊外加五色雞頭突如其來的襲擊，我還是在這邊比較好，有多晚拖多晚對精神健康比較好。

五色雞頭聳聳肩，「好吧，本大爺還想說叫你去試試看最新的火山噴漿溫泉，那麼晚餐見吧。」

我突然有一秒慶幸沒去。

你是想把我給煮了嗎！那個噴漿溫泉是噴什麼漿啊！岩漿嗎！靈光飯店眞的要變成靈骨塔飯店是吧！

「那麼客人請往這邊來吧。」小老太太很有禮貌地說著，然後領著我和魔使者往與剛剛入口的相反方向走去。

靠近時，對向的牆上開了一道門，後頭是向上的樓梯。

「這是分部的客房，請慢用。」似乎沒打算和我們一起上去的小老太太就站在門邊，恭恭敬敬看著我與魔使者踏進去。

看著黑色的樓梯上方，我有種該不會這又是啥搞笑陷阱吧之類的感覺。例如走到最上面會發現房間其實又是個怪東西……糟糕那可以回頭嗎！

與來時相同，樓梯也是幽暗的，不過很快就開始亮起。

大約只走了兩分鐘，在盡頭迎接我們的是一條木造小走廊，看起來像是種鄉村小旅館，有兩、三扇木造門都半開著，看樣子可以自己挑一間，最後還有繼續往上的樓梯，不過因爲是五色雞頭他家，不管出現什麼正常的東西最好都列爲不正常，我也不太想就這樣走到天國了，便直接走進最靠近的房間裡。

房間布置得很溫馨，一樣是鄉村式的，很有那種懷舊的味道，東西雖然不是嶄新的，但很乾淨也很溫暖。

重點是床看起來好好睡喔。

很有同感的小飛狼掙脫我的手就往軟綿綿的大床鋪跳過去，喬好位置打了個哈欠，就趴下來微瞇眼睛。

正想飛撲上去時，我一個頓步，轉頭看向自己找位置在門邊站好的魔使者……難道他要站在那邊看我們睡覺嗎！

「凱里你……要不要去隔壁找張床睡一下？」現在想想我還眞的沒有看過魔使者睡覺，難道半屍體不用休息嗎？

魔使者搖搖頭。

「那我分你一半床？」比劃了下大小，床鋪起碼可以睡三個人不成問題。

魔使者依然搖搖頭。

「凱里，請休息一下，不要在那裡看我。」就算你不睡也不要站在那邊瞪我啊！這樣我還睡得著嗎！

看著我，魔使者似乎也有點爲難，然後左右張望半晌，走到窗邊拉了張椅子轉向，就這樣背對著我們坐下來。

看著他逆光的背影，我突然莫名覺得感傷。

現在是在演孤獨老人嗎！

你那個滄桑黑暗的背影是怎麼回事！

我沒有在虐待你啊！

不過因爲他的舉動我才注意到，窗外居然不是五色雞頭他家那兩條可怕的金銀龍，而是溫馨的田野景色……這還是在契里亞城吧？

我決定不去深究外面的景色，既然魔使者都這樣坐了，感覺上把他提起來叫他重新坐也很奇怪，我只好把行李放一放，門鎖好以免有什麼衝進來，然後就撲到床上去滾了兩圈。

軟綿綿的床很快帶來睡意。

說起來，我昨晚其實也沒什麼睡到……

慢慢失去意識之前，不知道是不是我的錯覺，隱隱約約我看見那個坐得很孤獨的魔使者偏著身體，像是唱歌的聲音從逆光的地方傳來。

那是、很溫柔的聲音。

⁂

我踏在深綠色的草地裡。

寬廣的草地有風微微吹過，但卻沒有看見平常應該要在這邊的人。

「羽裡？」不在嗎？

奇怪，如果他不在爲什麼我會進到這裡面來？難道又是烏鷲在亂搞鬼嗎？左右環顧一圈，在後側我看到另外一個樹屋的入口，那是通往另一個夢使者的地方。

如果不在這邊的話可能就是在裡面吧。

靠近樹屋時就已經覺得太過安靜，我加快腳步往裡面一縮，看到的不是想像中的畫面，而是看到只有羽裡躺在最裡的床上，烏鷲已經不見了。

「羽裡？發生什麼事情了！」我靠過去用力搖了搖顯然失去意識的羽裡，又喊了幾次，他才慢慢睜開眼睛，有一小段時間似乎還在迷濛中沒有回神。

見他的狀況非常不對勁，我小心翼翼把他扶起，也不知該怎麼處理。

還好過了一會兒羽裡自己清醒了，但是人看起來異常虛弱，「那小子……」

「烏鷲？我沒看見他，你們怎麼了？」

羽裡甩甩頭，整個人比較清醒後才告訴我：「我已經被他困住有一段時間了，從你回去之後，我根本無法離開夢連結。」

「咦！」我錯愕了，「你是說烏鷲把你關在這裡不讓你回去？」

「嗯，你離開之後我們嘗試了尋找那個人的訊息，但是因爲我沒有辦法長時間待在這裡，要離開時那個小鬼突然把我的夢連結全部打斷，將我困在這裡之後就不曉得跑去哪了。」按著額頭，臉色非常差的羽裡慢慢說著。

「你們去找六羅？」我還以爲我下線之後他也會跟著下線……失禮了，網路用太習慣；我還以爲羽裡也會清醒，但是沒想到他居然會在這邊。

「我有點介意那個人……」羽裡頓了下咬住牙，似乎正在忍耐什麼不適，過了半晌後才抬起頭看我：「但是現在要先把那個小鬼找出來，不然我就快沒命了。」

「要怎麼找？」我不是夢使者啊，難道我要出去大喊烏鷲你這臭小子給我滾出來之類的？

羽裡指指地上，那裡有條烏鷲的線，「我已經快無法維持現在的狀況了，如果再深睡一層就眞的會死亡，你看能做到哪裡就做到哪裡吧。」

說完，他非常乾脆地，叩地一聲臉撞床，就這樣失去意識。

……

……這就是把爛攤子交給我要我死馬當活馬醫的意思嗎？

我抓著地上的線默默走出小屋。

看著深綠色的草原，眞的有那麼一秒不知道應該往哪邊找，那條線的另一頭深入地面，依照烏鷲的性格應該不是眞的想害羽裡，但我也不知道他到底想幹什麼。

等等，既然這裡是夢裡……

摸了摸口袋，我果然摸到了一直放在身上的東西，沒想到眞的有跟進來。

拿出了那條用斷線與水妖魔鱗片做成的錐體，不曉得什麼時候開始這個東西隱隱發著光，取出後晃了兩下，指著的地方就是烏鷲那條線的方向。

下面？

對了，水妖魔沒有告訴我這東西有啥實際用途啊！

握著線與錐體，我有點不知所措。

不過既然這裡是夢境，一般來說應該多少可以自己「腦想」改變一下環境之類的，動畫小說都是這樣演的。

在這邊我還有什麼可以使用的力量？

奇妙的氣流慢慢從我四周捲起，將深色的草原以我爲圓地吹了開來，地面上逐漸出現奇怪的暗藍色結晶。

不屬於羽裡也不屬於烏鷲的色澤，像是侵蝕一樣，那些結晶迅速覆蓋綠草、小屋的景色，把四周完全包裹住，帶著點點亮光，暗色的結晶體讓人感覺到有些炫目。

然後，我聽見水的聲音。

「您在呼喚我嗎？」折射著光點的水環繞在我四周，然後米納斯從中出現。

「咦！妳可以進夢連結嗎！」看著我的幻武兵器，我後知後覺到這很可能是她的力量空間，因爲我自己怎麼看都不像這麼結晶的人啊……

「幻武兵器是意識體，不一定存在現實空間也不一定存在於虛幻空間，通常簽訂契約的主人在哪裡，我們就會在哪裡。」米納斯給了我一個似是而非的回答，然後抬起了她的手指著我握著的錐體與線：「您在思考這兩樣東西嗎？」

「妳可以帶我找到嗎？」舉高了線，雖然六羅的事情很重要，但是羽裡必須放在第一位置：「我要找到這條線的主人。」

米納斯的手輕輕觸碰那條線，被她觸碰到的地方立刻泛出了淡藍色的光點，然後又變回原本的色澤。「這兩樣東西的起源都在同一個地方。」

烏鷲已經找到六羅了？

「但是我不建議您現在前往。」

呃，又是個很危險的地方嗎？

看著米納斯水做的面孔有點嚴肅，我一秒就知道我的推斷正確。不過就算那個地方再危險還是得去，而且現在多了米納斯作伴我也必較沒有那麼驚恐了。

要知道人類都是死於自己的想像啊！

而且如果那裡很危險，把米納斯丟出去擋一下好像也是可以。

「……請把我使用在正確的地方。」

已經和我腦袋連線的幻武兵器毫不留情地戳破我的幻想。

唉，要爲主人粉身碎骨嘛……電視都是這樣演的。

「所以米納斯不是演員。」

……給我抱怨兩句不行嗎！

懶得再理我的幻武兵器輕輕轉了個身，瞬間全化成水珠圍繞在我四周，那些暗色結晶緩緩裂開。

在那之後，是深沉的黑暗。

黑暗中，有銀色的絲線。

我曾去過類似這樣的地方，是時間之流。

「這裡是最外圍，請小心些，觸碰到時間的河水就很難再離開了。」再次出現的米納斯用她水做成的手握著我的手掌，「我們不須深入，只是順著一小段路途就要離開了。」

周圍的景色開始流逝。

我看著那些銀色絲線，其中不斷有什麼東西一閃而逝，快到來不及捕捉。

並沒有在這邊多加停留，米納斯操著周圍的水珠，以及我們腳下的結晶體，一個拐彎直接向上攀爬。

那種感覺有點奇怪，在脫離黑暗空間之後我先看見的是岩石層，然後我以爲我會直接撞上去黏在牆壁，再次變成雷多很想雕刻的該死姿勢。

穿透那一大塊岩石我才想起來其實我現在沒有身體，搞不好和米納斯一樣是意識體而已。

她帶著我跳離了夢連結，像之前烏鷲做過的一樣，在現實空間穿梭。

但是那時候烏鷲是藉由夢連結，米納斯是藉由什麼？

「……那些時間往生者曾有過的夢。」溫柔的聲音淡淡傳來：「封印中的、時間中的、過往中的那些破碎的記憶，還有靈魂們在死後依舊作的夢。」

白話講就是在死人夢裡嗎。

我惡寒了。

難道就不能走活人的路線嗎！

「快到了。」

最後一個竄升，米納斯甩起散在周圍的所有水珠緊緊飛繞在我們四周，接著空間霍地展到最大，黑暗到令人窒息的顏色中出現了光。

光的線描繪出巨大圖騰。

我曾經看過，在湖之鎮地底被起出的那三種語言環繞在圖騰四周。

「湖之鎮的最深層。」

米納斯的聲音再度響起，像是觸動了某種東西，讓我的心也跟著重重一涼。

「不管是線還是錐體，它們的根源都在這裡。」

※

看著黑暗的空間，我開始覺得那天被安地爾拖進來所看見的可能只是最外圍。

再深入之後，就是我們面前現在所看見的。

「烏鷲和六羅在這邊？」烏鷲我還可以理解，但是爲什麼六羅會在這裡？難道他死後被陰影吸收了？

應該不可能啊，就我知道的，這邊的人掛掉都會走向安息之地，然後在死亡樂園那片永遠的淨土安息，倒是沒聽過有人掛了之後還會魂飄到觀光遺跡之類的。

難道他生前最大的心願就是想要古蹟一日遊？

然後遊到不小心被下面的封印吸下來？

怎樣想好像都有點怪怪的，妖師的大戰遺跡也沒好看到這種地步吧？

「這是古老的羽族封印，目前依我們兩人的力量無法再向內闖進去了。」米納斯打斷我的妄想，提醒我看手上的東西，不管是錐體還是線全都指向大圖騰之後，但是我們已經沒辦法前進了，也不知道所謂的陰影是什麼狀況。

但是烏鷲爲什麼可以跑進去？

又是一個被觀光吸引的傢伙嗎？

我用力抓抓頭，試圖讓腦袋往正常點的方向想。

「不是請你們不要繼續深究下去了嗎……？」

在我還未想到點什麼時，淡淡的聲音先從我與米納斯前面傳來。

巨大圖騰的光閃爍了下，居然有人從裡面穿出來……修正，不是人，是靈魂或是意識體，穿過巨石出現在我們面前。

那個應該是六羅本尊的東西就站在不到幾步遠的地方，周圍也稍微明亮了起來。

上次太過於驚嚇匆忙了，現在仔細一看，果然是個和魔使者分毫不差的人。

「六羅學長！」往前一摸，這次抓到了他的手腕，但冰冷異常，「為什麼你會在這裡！」

六羅沒有甩開我，看著我們，回答的不是我的問句：「你們是來找那個小孩子嗎？如果是的話，那麼帶著人盡快離開這裡吧。」

「你不能一起走嗎？」有問題！絕對大有問題！

沒有繼續回答我的話，六羅一個轉身回到了封印後，再出來時手上已經提著我們到處都沒看見的烏鷲；後者昏睡著，像小雞一樣被拎著塞到我手上。

「這個地方封印的是陰影，你為什麼要待在這裡？」讓米納斯掀動了水霧擋住六羅的去路，我再度發問，「以妖師名義詢問你，回到原本的世界很困難嗎？你就那麼不想再回去嗎？有很多人在找你。」

不管是不是為了五色雞頭，我覺得我有必要問清楚。因為他的事情，我連小隊都脫隊了，也不知道弄到最後到底會搞成什麼樣子。

「……我醒來的時候，一度以為我是前往安息之地。」被水霧隔阻的六羅回過頭來，臉上出現了一抹苦笑和為難，「想著，其實這樣也很好，但是我想起來我還要做些事情，蒂絲的旅團不能白白死亡，他們想要保護的就是這個地方之上。」

「湖之鎮？」陰影的上方是湖之鎮，附近是契里亞城，如果和城主說的話對照，那應該是這個意思了。

「不，小學弟，你不太清楚，一旦這個東西封印消失，不只湖之鎮會再度銷毀，守世界中會有很多生命都無法繼續存活。」看著泛光的古老圖騰，似乎知道些什麼的六羅淡淡說著：

「蒂絲的旅團通過沉默森林之後發現了這個祕密，他們得到關鍵性的物品和證據能夠將這裡的東西導出，如果落入不善種族的手中，會是很嚴重的災難，但是物品上有著古代之力，按照正常的方式無法破壞，於是他們只能將東西隱藏起來。」

「……所以才有那個保險箱？」我突然發現事情好像可以連在一起。

蒂絲他們是在沉默森林之後很快調頭，但我不能理解，如果山妖精有問題的話，他們爲什麼要把東西埋在山妖精的山裡面？

而且，保險箱中並沒有什麼特別奇怪的東西，這點已經透過千冬歲帶回公會檢查過了，並沒有特別重要的物品。

「山妖精的山中還有一樣非常重要的物品，有了那個才能打開保險箱裡的東西，蒂絲他們回頭去找時遭到殺害，死前蒂絲和其他人將保險箱藏到深處。我想，不管是鬼族或者是山妖精，一直在尋找的，應該就是那樣東西吧。」

就在述說的時候，我注意到六羅的形體閃爍了幾次，好像隨時會消失，這讓我想起了羽裡先前的話。

似乎不在意自己的狀況，六羅搖搖頭：「你們不要再試圖尋找下去了，再怎麼樣，對所有人都沒有好處。而我，這樣就可以了……雖然我很想再見見其他人……」

「可以告訴我，爲什麼當初你會被賴恩殺死嗎？」如果當初他一樣也發現了這裡的祕密……這樣看起來，他的目標很可能原本不是賴恩，而是蒂絲他們走過的路線，但他卻又是被賴恩殺死的，死於沉默森林，這點非常奇怪。

「因爲我發現賴恩是不能死的人，雖然在沉默森林碰到他是個意外……」聲音突然變得有點飄遠，下意識撫著自己頸子的六羅像是回想起死亡前的痛楚，表情有些怪異，「而且我始終無法成爲殺手……殺死陌生的人實在是太奇怪了，爲什麼必須得做這樣的事情……所以我也無法殺他……」

「你知道爲什麼賴恩會在沉默森林中嗎？」六羅看了我一眼，微笑了，「夜妖精追求的是同樣的東西，那麼他們正在尋找蒂絲走過的路線，並不奇怪吧。」

我懂了。

一瞬間什麼都通了。

就在我想要再問個決定性問題時，這個黑色的大型空間突然震動了下，石上的圖騰迸出不祥的暗光。某種我曾看過、像是颶風的東西開始在角落形成，挾著某種怪異的感覺。

「糟糕，在時間告密者出現之前快離開這邊。」六羅張開了手，在空中畫出了那種塗鴉型的陣法，果然與魔使者、烏鷲所使用的是一樣的東西。「幻武兵器，將妳的主人帶回起點之地。」

米納斯偏過身抓著我和烏鷲，四周逐漸包覆起水霧。

等等，我還有事情想問他啊！

六羅深深看著我們：「別再來了。」語畢，他的手指在我們面前輕輕劃過，黑色的空間瞬間扭曲起來。

我感到有股強風吹過，一根深綠色的草枝飛過。

那瞬間，懷裡的烏鷲猛然驚醒。

※

我們摔在深綠色的草原上。

回過神時，米納斯已經不見了，看來使用夢連結也花了她很多力氣。

會知道的原因是因爲身爲主人的我也開始在夢裡全身沉重疲軟，有點使不上力氣，懷裡的烏鷲異常沉重，再也抱不動了。

幸好他自己醒來了，不然我唯一的選擇大概剩下搧他幾巴掌把他打醒。

「你來了啊？」完全搞不清楚狀況的烏鷲直接抓住我的袖子，露出大大的笑臉，「烏鷲找到了喔，不過那個地方不知道爲什麼好熟悉喔……」

「你先把羽裡放走！不然我就再也不來了！」我撐著站起身，才沒忘記是要找他幹啥的，「怎麼可以這樣對羽裡！」

烏鷲癟了嘴，不甘不願地看著我：「我一個人好寂寞……他對烏鷲也很好，不能留下來陪我嗎？」

「不可以，羽裡和我一樣得回去，下次再來！」看著他無辜的表情，我不知道爲什麼突然有點火氣冒上來。

就因爲他的小任性，差點搞掛了好心來幫我們的羽裡。

如果羽裡因爲這樣發生什麼事，該怎麼向瑜縭交代啊！一想到這，我就眞的有點生氣了。

「你好凶。」

「如果你再不乖我會更凶！」

烏鷲縮了下，轉頭拔腿直接往小屋跑，「知道了、知道了嘛！放走人你就要陪我玩喔！」

我整個無奈。

爲什麼我身邊出現的都是怪人啊！

能不能有次給個正常點的……一點點不正常我也可以接受啊，但就不要超不正常……算了。

反正身爲妖師的我好像也本來就很不正常。

我默默感覺到只有自己才能體會的哀傷感。

力氣恢復點後，我拖著沉重的悲哀腳步慢慢走進小屋裡。一進去，羽裡已經不見了，只看見烏鷲坐在床上晃著腳，嘴巴哼著我聽不是很懂的歌。

「他已經回去了。」看見我進來，烏鷲停下哼歌，獻寶式地快步跑到我面前：「有沒有乖？」

「你好乖。」隨便摸了摸他的頭，我也在旁邊的椅子坐下。

很高興地在我旁邊擠著，似乎變成小狗的烏鷲吐出神祕兮兮的語氣靠近我，「跟你說喔，烏鷲好像知道自己是誰了耶。」

遇見六羅後，我推翻之前認爲他是六羅的猜測，現在對於他的身分我也感到有些好奇。

「你是誰？」不是六羅，卻能和他有類似的記憶讓我覺得很不可思議。

「嗯啊，在黑黑的那邊想起來的，我的名字好像叫作六羅喔。」

有那麼幾秒，我錯愕了。

「你叫作六羅？」

啊，該不會我理解錯誤，其實他應該是叫作六邏之類的吧……天下同音字很多……就像很常聽到火旺啊招弟啊這種。

「嗯，寫給你看。」烏鷲翻出了樹枝，眞的在地上寫出「六羅」這兩個完全一樣無誤的字體，「只想起名字，其他的不曉得耶。」

我震懾到一時說不出話來。

第一秒想到的是：難道烏鷲是六羅的啥意識分裂型成體嗎？因爲這個梗太多人用過了，漫畫裡面異常普遍，就連各種影劇也都愛用，所以搞不好眞的有可能。況且很多跡象都支持這種可能性，光是那個塗鴉陣法就幾乎決定了。

只是，眞的是這樣嗎？

雖然我和六羅只有短暫的接觸，但我卻不覺得烏鷲是他哪個部分。

相差太多了，根本就是完全兩樣的人。

「不過我比較喜歡烏鷲這個名字，因爲是我們兩個一起取的，所以我還是要叫烏鷲。」朝我露出可愛的笑容，烏鷲眨巴著眼睛望著我：「所以不管怎樣，你也不可以忘記烏鷲喔。」

看著他大剌剌的笑容，我也提不起勁再生氣了，「如果你以後很乖，我怎樣都不會忘記的。」要怎麼樣才會忘記，喵的經常性被拖到夢裡面來誰會忘記！

人一輩子也沒有幾次會被拖到夢裡面吧！

這時候我應該慶幸還好只是被拖到夢裡面而不是被拖到其他地方嗎！

不過這時候烏鷲的笑容讓我有很深的感受，幾乎沒有什麼雜質的天眞笑容，不知道爲什麼看著有點難過。

爲什麼呢？我不懂。

不知不覺，我開始覺得身體放鬆了下來。

然後，我睁開了眼睛，從夢境中突然清醒過來。

烏鷲的笑容還很深刻地印在我腦袋裡，讓我一時適應不過來，只看見趴在旁邊的小飛狼睡到連肚子都翻出來了，比我這個人類還要舒服，讓我非常想從那個肥嫩嫩的肚子直接戳下去。

抬起頭時，看見了魔使者依舊背對著我們，從窗外照射進來的月光在他身邊繞出一層淡淡的光暈。

那時候，我覺得自己好像又看見了六羅的影子。

聽見我的動靜，魔使者慢慢回過頭，依然面無表情，毫無情緒波動。

那個會說會笑的人並不在這裡。

他已經死很久了。

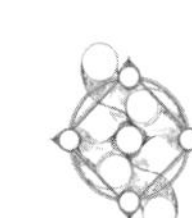

第七話　山妖精的襲擊

小飛狼在床上打了個哈欠。

我猛地一頓，突然想到我剛剛看到的東西好像叫作月光……月光！

要死了現在到底是幾點！連月光都出來了，那五色雞頭的賠罪酒我肯定蹺掉了，糟糕不知道他會用啥離奇的辦法來報復我。

匆匆翻出手機一看，我差點把冷汗一起都看下來。

現在的時間是凌晨一點十分，不要說晚餐，連宵夜時間都已經過了不知道多久。

這種狀況下讓我害怕了……

我應該可以看到明天的太陽吧？

算著要不要先寫點遺書還是什麼的時候，我看見旁邊的小桌上有餐盒，在我入睡之前應該沒有這東西才對。

戰戰兢兢地打開那個餐盒，意外地裡面不是手榴彈也不是岩漿更沒有捐獻箱，裡面擺著最平常不過的食物，而且還是帶著點溫熱的精緻食物。

五色雞頭來過？

還是這是其他人準備的？

「這是西瑞拿來的？」看著始終沒睡的魔使者，後者對我點點頭。

是因爲看到我睡得很死所以才沒有把我叫醒嗎？

和米納斯深入湖之鎮地底我隱約有種意識全脫離的感覺，這種時候我的身體應該看起來就是睡死沒反應吧？

不過難得五色雞頭這麼體貼，平常他應該都會把人打醒，不然就是我醒來之後發現臉腫了還是被捆在床上等等奇怪的事情。但是今天什麼都沒有，只有放下飯盒……

他發燒了！

沒想到笨蛋會感冒！

還是吃下去我會被怎麼樣嗎？

有點怕怕地看著飯盒，不過睡了大半天肚子的確有點餓，加上旁邊的小飛狼嗅到味道一直要鑽進去飯盒裡，我也就豁出去把東西都拿出來。

招呼魔使者時我原本以爲他會像睡覺一樣拒絕，沒想到魔使者居然會把椅子轉過來和我們共同分食，雖然之前蒂絲曾說過他偶爾會補充，不過還是讓我小小驚訝一下。

看著魔使者，有點五味雜陳。我還是不懂六羅爲什麼會那樣做，還有烏鷲自稱是六羅的事情……唔，眞希望現在有個腦袋好一點的人在這裡啊……

「漾～！你醒了喔！」

砰地一聲，鎖死死的房門被用力踢開，根本沒有早上八點和半夜三點時間差別觀念的五色雞頭直接闖進別人的房間裡。

……我是希望有腦袋好一點的人，而不是腦袋空空的人啊。

「你今天晚上是睡到過橋嗎？本大爺來叫好幾次都沒反應，如果不是六羅阻止，本大爺就把你的臉打得像包子！」不客氣一屁股坐在床的另一邊，五色雞頭往食物裡抓出了雞腿放到嘴裡面去咬。

原來是魔使者保護我嗎……？

有瞬間我覺得臉沒有變成包子真是太好了，順便把我剛剛對五色雞頭的改觀扔回垃圾桶去。他果然一點都跟體貼沾不上邊，完、全、沒、有！

「本大爺決定等等出發。」咬著東西的同時，五色雞頭丟過來這樣一句話：「那個啥城主妄想要巴著本大爺一起下水解決問題，本大爺就殺他個措手不及！」

我差點被飯嗆到。

「現在嗎？」幸好我有睡一覺！

雖然有睡跟沒睡都差不多累，但起碼肉體有恢復一點活力，精神上的累在路上休息一下就行了吧。

「男子漢做事就要第一時間殺他個片甲不留，拖拖拉拉的跟婆娘一樣像啥話，說要去就是馬上出發，等等吃飽飯我們就上路！」還惦記著山妖精那邊關於六羅的資訊，五色雞頭很快就決定我們的路線。

其實先去也沒錯。

既然山妖精那邊隱藏著什麼而六羅又不願意我們下去的狀況下，先往山妖精那邊說不定會有什麼突破點。

當年蒂絲回到山妖精那邊也是要尋找和陰影相關的東西。

我倒是想看看，到底是什麼讓六羅不願意我們繼續尋找下去。

與自己喜歡的人分離選擇死亡是很痛苦的事，讓他人看著自己的死亡也是一件很悲傷的事，六羅比我還要懂這些，但他依舊選擇這樣做，那代表他現在肩負的是更巨大的痛苦，讓他不得不將所有一切、甚至生命都放棄。

埋藏在陰影裡的到底是什麼祕密？

我想，等我們找到山妖精那邊的物品後，一切都會清楚了。

這個時候我突然想起重柳青年告訴我們的話，原來他指的就是這麼一回事嗎？所有的事情都從山妖精的住所開始，回去那裡之後就會了解了。

看著五色雞頭，我決定暫時先不要將夢連結裡發生的事告訴他，避免他做出什麼不可預料的事情。現在只剩下我們兩個，真的就只有我們了，其他人都不在，也沒有人會幫我們收拾善後，我不能拖住五色雞頭，很多事情也必須仔細思考做點保留。

因爲我很弱，人多的時候沒有關係，但已經沒有其他可以讓我撒嬌的人了。

雖然有魔使者，但他也不是萬能的，他無法思考，只是聽命行事而已。

……我至少必須做到不拖累同路的夥伴。

「說起來，這好像是本大爺第一次單獨雙人行動咧，扣掉以前暗殺不算，在羅耶伊亞家外面算第一次。」五色雞頭舔舔唇，突然很認眞地打量我，那種表情很像在看一塊肥肉還是一支雞腿，看得我都毛起來了：「看起來沒啥用，不過還勉勉強強啦。」

知道自己沒用是一回事，被笨蛋說沒用又是一回事，我有種很悲哀的感覺。

正想去角落蹲一下哀怨時，那個只會把自己人生道路扭曲的五色雞頭伸出手貼到我的肩膀，說出了一句讓我想開窗跳樓的話——

「本大爺就承認你是我的搭檔吧！」

他說得很大方很大氣很翩翩大度，但是我只想到一件事情……

該死的！早知道就不要偷笑莉莉亞被惡魔拖去當搭檔了！我現在的狀況根本沒有比她好到哪裡去啊！

我現在寧願當他的僕人了行不行？

就某方面來說，五色雞頭比奴勒麗還要可怕啊——！

「西瑞你聽我說。」沉重地拍住他的肩膀，我無限想要說服他力挽狂瀾：「搭檔這種東西你最好選擇很厲害的人，這樣你無聊時可以找對方幹架，你沒事幹的時候可以拖著對方一起去死……對不起嘴誤，你可以和他一起去出高等任務，還有行走江湖時要同等級的才能你幫他兩肋插刀、他幫你粉身碎骨啊——！不要隨便就找個很弱的人，這樣對自己不好啊！」對我也不好，不管在精神上還肉體上都是雙重打擊，拜託你快點打消這個可怕的念頭吧！我畢業之後的志向是要當普通人類然後回歸正常人社會啊！

五色雞頭歪著腦袋看我，然後把我的肩膀拍回來，一臉慎重：「安啦，本大爺思考過了，既然只有本大爺的僕人比較順眼，那本大爺就破例一次提拔你當我的搭檔。這樣本大爺無聊時可以訓練搭檔讓你快點跟本大爺到同樣的等級，沒事還可以當僕人跑腿；要去行走天涯還可以帶著比較不無聊，而且其實漾～你現在和本大爺的交情不就已經是本大爺可以幫你兩肋插刀、你給本大爺粉身碎骨了嗎？」

我才不想幫你粉身碎骨！

兩肋插刀不一定死，粉身碎骨就是穩死無疑啊！

還有你這些話是要氣死我的嗎！你無聊訓練我根本是打我好玩的吧！難道其實我在你心目中就是一人三用好方便的對象嗎？好打好使喚還好玩樂這樣嗎？

看著五色雞頭，我悲哀了。

完全無法體會到他面前的我正發自內心爲自己感到哀傷的五色雞頭還很慎重地告訴我：「放心，變成本大爺的人之後，本大爺會很罩你，不會讓你隨隨便便死在路邊，不然就是你往生之後本大爺會送人下去跟你做伴。」

那我到底是該感動嗎？

你連我會往生都已經先設想好了，我還能說啥？

「就這樣說定啦，以後你就是本大爺的搭檔了。」完全就是強迫中獎的五色雞頭很豪邁地從身後拿出一瓶不知道是飲料還是酒的東西，接著是兩個杯子和開罐器……該不會其實你還會從背後拿出平底鍋跟球棒吧？

「爲了慶祝今天是結拜的好日子，本大爺特地弄來了特等的精靈飲料，眼前連證人證狗都有了，現在就只差歃血爲盟的手續了！」爲杯子倒上飲料，五色雞頭的眼睛開始發光。

「西瑞我覺得這樣不……」

誰要跟你歃血爲盟！我沒有要跟你結拜啊渾蛋！

事情整個往很歪的方向發展，正想往床下一跳先逃再說的我直接被五色雞頭抓住，兩秒後手掌一痛，血已經噴到杯子裡面了。

丟開我的手，五色雞頭也劃了自己的手掌把血給滴到杯子裡面去。

那兩杯飲料頓時變得異常恐怖，血的顏色與白色的精靈飲料正在旋轉，我的腦袋也跟著旋轉，感覺我的人生在某一秒好像跟著那個紅紅白白的渦一起扭轉了。

「快喝下去吧！接著以後我們就是行走江湖雙刀客，來兩雙可以殺四個啦！」

看著被塞到我面前的恐怖飲料，我這次眞的想哭了。

生平第一次體會到什麼叫作逼良爲娼、自作孽還有好死不如賴活。

色馬我錯了，我可以回去嗎？

拜託讓我回到護送學長的小隊啊！

「好時辰不等人，快喝下去吧。」

五色雞頭逼近了……

我完全不想去回憶那杯可怕飲料的味道。

這是我這輩子第一次那麼害怕精靈飲料，希望以後不要在心靈裡留下什麼不好的創傷。

被五色雞頭強灌了那杯鬼東西後他就擅自宣告啥程序完成之類的巴拉巴拉一堆，接著把食物全都塞完，趁夜抓著我在那個小老太太的帶領下往另一條地道捷徑離開契里亞城。

眞的完全沒睡的魔使者依舊靜靜跟在我們身後。

在出口處看見天空開始泛著微亮，我突然發現我的作息似乎顚倒了，最近幾次都是摸黑逃跑也不知道是因爲什麼。

領著我們搭上飛狼，魔使者又找到了一些有妖魔印記的跳躍點，這讓我著實了解妖魔們在這片大地上旅行有多久，他們藏著跳躍點的地方大多隱蔽不易發現，還布有術法，如果不是魔使者打開，通常可能只會覺得是棵樹、石頭還是沒什麼用的小石柱。

不過使用這些跳躍點也不是沒風險的。

因爲誰也不知道妖魔把他們的連接點設在什麼鳥地方，在第三次被誤傳到別人種族部落裡被那個種族追著跑出來逃逸之後，我們終於在中午的時間，回到了山妖精居住之地。

第一次到這附近時，我還有點半旅遊的心態。

但這次再回來，感覺很沉重。

心境的變化似乎有哪點不一樣了……好吧，其實我還在有點爲自己被當成搭檔而默哀……爲自己毫無預警劇烈變化的悲慘人生默哀。算了，越想眞的會覺得越悲哀，我還是把注意力放在正事上比較不會那麼難過。

爬下飛狼後站在多洛索山脈前，我突然覺得這座山出乎意料地大。

可能是因爲上次到達是在晚上，而且還是直接傳進去比較沒有感覺，現在人站在山前，突然覺得自己超級渺小，這麼大的一座山，該怎麼找到我們要的東西？

看著不像是給人走的獸道入口，我開始腿軟了。

旁邊的飛狼蹭了蹭腳，似乎並不覺得爬上這山有什麼困難，還有點躍躍欲試的模樣。這時候就有點感謝體貼的阿斯利安把騎獸借給我們，不然看到這種比一〇一大樓還高的山，我寧可現在馬上向後轉直接放棄。

「漾~要一口氣攻頂看日出還是要慢慢爬？」完全忘記自己是來看什麼的五色雞頭用很興奮的表情看著淹沒在雲端的山頂。

……我們是來這裡攻頂看日出的嗎！是嗎！

笨蛋眞的對高的地方完全沒有免疫力嗎！

「西瑞，你確定你要浪費一天去攻頂嗎？」出發之前我告訴過他式青說的話，也就是起碼什麼時候折返才可以跟上小隊的腳步，現在他是想去攻完頂直接欣賞日出然後回家嗎？

五色雞頭拍了下掌，「可惡！差點被山頂給騙了，本大爺是來屠殺山妖精的，怎麼會忘記這麼重要的任務！」

你也不是來屠殺山妖精的！

「我們要找東西。」我想了想，告訴他：「雖然我不知道是什麼，不過從時間種族的話來判斷應該和六羅的事情比較有關……所以我們應該找到東西後回去契里亞城，畢竟城主對這種古代的東西比較了解。」

回過頭用很怪異的表情看我，五色雞頭偏頭想了幾秒才開口：「漾~你怎麼這麼確定是東西？那個時間的傢伙並沒有特別講啥啊？」

因爲是六羅本人講的……

現階段當然不敢這樣告訴他，我隨便掰了個理由，「後來水火妖魔找我時有提到一點，反正我們就找看看吧，說不定眞的找得到。」

但看了看高聳入天的巨大山脈，整個心裡一冷，也不知道行不行。

如果有什麼線索就好了。

山妖精那場事故之後，山妖精都搬遷到樹人提供的臨時住處，所以我想現在這邊應該沒有多少山妖精了，照理來說危險性應該會降低些──萬一山妖精眞的有問題的話。

站在幽暗的入口，我隱約可以聽到某種東西竊竊私語的聲音，不曉得是不是在這裡恢復土地的樹人或遠望者。

「從哪邊開始找？」五色雞頭繼續對我提問。

這是個好問題……

就在我們兩個不管三七二十一先往前衝就對了的時候，一直沉默站在旁邊的魔使者突然動了一下，接著往獸道走去。

那個動作很像是他知道位置。

與五色雞頭對看了一眼，我們尾隨而去。

畢竟比起毫無目的地亂走，在有人帶頭、還是相關者……的屍體帶領下的確好很多。

直到這時候我都還這樣覺得。

如果在進入之前我們就發現四周隱藏著不善的目光，我想那時我們就不會這麼隨便向前衝了。

但這時候的我們卻不曉得。

❀

第一次到多洛索巨山時，這裡的植物只給我無生機的可怕感，活像是恐怖片裡會出現的厄夜叢景。

後來經過式青的淨化和短時間裡樹人的整頓，加上可能是因爲白天的樹林比較亮，初始的前段路程並沒有當初感覺到的那種深刻印象。

枯死的樹木正冒出新芽。

飛狼踏在枯葉上發出了些許聲響。

因爲生物和山妖精的離開，整座山靜寂一片毫無聲響，只有樹林本身的些許聲音，以及某些東西倏地飛過的振翅聲。

爲了節省體力與避免爬獸道摔得亂七八糟……好吧，只有我會摔得亂七八糟……於是我們幾個人爬上了飛狼的背，在魔使者的指點下飛狼先是脫出森林在空中飛了一小段時間，到了靠近山腰處才降落到地面飛竄。

「漾～你不覺得好像哪裡怪怪的嗎？」閒掛在我旁邊的五色雞頭對風景並不太感興趣，不過在飛狼往山中跑了段距離後他開始提出疑問。

你腦袋怪怪嗎？

忍住這樣爆口的衝動，我閃過旁邊刮來的樹枝，「哪裡怪？」

「這條路很像我們上次來走的那條。」

五色雞頭講完後我馬上仔細注意四周環境……完全看不出來！

等等飛狼是高速移動吧！而且上次來的時候明明是天黑外加鬼森林，爲什麼你可以分辨得出來這裡是上次走過的路？

上次你根本是在人生道路中亂迷路吧！

魔使者拍了拍飛狼，後者稍稍減緩速度。

很快地我看見不遠處出現了當初被我們砸掉的鬼門所在地，地上還有篝火的痕跡，事隔幾日，已經覆上一層枯葉了。

真的是我們來過的地方！

「你的東西在這邊？」看著帶路的人，當然對方不會給我任何回答，也不知道是他殘存的記憶本能或者是水火妖魔的交代……或者是什麼我們不知道的原因，總之飛狼停在我們上次生篝火的地方不動了。

跳下飛狼，魔使者左右張望了下。

「你在看啥玩意啊？」五色雞頭也跟著跳下去，對著篝火的殘渣踢了兩腳，把剩下的灰屑踢平。

沒有搭理五色雞頭的問語，觀察一會兒地形後他猛地吹了個響哨，倏來的聲音迴盪在幽暗寂靜的樹林中特別刺耳。

被那聲音搞得有點錯愕，在我們還不清楚魔使者這動作代表的意思時，突然周圍有細小的聲響傳來。有點像是口哨的聲音，但又不太像，仔細聽好像是從什麼喉嚨裡傳出來的怪異聲音。

過沒多久，四周跟著傳來沙沙的移動聲，全都往我們這邊包圍靠近。

很快地，厚重的枯葉中衝出幾個黑色的東西，在空中打滾一圈後穩穩停在我們面前，仔細一看全都是黑色的小型野獸，腦袋上有些奇怪的小角，看起來似乎是貂的長長東西直立起身體，大約有五、六隻，高度都在我們膝蓋邊。

看見那些東西，飛狼突然不友善地低吼了起來，我拍拍牠的頸子，以免牠眞的撲上去咬那幾隻怪異動物。

「這裡居然有妖獸。」一秒就認出那些黑貂是什麼東西，五色雞頭嘖了聲。

蹲在地上和那些黑貂視線平齊，魔使者無聲地開了口用嘴型像是問了什麼，那些黑貂全都甩甩頭，不曉得是不是在回應他。

過了半晌，那些黑貂突然轉頭往同樣的方向跑了。

魔使者拍了下手，讓我們也跟上黑貂的腳步。

最後，我們被帶領到起出保險箱的地方——大概是因爲白天視線比較清晰，四處遭鬼族破壞挖掘的洞看起來好像比那天晚上還多，被挖得像是隕石表面一樣坑坑疤疤，視覺上有點噁心。

有時候東西果然看不太清楚比較好，如果那天晚上看見地面這麼恐怖，我搞不好就會站在外圍不想進去了。

看到目標物在這裡，我反而不驚訝了，正確來說有種原來如此的感覺。

最開始蒂絲他們在這裡尋找另外一樣東西，遭到攻擊後才把保險箱藏起來……所以離那東西並不太遠。

鬼族是朝下挖掘的，他們的目標不是山壁中的保險箱，所以地面才會搞成這樣。

同時這樣山妖精說的話就完全能通了——「黑色的光，和星星一起掉下來的，有奇怪的力量」。

掉下來的東西才會在地裡，而蒂絲他們的則是屬於被埋藏起來的東西，只是我們陰錯陽差找錯了。

那幾隻黑貂一到地點後突然就朝某個坑直接鑽進去。

看牠們小小隻的，沒想到在地上打洞打得又狠又快，立刻不見了。

於是我們現在該做的貌似就叫等待。

「本大爺去附近逛逛。」

在黑貂挖了將近半小時還沒有回訊後，第一個待不住的是五色雞頭：「本大爺去找找有啥好玩的東西。」

這裡有什麼好玩的東西？你是想要去打獵打回午餐晚餐或點心之類的東西嗎？

「對了，遠望者不是也還在這一帶嗎？」我估計了下，他們應該不會離開太遠，不過從剛剛到現在都沒發現，也不知道會不會再遇見。

「不曉得，本大爺去找看看，雖然現在這裡沒啥東西，不過你們兩個小的還是不要給本大爺亂跑。」

基本上現在要亂跑的人好像是你耶。

眞的丟下一句本大爺會打野味回來的話，五色雞頭非常乾脆地跑掉了。

他跑遠後就剩我和魔使者大眼瞪小眼，氣氛眞的有幾秒叫尷尬。難道我也要學五色雞頭一樣去逛逛嗎——去夢裡逛，順便看看可不可以遇到學長問他對這件事情的意見。

就打算睡下去時，我突然聽到很不自然的聲響。

魔使者一秒抽出了黑刀。

怪異的聲音不斷傳來，幾乎是從四面八方包圍著我們，仔細一聽很像是拿著東西敲擊土地的聲響，一下一下的數量很多卻也很有規律。

飛狼對著聲音傳來的其中一處露出尖牙。

明明天色還亮，明明我們這邊還有光，但不知道什麼時候開始，山林中瀰漫著一層晦暗的顏色，讓人看不清楚林子裡有什麼。

剛剛五色雞頭離開前還沒有這種狀況，可見這是在五色雞頭跑離後才來的。

是要避開五色雞頭？還是碰巧？

不見來者的林中，那些敲擊聲越來越大，漸漸逼近了我們。

慢慢地，我看見其中一個東西從樹林陰影中拖著腳步走出來，不高，全身都是毛，手中拿著削尖成矛狀的木頭，以鈍的那端不斷地敲叩地面，造成那些聲響。

那是一個山妖精。

接著，是更多拖著腳步拿著木矛或短刀的山妖精從陰暗中出現，面部全都是一樣的僵硬毫無表情，眼睛死死地瞪著我們，在光與暗的錯落中看起來有種非常不對勁的詭異感。

「等等，你們不認識我了嗎！」看到他們似乎很不友善的態度，我連忙開口。

山妖精群停下腳步，有大半還掩沒在陰影中，根本不知道數量有多少……奇怪了，他們不是都搬家了嗎？為什麼會有這麼多？

難道他們突然想回來烤肉聚餐嗎！

看這來勢洶洶的樣子好像要烤我們比較有可能。

稍微靜止後，山妖精群裡走出一個讓我覺得很面熟的山妖精……之前在鬼門前讓我覺得很奇怪的那個。

他也一樣毫無表情，然後慢慢走到我們面前。

魔使者舉起刀格住他，不讓他靠我們太近。

「你們跟那些人一樣嗎？」陰惻惻地開了口，山妖精的表情像是僵固住，緩緩抬頭看著我。

不知道是不是錯覺，我覺得他的眼睛裡好像有奇怪的青色光芒……之前有嗎？

「我們只是回來找一個朋友的物品。」看著非常不對勁的山妖精群，我試著開口。

「你們也是來搶黑色的光嗎！」山妖精的語氣倏地變得更冷，完全不帶溫度。

「黑色的光到底是什麼！」被山妖精這樣一問，我立刻肯定我們當初挖錯東西了，而且更有可能是山妖精的誤導，他們並不想讓我們找到關鍵物。只是他們沒想到我們會挖到另一樣相同重要的物品，有可能是因爲妖師力量的介入吧？

「他們是要來搶走東西的！」

完全不回答我，山妖精的聲音一個拔尖，刺耳地劃破空氣，接著換成我聽不懂的語言大吼了幾聲，其他山妖精跟著發出暴吼，音量完全超過我的想像，充斥了整片山林，無法估計。

還沒反應過來的那瞬間，十幾根木矛就往我們這邊投射過來，完全不留情。

將我往後推開，魔使者在地上畫出陣法，四周圍繞起一層黑光，那些攻擊木矛撞上黑光後立刻變成粉屑。

「你們也是黑色生物！」在我面前的山妖精整張臉賁起青筋，扭曲可怖地朝我發出淒厲吼叫，然後握著手上的木矛就往我們這邊劈，不過也沒什麼用。

整個狀況看起來好像快失控了。

密密麻麻的山妖精不斷從陰影中擁出，像是螞蟻一樣整群地包圍在陣法外。

也被搞到很緊張的飛狼不斷朝四周咆哮，焦躁地想要撲上去咬他們，但因爲訓練良好知道不能擅自行動，只是不耐地頻頻低吼。

可能是畏懼黑光陣法，山妖精包圍歸包圍，也只敢用木矛或是短刀攻擊，倒是不敢用身體嘗試破壞。

魔使者將黑刀插在地上，黑光陣慢慢擴大範圍，把山妖精逼得退離一些距離，只能氣急敗壞地在外面不斷嘶吼。

不怎麼在意的魔使者又布下新的塗鴉結界，把聲音大半隔絕在外。

「還要等多久？」看著外面的山妖精開始嘗試拿其他東西丟陣法，我有點急地詢問。早些時候跑出去的五色雞頭不知道有沒有受到攻擊？

魔使者看了我一眼，接著蹲到剛剛黑貂挖的洞旁輕輕用手指敲了幾下。

大約又過了幾分鐘，洞下才傳來一陣騷動，黑色的小頭顱從洞裡竄出，左右看看還啾啾地叫了幾聲才整隻跳上。接著是第二隻、第三隻……最後一隻與其他的不同，是屁股先倒著出來的，而且還像是卡住一樣往上拔了好幾次，上半身就是出不來。

另外的其他同伴連忙又在四周刨著土，把洞挖大一點。

最後那隻黑貂拔出頭之後，我看見牠咬著一個黑色的東西，然後交到魔使者手上。

陣法外的山妖精一看見那玩意突然群起暴動了，吼叫聲像是海浪一樣整片壓過來，甚至有幾個已經不管黑光陣，整個朝陣法衝撞上去。

轟地一聲巨響，撞上陣法的山妖精被遠遠彈飛出去，摔在旁邊看起來不像死了而是重傷，呻吟的聲音被吼叫給掩蓋。

拍去上面一層凝結的灰土，黑色結晶物體的光透了出來。

那是種難以形容的光芒顏色，讓人一眼就印象深刻。

我差點叫了出來，這東西不就是之前白川主叫我幫他找的石頭碎片嗎！而且還滿大一塊的，有魔使者三分之一手掌大，不規則的斷面形狀，不斷發著特異的光。

原來搞到最後，他們搶的是白川主要的東西？

這個東西就是打開保險箱裡那玩意的謎底？

很想笑的感覺從心底冒出來。有時候世界上的事情就是這樣，通常最後找到的解答可笑到讓人覺得驚訝。

魔使者把這塊石頭放到我手上。

黑貂完成任務便全都爬到魔使者身上，後者重新拔起地上黑刀。我不確定他是不是記得之前不要亂殺東西的交代，或是看到我和山妖精講話覺得我們認識，所以一直沒對山妖精下手。

然後他指指上面。

我立刻了解他要我們從上面逃走，所以連忙一起跳上飛狼，驅使飛狼振翅慢慢飄浮起來。

黑光陣法狠狠震動了下，外面開始出現術法型攻擊，看來是山妖精部族的術師或巫師之類的出現了。

在飛狼升到最高點時，不是用來殺人的第一層黑光完全被撞碎，破散的聲音傳來，大量光點四散消失。

從高處往下看，我毛了起來，那些山妖精的數量不知爲何還在增加，簡直可以說是傾巢而出了，看見我們飛至空中也全都抬頭對著上方叫著、投擲武器，還發動法術攻擊，不過全都被魔使者給擋下來，無法造成傷害。

「那個奇怪的大爺在東邊的方向。」

我愣了下，回過神才發現是魔使者身上的其中一隻黑貂在說話：「那邊有落單的樹人和遠望者，比較安全一些。」

「……等等，妖獸貂會講話？」不過想想，連色馬都會講話了我還有什麼好驚訝的？

「我們是水火妖魔大人的派遣手下，分布各地，平常都是擬態的可以變成各種樣子。」說著，那幾隻黑貂抖抖身體，突然扭曲成幾隻奇怪的六眼帶翼黑蜥蜴，「我們是黑火系妖獸。」

「你們住在這邊？」

黑蜥蜴對我點點頭。

我呼了口氣，看來多洛索巨山裡的東西沒有我所以爲的那麼少。

「你們知道山妖精是什麼狀況嗎？」看著那幾隻黑蜥蜴，我試探性地問了問。

「知道，水妖魔大人要我們協助你們。你知道爲什麼我們這種妖獸能在這邊存活嗎……就是因爲這片土地上已經有無數邪惡，滋養我們讓我們壯大力量。」

「所以你們也知道蒂絲的旅團是死於這邊嗎？」既然牠們住在這裡這麼久，那麼很有可能曾看見事發經過。

「這沒有看見，畢竟我們也僅有你看見的這幾隻而已，也不一定常常待在同個地方。你說的那個女妖精，在我們看到時已經被水火妖魔大人帶走了，屍體後來被一支妖精隊伍處理掉了。」黑蜥蜴形容了下隊伍的樣子，就和契里亞城的衛兵一樣，看來這方面艾里恩並沒有騙我們。

「山妖精變成這樣子已經多久了？」我覺得有點疑惑，上次除了那些奇怪的地方，山妖精看起來沒什麼問題。

「從那個黑色的石頭掉下來以後。」黑蜥蜴頂了頂我的手，「已經有好幾十年了，不過並沒有發生過其他事情，平日看起來沒有問題，鬼族出現時也沒有怎樣。」

所以是這種石頭的影響嗎？

看著手裡色澤漂亮的黑石，我覺得這好像不是那麼邪惡的東西，不然白川主也不會將這種東西當作寶物一樣看待了。

不曉得爲什麼，我突然想起了學長告訴我的話——不要太相信這些妖精。

現在好像就是印證他當初所講的話。

很快地，飛狼擺脫了那些群聚的山妖精進入巨山另一個區域，在山體的另外一面。

大老遠我們就能看見有股小小的煙升起，接著是之前看過的營地縮小版出現在山林之中，而四周則有幾棵和之前樹林完全不同的巨大樹體佇立在小營地邊緣，不知道是警戒還是在休息。

接著，我看見那顆彩色繽紛的腦袋在入口處對我們招手了。

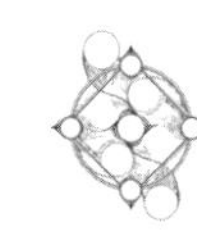

第八話　返回

「漾~你們有碰到山妖精嗎？」

飛狼停穩後，五色雞頭衝口就這樣發問，陸續有幾個遠望者從營地走出來，其中一、兩個身上都帶著傷，不過沒有很嚴重，約略都是擦傷、割傷之類。

「你碰到了嗎？」

難道剛剛山妖精突然反常是因爲五色雞頭把人家怎麼樣嗎！

五色雞頭搖搖腦袋，「沒，不過本大爺也沒有遇到雷拉特那傢伙，聽這幾隻說好像是那些毛妖精突然襲擊他們，所以他們撤退時衝散了，這裡只有幾個人。」

「他們也被山妖精襲擊了？」奇怪，山妖精不是最怕遠望者嗎？

「重點說就是碰到陷阱，他們整頓到一半時被毛妖精的陷阱攻擊，也不知道那些傢伙是啥時又跑回來的，所以有幾個人去樹人部族確定了。」五色雞頭有點興奮地擦著手指，「意思就是說本大爺隨時可以開火了！果然革命就是需要熊熊烈火。小的們！快點擦亮你們的武器去攻陷對方的堡壘，讓我們創一個新時代！」

你是想建立靈光大時代嗎你！

懶得跟五色雞頭做不切實際的妄想，我轉過去看那幾個遠望者：「中文可以溝通嗎？」要是不行我也只好叫五色雞頭幫我翻譯，但我覺得這傢伙肯定會翻得文不對題還外加百分之九十的私人意見！

一個比我高壯一倍的女性遠望者走出來：「稍微的、可以些。」

「你們和樹人被攻擊的死傷嚴重嗎？」雖然我一直沒看到會動的樹人，但隱約知道旁邊那幾棵突兀的大樹應該就是。

可惡我還眞有點想看，之前在看電影時就很希望可以看到眞的樹人，結果沒想到入學之後眞的看見了！

不對……如果照這種循環來看，難道我小時候夢想去看月球太空人也會眞的實現嗎？要死了！我現在完全不想實現啊，身在這種詭異的世界，那種實現法搞不好不是常人可以理解、像外太空漫步那麼浪漫。肯定是誰誰出任務出到那裡去，或者是我又被誰種到那裡，還有可能是我們學校神經病又發作，啥啥課程把我們丟到月球上去野外求生……

我現在堅決反對要去看月球！

快點從我的記憶裡抹掉吧……這個千萬不要實現，我在有生之年雖然不求不變火星人，但我還想要好好地度過餘生啊！

拜託請讓我剩餘的人生可以好好活完，這就是我現在最大的願望了。

當然不會曉得我現在內心正在掙扎什麼的遠望者搖搖頭，回答了正題：「不嚴重，遠望者、樹人，不畏懼襲擊，沒有死亡。」

看來他們應該也都只有輕傷而已。

估計山妖精雖然有人海戰術，攻擊上還是沒有那麼強。

「長話短說，因爲我們剛剛取走所謂『黑色的物品』，山妖精現在應該已經殺過來這邊了，如果可以的話你們就快點全部撤出這座山，然後通知公會這裡的狀況。」我覺得山妖精看到我們拿走黑石肯定會全面爆發，幹出什麼事都不曉得。

當初如果眞的是他們毀滅蒂絲的旅團，那麼這些人在這邊會很危險。

我發現自從出來之後這種事務我處理起來越來越熟練了，不知道是因爲自覺跟著五色雞頭要自立自強，還是因爲跟在學長他們身邊久了，多少也耳濡目染了一些。

說話的同時，四周山林漸漸變得有點黑暗，不過顏色很淡，並沒有剛剛我們遇到的那麼黑，不過色澤逐漸轉深。

我在想，這會不會就是山妖精的力量？

從山裡走出來的妖精應該多少具備了控制山林的一些能力，就像哈維恩他們是從黑夜中出來的妖精，能溶於夜之中。

同樣注意到變化的遠望者顯然比我知道的更多，點過頭後有些人已回到營地準備拔營了。

「我們的根據點是這裡，就不跟幾位大爺一起離開了。」一直伏在魔使者身上的黑蜥蜴突然開口說話：「請幫我們向水火妖魔大人致上永遠的崇敬。」

說完，黑蜥蜴在魔使者點頭後便跳下了他身上，又變回剛剛的黑貂鑽入地面，很快就消失不見。

「那現在呢？屠滅追來的山妖精嗎？本大爺可以以一敵千，殺他們個絕種滅跡，萬世千秋！」從頭到尾除了想攻頂之外就是想屠村的五色雞頭露出終於可以好好幹一架發揮發揮的表情。

不過這個表情兩秒後就被我很爽地戳掉了，「我們現在立即折回契里亞城，找到的東西要快點去看看和保險箱的關聯……你不是想要快點知道六羅的事情嗎！」堵掉了五色雞頭想要說的抗議語句，我搬出他絕對不可能不顧的六羅，「去打山妖精只會浪費時間，你真的要嗎？」

當然不要的五色雞頭語氣一轉：「那我們馬上出帆吧！還拖啥啊！」說著，他還真身體力行地率先跳上飛狼身上，整個變成像是我們在磨蹭。

女性的遠望者按住我的肩膀：「安全、小心。」

「嗯，我們會很注意的。」謝過了遠望者，我也跟著跳上飛狼。

在我們正式起飛前，那種用木矛敲擊地面的聲音再次遠遠響起，挾帶著山妖精們低低的吼叫聲，就像有無數的野獸往這裡包圍。

魔使者揮出一刀，塗鴉的陣法落在遠望者周圍的土地上，一點淡銀色的光彩將他們隔離開來，很快地，那批遠望者和樹木慢慢淡化蹤影，直到最終完全看不見。

我不曉得魔使者是把他們送走還是只用了單純的消失術法保護他們。飛狼一個劇烈的竄高，一下子整片樹林離我們腳下有很大一段距離。

多洛索巨山在震動。

原本居住於此的山妖精不斷敲擊著、踏動著大地，巨大的山脈不斷發出痛苦般的低吟，嗚嗚地響著迴盪在雲際之間。

幾隻白鳥飛過，擦過我們周圍，然後往更遠的地方前去。

山鳴還在持續著。

那時候我看見了，環繞在多洛索巨山周圍的氣流不是白色，也不是其他顏色，而是一層層逐漸加濃的黑色。

這個黑，或許在不久後即將再度吸引鬼族前來。

握著手中帶有暖意的黑色石頭，我只感覺悲哀。

飛狼即將脫離山區前，某個影子倏地朝我們急射而來，挾著墨綠色的輔助術法，快到讓我們三個人完全無法反應。

意識到發生什麼事情之前，我只感到肩膀一陣劇痛，從手裡脫落的石頭被魔使者穩穩接住，然後是五色雞頭的叫喊聲。

痛楚過後，是火焰般的燒灼，好像連血液和骨頭都要被燒成灰燼一樣的強烈痛苦。痛到連叫都叫不出來，一張開嘴巴就只感覺到好像有什麼東西流出來，滴在飛狼背上的是黑色的液體。

腦袋很暈，眼睛看見的東西全都分裂成幾十個。

粗糙暴力的穿透感貫過我的背脊，插碎了骨頭從皮肉突出，接著似乎還釘在魔使者的身側。

下意識摸了摸臉，一張手，模糊視線所見全部都是黑色，濃濃的黑色血液不斷從我的身體裡面冒出來，不管是肩膀、嘴巴或者是眼睛、鼻子，摸到的全部都是深黑的顏色。

但那時候我無法理解那是什麼的水。

很快地，感覺突然輕鬆下來。

我想，我大概失去意識了。

墜入黑暗後，深綠色的草原接住我重重摔下的身體。

然後，就聽不見五色雞頭的喊聲了。

※

「不要死。」

模模糊糊之際，我似乎聽到這樣的話語，有點吵雜，像有很多東西在上面說話，很像一大清早根本還沒睡醒時，住家外樓下一些婆婆媽媽在那邊碎碎唸，吵到我的頭都跟著痛起來了。

「睜開眼睛，聽到聲音的話，就逐漸跟著我而清醒。」

某種很像是水一樣的聲響在我耳邊滴滴答答不斷傳來，然後是清涼的水氣、某種霧氣，充斥在四周。

「該醒來了。」

順著對方的聲音，感覺好像眞的應該起床，我也慢慢睜開眼睛。

逆著光，周圍都是水，上面慢慢出現黑色的人形輪廓、還不止一個。

「你的視覺並未受損，在光之下，能看清楚我們的樣子。」講話的那個人伸出手，在我臉上抹了把，接著視線完全清楚了。

很熟悉的聲音，但是人更熟。

「伊多！」他怎麼會在這裡！

我幾乎是一秒就從原地彈跳起來，沒想到應該在休養的人居然出現在這種地方……是說這又是哪裡？

「這是夢裡。」指著水面上的綠草，坐在一邊的伊多露出了往常的熟悉微笑，「連結夢，因爲你的身體太衰弱了，只好先在夢裡喚醒你。」

「呃、我又怎麼了？」我抓著臉，連忙看著自己的身體，沒缺沒少……我想起來了！完全想起來了！

我和五色雞頭從山妖精那邊離開之際，好像被什麼東西捅了一下，接著就出現在這裡了。

意識到剛剛伊多講的話，我現在突然有點害怕。難道我被捅死了嗎？

不對，他說的是衰弱，應該還半生不死，希望醒來不要變成植物人啊……

「你是又在腦殘什麼！」

就在我想跪下來先幫自己身體默哀時，更熟悉的聲音從身後傳來，接著根本不給我逃走和反應的時間，就一腳踹上我的後腦勺，把我踩進水裡。

學長……我不想外面被捅死還在夢裡被淹死……

「可以不要再增加我們的負擔嗎？」

從水裡掙扎爬起，我才發現還有另外兩個人，一個是羽裡，另一個是拿著水鳴的雅多，後者閉上眼睛握著長刃，明顯是正在使用幻武兵器中的狀態。

爲什麼伊多和雅多會出現在羽裡的夢連結裡？

難道最近流行夢境一日遊嗎？發行套票或什麼的，目前正在體驗試乘……

「學長對不起，我閉腦了！」

在第二腳踹下來之前，我連忙保護自己的頭部。雖然是在夢裡面，但學長的腳還是很有殺傷力，會從夢裡痛到現實外。

「這次是例外，你到底記不記得你重傷這件事情？」看起來很像是想再把我揍一頓的學長露出看白痴的表情，高高在上地鄙夷我。

「……有想起來了。」沒想到被捅進來還會被揍，我應該是受害者吧！好好體諒一下受害者的心情啊！

「因爲太過嚴重，所以我們在第一時間先透過夢連結制住你的身體和毒素，希望你那邊的人能夠盡快回到城裡，找到醫療班。」看著我，唯一還有良心的伊多稍微解釋了下：「用水鏡與水鳴，經過羽裡和黑山君的力量能暫時這樣辦到，不過時間不能拖太久。」

「該不會你們和黑山君又交換什麼吧？」聽到他的名字，我有點害怕。

「這點請不用擔心，黑山君並沒有開出令人爲難的條件，只要了些妖精的工藝品而已。」伊多微笑著，這樣告訴我。

我記得黑山君每次要代價好像都是對等的吧？

原來我的命跟幾樣工藝品差不多價值啊……默默地總覺得似乎哪邊有點哀傷……但又覺得好像應該慶幸他沒有開太高，心情眞是有點複雜。

「不過爲什麼會是伊多和雅多？」要說治療，也不應該是他們兩個幫忙吧，而且伊多還在調養，這樣讓我良心有點痛。

「因爲米納斯的關係。」伊多給我一個完全聽不懂的答案。

「他們都是水系相關者。」學長白了我一眼，「當初米納斯不是有幫忙重整過破碎的先見之鏡嗎，那時候彼此力量有往來，所以藉由雅多和伊多從夢連結使用水系力量，透過米納斯暫時先穩住你的傷勢。」

這、這眞是好遠的關係。

沒想到我被捅這短短時間學長他們這麼快就有動作，眞是讓人感到溫馨，我還以爲被捅死學長都會隨便我去死說。

「不過山妖精的作爲太過火了，身爲妖精一支，我會派出使者前往替你討回公道。」瞇起眼睛，伊多有點不太高興地開口。

「不，我想還是不要派出比較好。」我怕你的使者也會和蒂絲他們一樣被剁成肉醬，看著伊多不解的目光，我連忙轉移話題：「是說學長你們應該也已經出發了吧？」算時間，應該也走很遠一段路了。

「少了拖油瓶快很多。」伴著冷哼的回答丟在我臉上。

……我不應該問他的，本來只有身體創傷，問完連心靈都創傷了。

「你們這次旅途的變數還眞多。」中途才插進來的伊多用不知是幸災樂禍還是同情的語氣說著：「感覺十分精采。」

這種精采我並不想常常遇到啊！

「到了。」從頭到尾都沒有參與閒聊的雅多突然睜開眼睛，「已經接觸到醫療班。」

我突然鬆了口氣，幸好五色雞頭眞的有記得要把我送去急救，我好怕他走到一半不知道哪根神經又燒到，覺得我死定了，突然就這樣把我就地埋葬，還說他要去報仇雪恨之類的把山妖精給屠滅了。

「應該會痛一陣子，劇毒不太容易清理。」經驗豐富的學長和伊多很有感觸地一起點頭。

「暫時不要清醒比較好，我會讓你進入深層睡眠，等到身體好點後你自然就會醒來了。」鬆了口氣，一直緊綳精神的羽裡這樣告訴我，「幸好剛剛來得及。」

「來得及啥？」難道除了控制毒素之外還有什麼更危急的嗎？

羽裡看了我一眼，「你剛剛差點踏進黃泉你自己沒感覺嗎？」他笑得有點猙獰，看起來就和學長要踹我時那種表情差不多。

「這眞的沒有感覺耶……」我不是每次都會先常態性地看到我阿嬤嗎？怎麼這次沒有？這麼迅速就要往生了嗎！

等等，該不會是我阿嬤終於去投胎了吧？

「所以才請伊多透過水鏡和夢連結帶你回來，不是有聽到聲音嗎你！」直接往我後腦一巴甩下去，學長笑得更猙獰，大有抓我腦袋去撞牆的意味。

我看向旁邊，伊多還是衝著我微笑，「呃、謝謝你的幫忙。」這是第幾次被他們救了？總覺得這些友情越來越難還得清了啊。

「不用客氣，只是我們能力有限，我和雅多最多只能幫到這邊，接下來的旅程只能靠你們自己了。」伊多拍拍我的肩膀，這樣說著：「這件事情其實已經傳進公會了，不過兩邊都未求援、也還沒到公會能出面的地步，所以無法正大光明地前往幫助，請一定要解決。」

「呃、我盡量，而且我也答應蒂絲會處理的。」我想，大概可以做到吧。

「笨蛋。」

站在一旁看著我，學長冷笑了。

※

四周一片黑暗。

我根本不知道自己什麼時候又睡過去，完全沒有知覺地突然再次醒來。

周圍空蕩蕩的什麼也沒有，沒有人、沒有水也沒有草，感覺很像是無重力飄浮在半空中，甚至也摸不到底。

還有點印象記得自己暫時不會醒來，所以這裡還是夢嗎？

空空的，也太過安靜。

莫名突然完全清醒過來，連一點睡意都沒有了……羽裡，這就是傳說中的工作瑕疵嗎？我還以爲深沉夢就是一睡不醒之類的……

好像也沒有人說過如果在夢裡突然清醒要怎麼辦耶？

繼續清醒到人醒嗎？

我總覺得再這樣被他們這票人現實和夢境兩邊搞下去，遲早會錯亂的。

就在我思考著夢境裡有沒有辦法再入睡時，一點點光芒從附近傳來，注視之際，那個東西已經慢慢清晰得看得出形體。

「……瑜縭？」

我一直以爲再也不會看見的人。

蛇身的青年同樣飄浮在下方，仰望著我，然後形體慢慢淡去，像是褪色一樣，消失在黑暗之中。

然後，另一端又出現了人，這次是學長的臉……仔細一看，好像是他老爸才對，像瑜緺一樣慢慢地消失。

難道我眞的往生了嗎？

居然在看很像跑馬燈的東西！

「你的心底深處還眞無聊、枯燥到不行，沒什麼特別有趣的東西嗎？」

就在連續出現好幾個人影之後，我聽到非常清晰的話語從我身後傳來。一轉過頭，看見了那個應該要在妖魔地裡度假的水妖魔懶洋洋地看著我，「白跑一趟，還以爲可以吃到什麼有意思的東西。」

……眞抱歉我的心底就是這麼枯燥寂寞啊。

不過爲什麼妳會出現在這邊啊！

看著水妖魔，貌似只有她自己一個人而已，她的連尾同伴並沒有一起出現，蛇鱗的尾巴消失在黑暗處，彼端看不出有什麼。

「爲什麼妳會在這邊？」這應該是我的夢吧，你們已經連我的夢都不給自主權了嗎！這樣隨意入侵眞的可以嗎！

給我尊重一下主人的意願啊！

「既然都已經有門路了，多少來補一下才不會對不起自己。」講得很理直氣壯的水妖魔根本不覺得自己是在入侵別人的腦袋和夢境。

「可以請問妳拿什麼在補嗎？」難道是我的腦漿嗎！我沒聽過可以用夢境吸腦漿這回事喔！

「一點點的記憶、一點點的生命力和一點點的情報。」水妖魔用兩根手指比了個很渺小的尺寸，意思好像是叫我不要太計較。

但加起來就變成很大點了妳知道嗎！還有不要隨便吸我的生命力，我沒有要給妳命吧我說！命已經夠短了還要被妳剝一點，難道我活不過二十歲了嗎！

「不過原來你也見過死精靈。」擅自闖進別人夢裡還吸別人生命的水妖魔環著手，用一種怪異的表情打量我。

「應該不算見過，以前因為一些事情……所以看過一點點別人的記憶。」當時看見的真的不是我，而是藉由別人的眼睛知道以前的事情。

一想到那個記憶，就覺得有點難過。

不過，為了我自己的生命安全，我是死也不會和他們講這件事的，不然要是他們知道學長他老爸的死因和我祖先有關，百分之兩千絕對會遷怒到我們身上來。

「這樣嗎？」帶著不太相信的表情，水妖魔冷笑了兩聲。

「就是這樣。」看來她應該沒有吸到太多東西，但是到底為什麼妖魔會突然跑來吸我的記憶和生命力？路過好玩嗎！那給我去吸學長的啊！再怎麼看他都比我豐富肥沃吧可惡！

「雖然沒有仔細讀你的記憶，但不代表我們眞的是笨蛋。」水妖魔眄著眼睛，勾起讓人毛骨悚然的微笑，「記清楚喔，人類，我可是妖魔，你以爲我們眞的會什麼都不曉得嗎！」

那瞬間水妖魔的臉似乎扭曲起來，背後的黑影形體脹大好幾倍，幾乎快塡滿大半空間，四周也跟著不斷發出令人不快的奇異聲音。

我也跟著毛起來，突然想到學長他們都不在，這些妖魔如果想做什麼，我是根本沒辦法求救的。

這樣一想，突然眞的開始害怕了。

「因爲跟死精靈承諾在先，所以我只拿了一點你的命，身爲那個渾蛋妖師的後人，你們應該要有覺悟遲早會遇到報復。雖然錯不是你們引起，但對於我們來說只要有報復的對象就可以。」指著我，身後慢慢恢復原本大小的水妖魔眨著眼睛，「至少這樣總算可以消口氣了。」

看著她，我突然想到她之所以會在這邊動手，是因爲學長不在這邊吧。再怎麼說他們似乎很看重學長和他老爸，所以才會私下來處理我……但我一整個莫名其妙啊，這就是傳說中的原罪嗎？

不知爲何，我突然有點感受到其他妖師到處被喊殺的心情了。

以前雖然也很多人來找麻煩，不過眞的被傷害倒是第一次，在沒有其他人幫助下，自己一個人要承受這些。

感覺滿難受的。

「這次就這樣算了，下一次，當我們問你話時，最好老實地乖乖回答。」妖魔銳利的長指甲從我的臉邊劃過，帶著刺痛感，「懂嗎，自以爲是人類的半妖師。」

「懂……」我連忙點頭。

「那麼先來測試一下。」

「測試？」愣愣地看著水妖魔，我完全不知道她還想怎樣。

「死精靈的小孩三圍多少？」很認眞的水妖魔問了我這個問題。

「……」

妳問錯人了。

※

從一堆混亂中醒來時，其實我整個腦袋很痛。

感覺上似乎有休息、但又根本沒有休息到，頭殼裡嗡嗡的都是雜音。

……好吧，連四周也都是噪音。

「渾蛋蒙古大夫，爲什麼一整天了本大爺的僕人還沒醒！該不會隨便治一治把本大爺的僕人搞死了吧！既然這樣，本大爺就讓你們一命還一命，一個賠一打！」

超大的聲音就在我附近亂吼，本來很痛的頭更痛了，接著還有肌肉痠痛、腹部痛，整個身體麻麻的沒什麼力氣，連叫旁邊的雞閉嘴都沒辦法。

勉勉強強把眼睛睜開一條縫，第一眼看到的就是魔使者的大臉，他面無表情由上往下盯著我看，有瞬間錯覺好像是水鳥在看魚、等著啄起來。

那隻水鳥當然不可能是我。

注意到我醒來，魔使者從旁邊的位置站起身，一把抓住正要去殺醫生的五色雞頭，硬是把他轉過來我這邊。

看著四周，這裡好像不是妖魔地，也不是我知道的其他地方，上面的屋頂和牆壁都是木頭……應該是在木造房子裡，有可能是什麼民宿還村落之類。

「漾～你終於醒來了，要是再不醒，本大爺都已經要幫你挖墓穴了。」顯然鬆了口氣的五色雞頭直接走過來，照樣發出讓我想揍他的話：「不過忘記問你比較喜歡土葬還是火葬、天葬、水葬，這樣本大爺好幫你處理後事。」

「免了、謝謝。」雖然全身沒力很難出聲反駁，但我並不想現在就被人家決定要怎樣處理屍體，所以還是很努力擠出四個快要聽不見的字。

別擅自決定別人要辦後事啊！

「漾～既然醒了就起來吃飯喝水，吃飽了就差不多會復元了。」五色雞頭粗魯地拍拍我的肩膀，接著不知道從哪裡拿出一大盤的飯菜，完全不清淡還非常油膩，根本不是傷患病人該吃的那種東西。

你以爲我是你嗎！

「喂！不要騷擾病患。」就在五色雞頭想把一塊油膩膩的滷肉塞到我嘴裡時，木屋房間的門終於被打開了，一個醫療班的藍袍走進來，直接阻止五色雞頭虐待傷患的動作。

一轉頭，我看到超眼熟的人。

「越見？」他不是在醫療班裡關人嗎他？

「呦，看起來精神還不錯，雖然只能做即時處置，不過應該也是沒問題了吧。」大步地走上前來，屬於本部的治療士一邊幫我檢查一邊這樣說著：「你們應該很慶幸在半路遇到我，否則這樣跑回契里亞城，不死也只剩半條命。」

「半路……？」看著醫療班，我又有點想睡了。

「本大爺本來想先帶你回去城裡，結果在半路差點踩到這個醫療班。」指著對方，五色雞頭把肉塞進自己的嘴巴裡，「到城裡還有一段路。」

「我是出來幫我兄長找一些藥物的，他要的東西醫療班裡剛好用完了，不太好找，所以我出來比較保險，沒想到在半路差點被沒長眼的踩到，哼哼……」冷笑著，貌似把這筆帳記在心裡的治療士表情異常邪惡。

「走路不看路被踩到是正常。」五色雞頭居然還不知死活回他這句。

我打賭下次去醫療班就會看到五色雞頭被關禁閉關到不見天日了，連黑袍都能關的話，還有什麼是治療士關不到的呢？

「說話應該還是很不方便，你中毒時全身機能都被麻痺了，如果不是因為在半路遇到我做緊急處理，這樣跑回去應該都已經往生了。」無視五色雞頭的廢話，越見抓起我的手不知道在看什麼，「我看你們兩個其中一個最好有空去選個醫療相關課程，不然總有一天死在山溝裡面還不曉得。」

他說得十分中肯，但我總覺得會被踢去學的人是我……

「那好啊，漾～你就去學，身為本大爺的僕人兼搭檔就是要十項全能地輔助本大爺。」五色雞頭朝我比了一個拇指。

不要擅自決定啊你！

「話說回來，這個又是什麼東西？」指著站在旁邊的魔使者，越見皺起眉。

「路人。」五色雞頭直截了當地回答他這兩個字。

「我是說這個，這應該不是活人吧。」繞著魔使者，身為醫療班的越見幾乎一眼就看穿了對方的狀況，「半死人……九瀾大概會有興趣，不過他看起來是不是有點像九瀾啊？」

我不知道該說越見很敏銳還是很遲鈍，魔使者明明就和黑色仙人掌長得一樣吧！那張臉幾乎是同個模子印出來的。不過我也沒資格說他，畢竟我自己也沒看出來，可能是因為黑色仙人掌長期蓋住臉，以致於大家對他的面部印象都只有「一堆頭髮」而已。

躺在床上，我看著他們，也不知道該從何說起。

「不過你們是不是惹麻煩了，山妖精的飛使一直在追你們，雖然剛剛試圖驅逐了，但對方還不死心喔。」小心翼翼地把我扶起，越見從自己的貼身腰包拿出一小段褐色的草枝塞到我嘴巴裡。

就在那根草一碰即溶的瞬間，我嘴裡像是咬到超級辣椒一樣差點辣到噴火，「哇啊——」沒給我太多亂叫的時間，醫療班拿了杯水往我嘴裡灌。

幾秒後，劇烈的辣度慢慢退下來了。

「手段有點粗暴，不過這是好東西，應該比較有力氣了吧？」越見丟開杯子，站起身走到窗邊，看著外面，「不快點移動，這種暫時旅人小屋大概也會被攻擊了。」

被他這樣一講，我才發現力氣真的恢復了些，「屋子怎樣……？」不過聲音變得很奇怪，大概是剛剛被辣出來的，有點像鴨子叫。

五色雞頭聽到我的問句，完全不顧我是個虛弱的患者，一把抓住我的領子就往窗邊拖，本來坐在桌上的小飛狼跳下來，爬到魔使者的肩膀上盯著我們看。

「痛痛痛——」

被他一拖我麻麻的身體馬上恢復痛覺，像是被人毆打過還圍踹一樣身體痛到不行。

仔細一看，手腳根本又青又腫，到處都是黑紫色的瘀青，密密麻麻遍布皮膚，有點噁心。

「小心一點，山妖精的毒素還沒完全清除完畢。」越見毫不客氣地從五色雞頭的手巴下去，然後扶好我，「不要增加醫療班的工作！」

「嘖，本大爺的僕人才不會因爲這點小事就死掉。」

不、我會死，眞的，並不是每個人都像你一樣皮粗肉厚。

站穩後我看出窗外，不知道是不是錯覺，我看見很多像是鳥的黑色東西，將房子圍成一圈……這是一間小木屋，周圍還算乾淨，就像每個故事一樣深埋在樹林裡。隱約可見樹木上好像還有之前被五色雞頭放走的那種大型生物。

「這是旅人之屋，算是公用的歇腳小屋，幸好屋裡有些別人留下來可以暫時使用的解毒劑，不然我身上其實也沒帶太多東西可以救你。」靠在窗邊，越見這樣告訴我：「你看到那些黑黑的東西就是山妖精的飛使，一路跟著你們過來的，在你昏睡的這段期間變得很多了，如果我們不快點進城，這間小屋可能會消失吧。」

「……那現在可以移動嗎？」雖然還有點暈，不過這種被包圍的狀況下我也不敢休息了，回契里亞城還起碼有五色雞頭他家的分部。

「可以，那個半死人好像不會自主判斷處理，我先再驅逐一次那些玩意吧，你們保留點力氣，脫身時比較有利。」越見說著，又在自己包裡翻了些藥草塞給我，「還有點補力氣的，省著點用，不然就沒了。」

「嘖，這些本大爺來就行了。」五色雞頭摩著拳頭。

「喔，如果要消除乾淨我比較方便，你省省吧。」越見冷笑了聲，還是維持著很不客氣的回答：「眞是的，這可不是我的任務，你們做好準備吧，等等要開跑。」

搔搔頭，翻過了窗戶後，直接落在外頭地面的越見按著肩膀。

看到有人離開屋子，原本站在樹上的黑鳥全都豎起身，集體發出不友善的尖銳嘯聲，一下子整片樹林迴盪著刺耳的聲響，讓人不舒服了起來。

「染黑的生物，乖乖地離開吧。」越見伸出手，從空氣中拉出一條金色的線，「不然就再見不送。」

說完，直接在金線上一吹。

瞬間我看見了像是氣爆一樣的畫面，金紅色的火焰整個爆開，轟然巨響後，耀眼的金火把那些黑色的鳥全都燒得一乾二淨，但樹林本身卻絲毫無損，連那些隱藏在樹上的生物都發出慘叫逃開。

「鳳凰族的淨化火焰。」五色雞頭嘖了聲，回頭抓住飛狼丟出窗外，眨眼間飛狼轉成原本大小，「閃人！本大爺主僕二人來去一陣風！」

還沒回神，我就被魔使者拽著一起跳上飛狼，最後上來的是剛剛引發爆火的醫療班。

「快逃吧！」

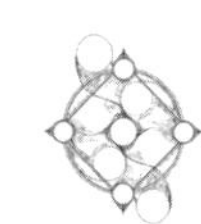

第九話　合作者們

我們很快就知道越見所謂的保留力量是怎麼回事了。

飛狼開始衝沒多久，那種黑黑的飛行物又快速追了上來，而且數量超級多，黑壓壓的很像大群蝗蟲過境。

「沒力了。」越見直接趴在我旁邊，「其他就交給你們了。」

「給本大爺滾起來啊！」五色雞頭指著想偷懶的醫療班大叫。

「你以爲我是戰鬥型的嗎！醫療班哪來那麼多戰鬥型，前面那幾次就盡力了啦。」根本不想起來的越見朝對方比了記中指，「不是每個治療士都像九瀾和提爾那樣子好嗎，請記得我們是後備人員。」

原來醫療班還有分喔。

我還以爲會因爲要追捕逃脫的各種袍級，醫療班個個都已經練就一身絕世功夫了。不過其實剛剛露了那手後，也不能說越見弱，和九瀾比起來他算是一般強，但跟我比已經算是很強了。

「凱里，可以把那些東西再趕走一次嗎？」看著在旁邊警戒的魔使者，我突然覺得有點奇怪，難道因爲我暫時掛掉所以他才沒有自己行動？

這也太危險了點吧！

聽到我的話，魔使者突然消失在飛狼背上，接著樹林那方傳來一陣巨大騷動，黑色的東西開始減少，也逐漸與我們拉開距離。

「那個半死人到底是啥東西啊？」越見坐起身，有點奇怪地看了我一眼，「其實你差點死掉時他用了醫療陣法，但是某些特定的毒素必須配合藥物才能治療……為什麼一個半死人會懂醫療班的陣法？」

我想大概是因為九瀾的關係，可能曾教過還怎樣的所以他有記憶殘留，不過似乎不能直接告訴越見。

隱隱約約，覺得越少人知道越好。

「呃、那是跟人家借來的護衛，所以我也不知道底細。」其實我也沒說謊，我的確和六羅不熟，頂多說過話，以及知道他是九瀾和五色雞頭的兄弟而已。

「是這樣喔？有時間的話眞想借來研究看看，不過我頂多只能跟你們到城鎮，月見的藥物得快點送回去，不然死掉就又要重找了。」似乎眞的對魔使者很有興趣的越見拍拍腰包，露出可惜的表情。

他哥的藥物……

「是要用在夏碎學長身上的？」我記得月見不就是夏碎學長目前的治療士嗎？

「是啊，稀有的藥物因為天天治療被月見用完了，採集部隊又還沒回來，所以得先自己出門找一點擋一下，否則斷藥就糟糕了。」越見邊說著，邊從自己的腰包裡拖出一個人形的東西。

我看著那坨東西，沉默了。

如果看到木乃伊版的曼陀羅，我相信任何人都會跟我一樣沉默的，尤其還是串聯版的木乃伊曼陀羅，一隻下面還有一隻，就這樣一直連進腰包裡。

那個腰包是異次元空間嗎！

「不這樣包著，會一直尖叫、咬人，藥力迅速流失掉。」把那串東西塞回包包裡，越見還一臉無事地拉好拉鍊。

曼陀羅不會咬人吧！

「……這是外用還是內服？」看著他的腰包，我有點驚恐。

「吃的，藥效很好。」

我打賭千冬歲應該不知道他哥藥裡有這一味，不然早就唉唉叫了。

「就是在挖這個東西才差點被踩到，幸好這玩意在睡覺不用像平常一樣搏鬥才能拔，否則沒防備就被踩那一下不死也重傷。」越見發出有點慶幸的話語，給了我一種以後路上絕對不要隨便亂挖東西的決定。

「本大爺哪知道路上會有人在挖土。」五色雞頭嘖了聲，一邊觀察周遭還不忘回頂。

「走路要看路啊！」把他噴回去，根本沒把殺手放在眼裡的醫療班冷哼了聲，「不過你們到底是在出什麼任務，爲什麼會搞到被狂追還重傷？你們不是跟著黑袍、紫袍一起行動嗎？」

「就……」

把之後遇到的事情稍微簡單告訴越見，包括山妖精和蒂絲的事，其中當然刪掉了魔使者的部分，一邊講我才一邊想起，被射昏之前我不是還抓著那塊黑色石頭嗎？

印象中最後好像被魔使者拿去了，這樣應該不會有問題，總比被五色雞頭拿去得好。

聽著我的簡述，越見搔搔臉，「這樣的確是很大的事件，依照等級劃分是在黑袍任務範圍，照理來說應該要等到公會前來交涉接手才對，你們這樣亂搞會短命喔，沒資源和輔助的狀況下很危險。」

「呃，不過受人所託所以……」我也知道會短命，出發之後我就拿命去親身體驗過了。

不過總比知道不做得好吧？

而且，我完全不想看六羅就這樣把自己放棄在那邊，實在是太讓人不舒服了。

還有他和烏鷲的關係我也無法丟著不理，到底他們是同一人還是不同人。其實私心我是覺得不同，怎麼想六羅都和烏鷲那種任性態度無法畫上等號，但如果不同，烏鷲又爲什麼會六羅的東西……還自稱是六羅咧？

眞是頭痛。

越見偏頭想了半晌，才開口說：「這樣吧，到城裡後我先找到醫療班分部把東西送回去和報備，在城裡這段時間我可以暫時當你們的後備人員，而且你也需要我幫你做暫時的治療和調整，不過出城之後就得說再見了，畢竟我也無法丟著醫療班的工作不做……會有很多袍級餓死的。」

……你後面那句會餓死是怎樣？

你到底關了幾個袍級！

看著越見的臉，我實在不敢問出口。

還是不要問好了，免得我聽完以後會不敢踏進醫療班。

「喔，回來了。」五色雞頭讓出位置，魔使者瞬間出現在飛狼身上。

風中有著嗚嗚的聲音，很像是山妖精們不甘願的喊聲，就這樣被拋到大後方了。

然後，我們看見契里亞城的旗幟出現在遙遠的那端。

※

「你們竟然擅自前往山妖精之處。」

回到城裡，越見一離開後我們馬上被城主的衛士團團包圍，接著被拱進了城主的住所大廳，速度快到幾乎是眨眼完成。

一看見我們，艾里恩非常直接地臭臉給我們看，「如果發生意外怎麼辦？」

已經發生過了。

「哈，本大爺行走江湖來去一陣風，管他啥鬼意外都奈何不了本大爺。」五色雞頭手扠著腰，很囂張地回答以上的話。

基本上奈何到的都是我啊！是我啊！

給我轉頭回來看看，我好像是跟著你去然後都衰到我這個路人啊！

「太莽撞了。」艾里恩頻頻搖頭，對於我們放他鳥感到非常不苟同，臉上有露骨的不滿，「眞是的，原本我集結了精銳部隊要一同前往，沒想到你們卻逕自衝入。」

我大概可以想像當天的畫面，肯定是備戰好後，一天亮城主就氣勢高昂地跑去旅館找五色雞頭，接著就被告知他被放鳥，背景肯定都是黑氣和冷風。

不過在山妖精那邊發生了事情，我覺得還好我們有放他鴿子，不然這下肯定會死傷慘重，對兩方任何一邊都是。

「反正東西拿到了你是還要囉囉嗦嗦啥鬼，本大爺和本大爺的僕人綽綽有餘，不用等你那啥慢吞吞的精銳，等到人都變骨灰了，老子沒時間跟你風花雪月兼泡茶。」五色雞頭揮揮手，一臉嫌惡對方的拖拉速度。

「你們找到蒂絲他們要找的東西了？」自動刪除五色雞頭很衝的話語，艾里恩連忙起身。

「嗯……」看了眼站在側邊拉低斗篷帽子的魔使者，我心中複雜到不行。

爲什麼他們在找的東西會是白川主要的東西？

那一大塊石頭我是絕對不會認錯的，這種色澤只要看過根本不會忘記，那是屬於他們的東西，怎會跟這件事有牽扯？

「那是怎樣的東西？」艾里恩詢問著。

猶豫了下，我看五色雞頭沒有和對方談話的打算，只好自己朝魔使者伸手，後者果然拿出了黑石，不過卻沒有交給我。

也是，說不定他拿著還比較安全。

「這個……」契里亞城城主瞇起眼睛，立刻走到魔使者面前，原本想直接取過來，不過魔使者避開了，只願意讓他站著觀看，「難道這是力量的石頭嗎？」

「力量的石頭？」我是不曉得這是什麼東西。

「據我所知，這種東西似乎有什麼無法探測的力量，有人試過以這種石頭重塑封印或再度復甦鑰匙……難道蒂絲他們手上有封印子石的殘骸，想將子石和這塊石頭再度毀掉嗎？」環著手，艾里恩皺起眉。

「那簡單啊，看本大爺砸爛它！」五色雞頭一秒甩出獸爪。

「不行！」我連忙阻止他，這個砸下去白川主肯定會跟我們沒完沒了。

「這不能破壞，我們可以想其他方式阻止，但這石頭相當珍貴，除非沒辦法，否則絕對不能毀壞它。」一樣強力阻止的艾里恩甚至擋到魔使者前面。

「嘖，你們眞的很囉唆耶！」五色雞頭瞪了我一眼，把爪子收回去。

不知爲何，我總覺得艾里恩比我還著急，難道這塊石頭還有什麼不爲人知的祕密嗎……看來白川主出現時我最好問看看。

「不過你說子石……子石不是都被破壞掉了嗎？」我沒記錯的話，安地爾也搞了個複製品，那就算有這塊也不一定能用吧。

艾里恩嘆了口氣，「或許並未破壞完全、或許是殘骸重新被拾起，總之在歷史上的確有人試圖這樣做過，我想蒂絲等人已經掌握了相關物品。」

相關物品……

那塊千冬歲拿走的東西？

不過不是說一點特殊的地方都沒有嗎，看起來也不像那麼危險的東西。難道我們還有什麼沒有挖到的嗎？

想到又要回山妖精的居住地，我就一陣哆嗦。

「既然已經找到了，再來就該輪到我們接手了吧。」

不是我的也不是五色雞頭的聲音，更別說魔使者。我猛一轉頭，看到夜妖精賴恩從大廳另一端走來，艾里恩沒有吃驚的表情，顯然早就知道他在這裡，或者就是他讓對方進來這裡的。

「又是你！」立刻認出人的五色雞頭指著對方，「今天我們兩個只有一個可以踏出這扇大門！本大爺絕不容許你個炭火看到第二天的太陽！」

回過神，我才發現其實我們已經被包圍了，房間裡的陰暗處都是夜妖精，不知道什麼時候埋伏在這裡。

魔使者一秒抽出刀，將黑石塞進自己衣服。

「等等，我們沒打算現在開戰。」伸出一手阻止我們，吃過魔使者大虧的賴恩自然知道對方發飆自己也討不到好處。

「管你廢話，本大爺就是要你拿命來抵！」看見殺兄仇人分外光火的五色雞頭全身怒火熊熊，一整個殺氣騰騰、完全沒有談判的餘地。「敢動我羅耶伊亞家族的人，就要有死的準備。」

深深看了一眼五色雞頭，賴恩突然冷笑了聲：「原來如此，那傢伙是你們家族的直系者吧，但是搞清楚狀況，先來動手的人可是他，雖然他收手，但是我也不會放過想刺殺的傢伙。殺手家族本身就該有失敗便是死亡的覺悟。」

「卑鄙小人你還有臉說！六羅根本沒殺死你的打算，有沒有殺意這點你要是分不清楚，就不要出來道上混！」指著霜丘夜妖精，越講越火大的五色雞頭直接衝上去，瞬間出現在賴恩面前，「本大爺才不想跟你廢話！」

「請住手！」

艾里恩的阻止晚了一步，五色雞頭的獸爪揮過去後拍爛下方的茶几，接著瞬間轉過身抓住避開的賴恩的領子，一拳就把人揍到旁邊的牆上。

四周的夜妖精立時騷動起來，帶著不善的表情往五色雞頭的方向衝去，但還未跨出太多步就被魔使者攔下，整個大廳頓時陷入一觸即發的緊繃狀態。

摔在地上的賴恩吐掉嘴裡的黑色血液，冷眼緩慢地站起身，「羅耶伊亞家的殺手，決定再來人死一次嗎？」

「賴恩，請等等。」抓住夜妖精正要拔出武器的手，艾里恩直接介入他們兩人中間、那個我打死都不想過去的位置，「請兩位先看看自己在哪裡，這是契里亞城，並非你們可以任意動武決鬥之地！」

艾里恩發話同時，大廳中也出現幾名他的護衛，制止住五色雞頭和其他的夜妖精、魔使者。

「就算在城裡，夜妖精要動手殺死一個獸王族並不是什麼難事。」瞇起眼睛，不怎麼友善的賴恩冷冷這樣告訴了眼前的城主，然後將抽開了一半的武器推回鞘裡，甩開艾里恩的手，「艾里恩城主，最好能說服我們爲什麼必須得合作，霜丘的兄弟們就在城外，隨時能踏平你的城市。」

「本大爺才不屑跟這些炭東西合作！」呸了聲，同樣鄙視對方的五色雞頭惡狠狠地瞪著仇人，「就算在城主的大廳，本大爺的家族要殺光你們就跟殺螞蟻一樣！」

「好了，請兩位住口吧。」推著夜妖精讓他後退一段距離，艾里恩重新做了個深呼吸，恢復原本的面無表情，「相關人員都到齊了，我想大家有必要在此先將所有事情解釋清楚，否則接下來進入湖之鎮深處就不是這麼容易了。」

我看著艾里恩，又看了看賴恩，他們剛剛的動作讓我突然有種感覺。

「……城主你其實和賴恩很熟吧？」我看見他愣了下，知道自己猜對了。因爲熟所以他才會讓夜妖精在這邊等我們，才會不怕那個高個頭的賴恩頻頻要他住手，通常不太熟悉的人應該不至於做到連續幾次肢體接觸。

就是因爲他們很熟，城主才會追著我們進入沉默森林、追著學長到妖魔地，因爲他和賴恩交換過情報，對沉默森林的事情很了解。

所以他才知道，在六羅之後沒有人繼續暗殺賴恩。

「你們這些傢伙都是一夥的！」

五色雞頭這次眞的抓狂了。

我咳了聲，上前一步抓住五色雞頭避免他下秒開始屠城，說實話我還有點虛脫，實在很不想再應付這票人了。雖然知道艾里恩不是眞的想要對付我們，但感覺總是很差。「我們應該沒必要和你們一起去湖之鎭，目標不一樣。」

隱隱約約地，我有種想法，雖然艾里恩之前百般不願意拉我們下水，但我們被拖下去應該也是他們的計畫之一吧。

很有可能在來到這座城市遇到他們之後就被算下去了。

「請聽我說……」艾里恩這次好像眞的有點緊張了，頻頻和旁邊的夜妖精交換眼神。

「沒啥好說了，本大爺才不屑跟你們這種江湖上的敗類一道！」整個被惹毛的五色雞頭一把抓住我的手臂直接往門口方向拖。

黑色的影子瞬間閃現在我們面前，最靠近的夜妖精一刀斜過來，乒地聲撞上了魔使者的黑刀。

「要走可以，把黑石和子鑰匙留下來！」賴恩沉著臉，用我們聽不懂的語言向旁邊的夜妖精說了幾句話，很快地那些夜妖精便無視城主的阻止將我們團團包圍。

我被五色雞頭粗魯的動作拖到頭暈眼花，腦袋像是石頭一樣重，腳步虛浮得踏不穩，隱約只看見魔使者撲上去，不用幾秒那些夜妖精就全趴在地上了，沒有生命危險，只是手腳被打斷無法行動。

忌憚著魔使者，雖然試圖想上前，不過都被逼退了，連保護城主的護衛也被打掛在牆壁上，完全拿魔使者沒辦法。

雖說水妖魔對我很有成見，不過她借來的人是眞的很厲害，完全能保護我們的安全……說不定這種狀況都在她掌握中。

腦暈亂想的同時，五色雞頭已經把大廳門整個踹飛，發出轟隆巨響，嚇得外面的衛兵全衝出來包圍，以爲又是刺客出現。

「等等，讓他們離開。」在大廳裡的艾里恩突然制止了衛兵的動作，「不要刁難他們，讓開路吧。」

他的語氣挾帶著隱約的嘆息，揮揮手，周圍的衛兵都退開了。

不知道爲什麼，聽到聲音後，魔使者轉過頭，斗篷下的金色眼睛深深盯著艾里恩半晌才跟著我們的腳步走出大廳。

轉身離開沒多遠就聽到賴恩不滿的聲音，似乎在和艾里恩爭吵，不過因爲我是被挾著走外加精神不濟，所以聽得不是很清楚。

有了城主命令外加魔使者始終握著武器，眞的完全沒人來攔我們，我們很順利地離開了城主住所、回到大街。

「嘖，這些渾蛋。」回頭看了一眼城主住處，五色雞頭罵了句。

按著發痛的頭，其實我眞的很不舒服，山妖精的餘毒大概還在作怪，身體從原本的麻痺變成劇痛，連腳都軟了。

「漾～不要在這裡睡覺。」注意到我的異狀，拖著我的人發出了讓我想往他臉上揍的話。

抓住我和五色雞頭，站在我們身後的魔使者腳下突然出現移動陣法。

「你要去哪裡啊，本大爺正要回分部……」

抗議的話還沒說完，我們四周馬上颳起黑色的漩渦將空間扭曲，最後我好像還有看到一些追出來的夜妖精措手不及的模樣，不過很快就被掩蓋了。

接著腳下突然騰空，這次換我們來不及反應，突然就往下摔，撞在下方不知什麼硬硬的東西上，發出了轟然巨響。

我被摔得暈頭轉向，一時反應不過來。

五色雞頭直接跳起來衝著還飄在空中的魔使者破口大罵。

四周莫名地有點安靜。

半晌，我從木頭碎片中回過神……原來我們摔爛了一張木桌子，接著看到的是很多眼睛，好幾張陌生面孔全都用不知道是訝異還是好笑的表情打量我們這幾個突然出現的不速之客。

最可怕的是，這些人全都穿著袍級的衣服，黑色、紅色、藍色、白色和紫色，五色俱全。

「褚同學……」

我回過頭，看到站在某位陌生藍袍旁邊的越見無力地垂下肩膀，接著我終於知道魔使者把我們丟到哪裡了。

契里亞城的公會分部。

⁂

「下次不要再用這種方式進來公會。」

站在床邊，借了間臨時房間的越見一邊磨著手上的藥草，一邊義正詞嚴地對我說：「這次運氣好，通常帶有惡意跳躍空間的入侵者都會被反彈，輕微的頂多被卡在牆壁裡等人拔，嚴重的都不知道被丟到哪邊去了。」

我也不想用這種方式進公會啊！

你應該去對旁邊那個好像啥都沒做還在窗戶邊欣賞風景的魔使者講！這根本不是我能做主的事情吧，誰在順手帶走時有問過我人身自由和意願啊。

踩在發出些微響聲的木地板上，越見將磨好的藥草與拿來的精靈飲料混在一起，讓我慢慢喝下去。

喝完他的特調藥水人輕鬆了許多，躺在床上又開始有點昏昏欲睡的感覺。

「幸好這邊公會可以借到這些東西，我已經請醫療班幫我多弄點來，這樣你很快就可以治療好了。」越見整理著空碗，邊做邊碎碎唸著：「給我乖乖休息到我說可以的時候，最好不要學那些黑袍一天到晚逃走，別逼我使用最終手段。」

……你那個不是通常手段嗎？

我還以為你關人是常態性的！原來那是最終手段嗎？

難道手段還有分層次？

實在是不想也不敢去問這個問題，我乾脆翻了下身，決定還是先入睡比較安全。

剛剛被扔進來時，那些袍級像是在看什麼新鮮有趣的事情，每個人都露出看好戲的表情，這讓我想起以前在商店街也經常有這種狀況。

難道這個世界的人遇到事情不是逃命，是喜好圍觀嗎！

總之，越見連忙擔保我們是認識的人，加上好像也有些人認識我和學長，就這樣安全過關了。

我被醫療班安置在房間後，五色雞頭就跑回去我們剛剛摔下的吧台大廳吃飯了，完全把我丟在這裡，是標準的見食忘友。

站在窗邊的魔使者不知是在保護還是發呆，臉都朝向外面，完全不管我們。

據說這個公會據點和公會本部差不多，同樣提供袍級們接工作、休息吃飯和辦理事務的服務，只不過是縮小版的而已，各地城鎮或是奇怪的地點都有公會分部，相當便利。

另外，通常設有據點的城鎮在公會的保護下，可以獲得比較多的資訊和交換資源，所以好像相當受到信任與歡迎。

「眞是的，這種狀況下你們還想和城主或夜妖精糾纏嗎。」越見把東西收到一個段落，又突然開口。

這次把我嚇了一跳，他怎麼會知道城主和夜妖精的事？

像是知道我的疑惑，越見挑起眉，「剛到時，公會分部的情報班說的，最近夜妖精一直在城主那邊出入，他們認爲可能有什麼交流、稍微注意了下，畢竟最近霜丘夜妖精的名聲並不好。」治療士頓了頓，皺起眉，「如果要帶傷去應付那些傢伙，以醫療班的立場，我覺得還是先把你們關一關會比較好。」

不要隨便就決定要關人啊！

「應該暫時不會來往……有拒絕了。」勉強打起精神，我很怕越見等等想不開就把房間加上十二道鎖之類的，所以還是先和他講清楚。

「雖然不是我的任務，不過我還是多嘴講幾句話。」越見盯了我半晌，拉了椅子在床邊大剌剌地坐下，「根據我們的判斷，雖然霜丘有問題，但並不到要大舉討伐的地步。這是世界變遷中、不管何時何地都有可能會出現的狀況，就如同最平靜的時刻，公會仍然須要出兵協助城市對抗戰爭。」

「世界會一直改變，只要有生物的地方就會造成變遷與影響，霜丘就是其中之一。也或許在他們眼中看來，比較像敵人的是我們這方吧。只是這還是不能當作他們襲擊各界的藉口，你要特別注意他們這些人。在各個不同種族當中，發生利益衝突時，所有的人都會以自己種族作爲第一優先考慮。想想，爲什麼山妖精會攻擊你。」

我大概了解越見的話。

說眞的，凡斯他們也經歷過這樣的事情，所以我可以懂。

每個人都有自己的原因、看不過去的東西、想要到手的利益，所以才會有爭鬥。不管在這邊，還是我原本的世界都一樣、幾乎都是一樣的。

就算凡斯他們已經死去，重複的事情依舊。

越見嘆了口氣。

「身爲治療士，我眞討厭這種時刻。」

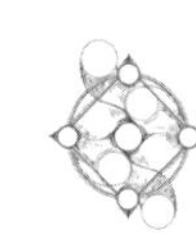

第十話　黑石

我不清楚越見是什麼時候離開房間的，大概只知道他有和魔使者交代了關於照顧我的事情，和碎碎唸了一些注意事項。

不過對方有沒有聽又是另一回事。

暈沉昏睡之際，我好像看到了分部的木造房間，卻又看見深色的草地覆蓋其上，形成了奇怪的景象。

「這裡、這裡——」

深色草原幻象之後，那個小孩在朝我招手。

我抓著枕頭，努力讓自己睡得更深沉，但不曉得爲什麼身體很清醒，像是要和意識作對似地，半夢半醒的不知道在哪個地方。

我看見站在木板地的魔使者用那雙金色眼睛注視著我，在微暗的空間中特別明亮。

不知爲何，我覺得他是眞的在「看」，不是平常那種沒啥反應的隨便一瞥，而是很仔細地盯著我看，但我完全無法起床還是開口說話，整個人動彈不得活像鬼壓床。

「你是……」

魔使者彎下身，沒有回答我，背光的面孔看起來非常黑暗，只有眼睛像貓一樣在發光，讓人看著看著發毛了起來。

模糊的草地那端，小孩依舊揮著手。

背向著那個孩子的魔使者幾乎快貼近我身邊，豎起了食指放在唇邊，不確定他是否有發出輕輕的「噓」聲，金色的眼睛裡有著莫名的淡淡笑意。他從衣服裡拿出了那顆黑色的石頭，另一手抓起我掛有米納斯手環的那手，就這樣把黑石塞進手環裡，變成毫不起眼的極小裝飾。

最後他在上面畫了個十字，黑石的隱約力量和奇特的色彩便完全不存在了，看起來就像普通的飾品石頭。

「什麼意思……」我不曉得他的動作有什麼意義，用力地甩甩頭，想減少睏意，四周的深色草地很快淡去。

魔使者沒有回答我，甚至一點聲音都沒有發出，非常自然地轉過身揮出了黑刃，空氣中猛地傳來幾個清脆碰撞聲，接著是好幾個細小物體落地的聲響，金屬的光芒在稍微黑暗的房間中折射出詭異的光。

我都沒發現房間裡面有其他人。

擋下飛來的物品，魔使者將黑刃往地上一插，把落在地上的幾根黑針插斷……黑針？

愣了兩秒，我完全清醒了，馬上從被子裡跳起，「爲什麼又是你！」有沒有這麼好運啊！

不對！這是公會分部吧！

「嗯？沒想到會察覺到。」

果然沒有在之前那地方被活埋的鬼族高手慢慢從黑暗中走出來，帶著一貫可惡的笑容，好像他從那裡出來是正常應該的。

我就知道他沒這麼容易死！

一如往常，優雅到不像鬼族的安地爾幾乎是滑著步伐到我們前面，在魔使者的刃尖刺進他喉嚨前停下來，「這還眞是有趣的東西，沒想到公會居然會容忍你把這位死亡者帶進來。」說著，他還多看了一眼魔使者。

我猜如果不是因爲時機不對，搞不好他還會把魔使者當紀念品順手帶走。

「你又來幹嘛！」每次看到他都沒好事，沒想到出門在外還會連續遇到，難道我這次回家之後眞的得去拜個拜過運一下嗎？

「這次嘛……眞的是專程來找你的，與其跟夜妖精合作，還不如將東西給我，至少我比那些人誠實許多。」安地爾聳聳肩，很爽快地告訴我他的目的。

「拿給你然後顚覆世界嗎？」我冷笑了兩聲，當然知道他想搞什麼。

「這件事情需要花時間慢慢討論嗎？請放心，我依舊會顧及過往交情，盡量不會危及到你們。」不否認但也沒承認什麼，安地爾相當輕鬆地回應著：「目前，我需要那塊黑色石頭，當然如果子石在你身上會更好。所以，直接交出來吧，避免我們兩邊麻煩。」

話說到底他也就和艾里恩他們一樣想要白川主的那塊石頭嘛。

說眞的，這兩邊的人我都不想給，當初忘記和白川主要聯絡方式，看是手機還什麼的，早早找到叫他拿走，我就不會這麼麻煩了。而且依照他那種要命的變裝跟個性，搞不好找到死都不見得能找到人。

畢竟不是人人都可以一隻一隻掋白蟻。

「不可能給你。」看著安地爾，我往後退開，手腳並用地爬下床。

「這樣我也只好動手搶了，畢竟我很需要那塊黑石。」安地爾抽出銀針，微笑著告知我他要動粗。

始終盯著對方的魔使者在鬼族拿出武器的同時，完全不客氣地揮出了黑刃，銳利的尖鋒僅擦過安地爾的面側，然而猛然出現的銀針也被打落。

在黑暗中我只看見黯淡的光芒閃了閃，空氣中傳來幾次碰撞聲，根本不知道他們打到什麼程度。

這種時候要求他們打慢一點好像有點白目。

參雜著幾根黑針的銀針再度落地，魔使者一揮手，將地上的針全都打斷，然後甩掉手上的血珠。

「看來程度不算差。」似乎有點意外的安地爾挑起眉，重新打量魔使者，「雖然比上次你另外一位朋友弱了些，但還眞不容小覷。」

另一個？

五色雞頭嗎？我還以爲魔使者比較強……等等，安地爾見過的應該是指重柳族才對，難道那個重柳族的實力比他還要高嗎？

我突然覺得到現在都沒有被對方掛掉還眞是件幸運的事。

「這位是那個雙袍級的血親吧。」曾潛入公會、可能還混到醫療班去的安地爾指著魔使者，很快就認出對方。

「也不干你的事吧。」

露出讓我覺得很驚悚的親切微笑，並沒有打算再和對方糾纏下去的安地爾環起手，微微偏著頭：「我可是好心詢問，在湖之鎭底下，我發現過與這位相同的氣息。」

他這樣講我並不驚訝，因爲我知道六羅就在封印那邊，如果安地爾有注意到也不奇怪。只是一想到六羅我又有點頭大，都不知道要怎樣才能把他弄回來，如果是在封印裡，難道眞的要打開找他嗎？

艾里恩和賴恩都想要封印裡的東西，安地爾也是。

但是蒂絲和六羅他們就是不想打開才會白白送命的，六羅甚至說過不可以再去……

「我需要黑石，你有朋友遺留在那邊，不如和我做交易，這樣對你而言比較划算。」看著我，安地爾聲音放低了些：「畢竟我也曾是醫療班與黑袍，某些時候，我比你周圍那些人有用得多。」

我想，安地爾可能眞的知道要怎麼幫六羅，但是我……

「不用了謝謝。」

我絕對不要再因爲這樣傷害別人。

「漾～！」

就在四周空氣沉靜下來之際，外面突然傳來乒乒乓乓的敲門聲，活像是要把門整扇給打下來一樣，「本大爺的僕人還在睡嗎！」

有時候我都不知道五色雞頭到底算不算會選時間。

「有人打擾了，看來又要下次再拜訪你。」笑了下，可能把自己行蹤隱藏得很好才沒人發現的鬼族高手聳聳肩，做出有點掃興的表情，「我想你可能不喜歡喝咖啡，下次換你準備飲料如何？」

「……」誰跟你準備飲料！

我從來沒說過我想喝啊，不要突然主客交換！

還有就算準備給你我也會想盡辦法讓你拉肚子拉到脫力的！

「我看還是我自己準備吧，你的臉看起來似乎想讓我喝到拜訪廁所。」完全猜出我在想什麼的鬼族笑得很想讓我撲上去打一拳。

「漾～！」敲門聲再度傳來，那扇門震動得更厲害了。

只分心了那一秒去看門，再回過頭，安地爾已消失不見，乾淨到好像他完全沒來過似地。

魔使者收回黑刃。

仔細看著他，我絲毫看不出剛剛對方盯著我看的模樣，金色的眼睛毫無感情，只是靜靜地站在原地。

那剛剛到底是……？

正思考著魔使者的怪異之處，我搭上了門把，轉下去的那一秒才驚覺不對勁。

五色雞頭那傢伙知道我在睡覺，按照他的個性應該是自己闖進來才對，根本不會這樣重複敲門等我來開！

還來不及鎖回去，門已經從外面被猛力撞開，把我撞開了好一段距離，剛好被身後的魔使者撐住才沒摔倒。

門外站的根本不是五色雞頭，而是夜妖精賴恩。

四周傳來幾個細小聲響，跟著走出來的是其他同樣黑到讓人沒注意到的夜妖精。

「這裡是公會分部，你應該知道吧。」見他們來勢洶洶，用膝蓋想也知道是衝著那塊石頭來的，才剛走掉一個安地爾現在又來賴恩，該不會下半夜艾里恩也跟著跑來湊熱鬧吧……這裡是公會分部耶！公會的人難道都不守備的嗎！居然這麼簡單就被入侵，難道之前被攻打也是這種散漫的狀況嗎？

難怪會被攻打！

我突然明白了，原來公會是傳說中的只攻不守嗎？奉行「被打沒關係，加倍打回來就好」的主義嗎！

你們這些人可以再離譜點。

「那又怎樣。」賴恩露出一臉鄙視的表情，讓我瞬間想起了摔倒王子，不知道爲什麼現在突然覺得他好和善啊，至少是同伴間的鄙視，不是敵人的鄙視。

「……」我很認眞覺得公會裡的人沒有對他做過啥報復性行爲眞是太奇妙了。

「會被修理喔。」

這句話不是我講的，而是來自於賴恩後面。

夜妖精稍微愣了下，很快跳開，也讓我同時看見不知什麼時候站在那邊的治療士。

「會被修理、會被挖內臟、會有人秋後算帳還有人會隨便遷怒。」一手端著藥盤，越見用另一手數給他看，「要是有特別心胸狹窄的，還會三不五時想到就想盡辦法去問候你之類的，例如提爾、還有提爾，另外還是提爾……」

輔長，原來你的心胸很狹窄嗎？

不知道爲什麼，越見在舉例的時候我幾乎都可以搭上人名……你講的幾乎都是醫療班的人嘛！結果公會最愛找人麻煩的其實是醫療班嗎！

我決定以後去醫療班一定要特別小心，不然會一天到晚被問候。

「爲什麼你還可以活動？」瞪著眼前的治療士，賴恩露出帶有淡淡疑惑的表情。

「飲食裡和空氣中有奇怪的味道，其他傢伙吃下去還不知不覺就算了，好歹我越見也是個藥物治療士，分辨不出來就太蹩腳。」瞥了夜妖精一眼，似乎是要來幫我換藥的越見旁若無人地直接走進房間，「不過我剛剛已經調好解毒劑了，我想再過一、兩分鐘就會有很多人跑上來找你們算帳了吧。」

賴恩瞇起眼睛。

接著，門外似乎開始傳來騷動的聲音。

幾個夜妖精立刻看向爲首的賴恩。

「……殺死治療士和魔使者，帶走人類。」

幾乎同時，夜妖精分成兩批分別撲向我身後的魔使者和端著藥盤的越見。

魔使者絕對是沒問題的，但我沒見過越見動粗，他頂多就是拿跟別人要來的陣法關袍級，還有之前的鳳凰族術法，不曉得能不能應付這些夜妖精。「米納斯！」

在我還沒動手前，越見晃了一下，突然不見了，衝過去的夜妖精直接撲了個空，愣了半秒直接轉向對付我們。

順手抓著我往後一推，魔使者直接把來襲者給擋下，很快地敲平了大半人數。

盯著房間，原本冷眼旁觀的賴恩突然抽出長刃抵在身後，一連串金屬敲擊的鏜鏜聲打斷了房間裡的攻擊。

「嘛，反應還可以，沒想到夜妖精的健康狀況和體能都維持得不錯。」站在後面的越見笑了下，另一手還穩穩端著藥盤。

賴恩旋開身，同時也看見冒出來的越見另外一隻手上握著柄怎麼看都很像扇子的黑銀色東西，但比我知道的正常扇子尺寸又大了些。

鐵扇？

……我突然覺得剛剛的擔心是多餘的。

仔細一想，既然他夠本事去抓各種袍級來關，一定具備了捕獵的能力嘛。

「隨便攻擊治療者的話，會遭到天譴喔，例如被人打傷還是啥危急狀況下得不到救治的報應。」越見直接反過手，用鐵扇往夜妖精的腦袋上敲下去，閃避不及的賴恩還眞的被他敲個正著，發出了很大的叩聲。

我突然覺得還好越見是鳳凰族，因爲他的嘴也沒好到哪裡去，萬一他跟我一樣是妖師，搞不好被講過的人都會很慘很慘。

就在賴恩臉上浮現惱怒表情時，已經有人往這邊跑過來了。

「入侵者！封鎖分部！」

房外出現好幾道閃光，有人啓動了各種陣法。

「漾～！」吵死人的腳步聲從走廊那邊撞過來，加上讓人想掐死他的大吼。

「這裡不能久待。」少數幾個還站著的夜妖精扶起倒地的同伴，紛紛看向賴恩等候指示。

「……撤！」

眨眼瞬間，我們四周的夜妖精消失不見人影，原本站在門口的賴恩惡狠狠瞪了越見一眼後也從窗戶離開。

房間瞬間安靜下來。

這下好了，下半夜應該不會眞的輪到艾里恩吧？

我看著手錶的指針，嘆了口氣。

「漾～」

半掩的門被人一腳踹開，五色雞頭大剌剌地直接闖進來，「本大爺好像錯過有趣的事情。」環顧著房裡打鬥之後的凌亂，他嘖了幾聲：「有架打居然沒叫本大爺，身爲本大爺的僕人應該要趕快召喚本大爺出馬啊！」

誰是你僕人！

還有召喚是怎樣，你不是神奇寶貝啊！

「你吃了很多的隱性藥草睡得很香啊。」越見放下手上的藥盤，甩甩另一隻手，那隻烏黑色的鐵扇直接消失在空氣中。「大廳的人都還好吧？」

「哼哼，本大爺醒的時候已經差不多都醒了。」踢起一張倒地的椅子，五色雞頭一屁股自動坐下，「居然會中這種小人招，看來本大爺對江湖的小人還不夠了解，以後行走江湖要先鍛鍊一下百毒不侵。」

「那個藥是針對高手開發的，連醫療班都不一定可以察覺，幸好我以前曾遇過所以才曉得毒性徵兆，不然你大概以後都沒機會行走江湖了。」治療士調好藥水，遞給我邊說著：「夜妖精可是有打算把整個分部裡的人都殺光，藥劑下得很重，如果沒有及時點燃解藥揮發，可能大家可以結伴去安息之地了。」

「好吧，本大爺一向有恩必報，下次你有啥要委託的工作，本大爺可以免費贊助你一次。」五色雞頭很豪氣地說著。

「……抓袍級也行嗎？」越見提出了很實際的問題。

「外星人也幫你抓回來。」暗殺家族的人對他比了個拇指。

不要隨便決定要抓外星人啊你！

「不過、越見還眞是厲害。」我把那杯帶有甜味的藥水喝下去，連忙轉移話題，再讓他們兩個聊下去可能就眞的會對外星生物伸出魔爪，「沒想到居然可以對付夜妖精。」

越見接過杯子，很爽快地笑了聲，「那個喔，只是嚇嚇他而已，雖然我有基本攻擊能力，不過實戰經驗不是很多，眞的打起來可能也不會佔到太多便宜，所以別奢望我可以在眞正戰鬥中幫上實質的忙。」搔搔臉，他想了想，補充剛剛的話：「就像之前說的，醫療班也是有體系分別，像九瀾他們都是前線型的治療者，就是可以即時支援袍級任務的那種，所以很能打。採集者只負責醫療班所用的藥物，我和月見是駐點型治療士，原本只固定在總部，或者工作地點，除了自行尋找藥物等必需品之外，基本上是不會像這樣加入你們的任務中，更別說即時戰鬥了。」

他這樣講我大概就瞭解了，就是有分戰地醫生和醫院醫生那種感覺吧？

難怪有的醫療班會有專用工作間有的沒有。

「所以，敵人是野獸動物還稍微可以應付，這種群體的頂多就恫嚇一下而已。」治療士聳聳肩這樣告訴我。

不過話說回來……你所謂的恫嚇一下就是指在森林裡爆掉那些黑影嗎？

那也恫赫得太大一下了吧！

我還是覺得比起其他袍級，醫療班真是個深不可測的地方啊，以後進出真的要小心一點，才不會連怎麼死的都不知道。

等等，那他到底是怎麼抓到黑袍的？

……我決定不要去思考這個問題會對精神狀況比較好。

一鬆懈下來，人又開始睏了，不曉得是不是剛剛喝了藥水的關係，頻頻想打哈欠。

「我調的是效力加強的藥，所以你再睡一下會比較好，明天醒來應該差不多恢復八成，剩下的過兩天就沒事了。」邊這樣說著，越見讓我躺回床上幫我拉好被子，稍微把房間整理了下就走過去要把窗戶關上。

坐在旁邊的五色雞頭很沒趣地咬著藥盤上的一根綠草。

魔使者站在房門邊。

我聽見外面有吵雜的腳步聲，大概是分部裡的人在處理剛剛的突發事件吧。

眼皮很沉重。

「今天晚上有點涼。」搭著窗框，看向外頭黑夜之月的越見突然回過頭朝我們一笑。

事情極度自然、就在我們面前發生，讓人措手不及。

黑色的刀刃直接從越見肩膀貫穿而出，挾帶幾許噴濺出來的赤紅色血液落地，屬於夜妖精的暗色手臂環著治療士的脖子緊緊扣住，將他向後拖出去。

應該已經離開的賴恩在窗外對著我們冷笑。

「拿黑石來換吧。」

然後，消失在黑暗中。

「站住！」

五色雞頭一秒跳窗追出去，但是很快就回來了，看樣子夜妖精已經用術法轉移到很遠。

「那個卑鄙的黑炭妖精。」五色雞頭從窗戶爬回，超級不爽地劈里啪啦罵了一堆我聽不懂、但很有可能是髒話的東西。

「現在怎麼辦？」從床上爬起，還沒從剛剛的震驚回過神，我用力拍了幾下臉，盯著地上殘留的血跡。

「你、睡覺，本大爺先去和外面那些傢伙講一下狀況，清晨出發去燒那些炭。」把我又按回去，突然冷了張臉的五色雞頭環著手走出房間，還順腳踢上門，不知突然在想些什麼。

他有這麼乖會去和袍級友好相處嗎？

雖然很想快點去找越見，不過我眞的沒力了，連眼睛都快睜不開，腦袋混亂一片。

轉向魔使者，他幾乎沒什麼反應地站在原地，「找得到嗎？」

魔使者看著我，突然點頭。

「去確保越見的安全……不要動手殺人。」

然後，魔使者消失在黑暗中。

我想，賴恩想要的是石頭，應該不至於會殺死醫療班與公會全面開戰。

這次眞的不行了，萬一下半夜艾里恩還眞的跑來湊熱鬧我也沒精神再應付他了。

意識模糊之際，四周開始出現了深綠色的草景，帶著隱隱約約的草地和泥土氣息，以及某種很冰冷的氣味。

枕頭和棉被感消失後，我從草地上爬起。

四周相當安靜，不過通往小屋的路還在，看來應該沒什麼問題。

「爲什麼你剛剛要跑掉呢？」

在我正想走進小屋時，屋主突然從我身後冒出來，一把抓住我的衣服，「等很久，最近你都是去找其他人。」

我轉過頭，直接朝男孩的頭抓下去，「不要隨便抓我進來啊！」幹嘛講得好像我去找別的女人一樣！還有我也很需要睡眠，這樣一直抓我什麼時候才能眞正休息啊我說！

「你說有空就會來玩的啊……」烏鷲直接掙扎出來，一臉哀怨地咕噥：「而且好不容易想到比較有趣的東西，想第一個告訴你嘛。」

「東西？」隨著小孩的拉扯，我跟著他走進小屋，有點疑惑怎麼都沒見到羽裡，照理來說草地是羽裡的空間，我還以爲他大概會在那裡。

「突然想起來的，是圖案。」

進到小屋裡，烏鷲獻寶似地拿了一大卷紙給我看，翻開那瞬間我差點被自己的口水嗆到。

紙上的圖案雖然很扭曲，但有幾個重點圖案特徵完全顯示了這是什麼圖……我在湖之鎮最深層下看見的封印之門。

「你怎麼會知道這個！」整張圖畫得超完整，不只是門，旁邊還有幾條被遮掩的暗路，簡直把門外的環境都畫出來了。這已經不是看過一次可以解釋的，連路都記得那麼清楚，就代表這小鬼在那個地方待過，而且時間不短。

如果他是六羅，倒還可以解釋爲什麼，但隱約又覺得他不是。

「知道啊，突然想起來的，有很多很漂亮的圖案對吧。」似乎不覺得奇怪的烏鷲衝著我笑，指著圖上的小路，「這個裡面也有，不過碰下去會有小小的黑色妖怪，進去也不可以帶別的東西喔。」

「爲什麼？」疑惑地盯著地圖，我盡量將整張給默記下來。畢竟是在夢裡，不能帶出去的吧。

「不曉得耶，只記得這樣而已。」烏鷲搔搔臉，這樣說著。

看來也問不出其他事情。

我盯著地圖，突然萌生了怪異的感覺。

如果這裡有的是古老的羽族圖騰，那爲什麼賴恩他們會執著要抓住學長和色馬？只是解讀封印這麼簡單而已？

說眞的，接觸這個世界之後，我發現其實懂古語的人還眞不少，搞不好連黎沚都知道。當初他們曾說過學長的身分特殊所以須要用到，那麼到底是什麼特殊點……等等，這個意思是說，學長他們其實還會再遭到攻擊！

我思索著，似乎有什麼東西被遺忘。

還有什麼？

「艾曼達與菲雅。」

就在思考著哪裡遺漏之際，小屋外突然傳來陌生卻又好像曾聽過的名字。一轉頭，我看見羽裡走進來，臉上還是平常的毫無表情。

對了，我想起來了，那串哈維恩告訴過我的徵兆。

「我是來傳達消息的。」甫進來的羽裡在旁邊坐下，支著下頷告訴我：「和冰炎殿下去了一趟他地取得資料，查證了些事情。」

他的臉色有點古怪，好像和學長一起去了不是多好的地方，貌似也不想開口說是怎樣取得的，「傳說中的這兩個人是精靈一族，當時陰影的封印因爲時間與封印之地破損吸引了各種黑暗種族，他們不曉得用了什麼方式，以性命取代了封印，破壞了那個陰影之地，才讓那個地區倖免於難。因爲時間太久、且當初是兩人一起決定根本沒有他人在側，所以無法得知詳細狀況，這一段只有一些精靈和妖精口語相傳下來。」

「……所以他們想抓學長跟獨角獸，除了解讀之外，是想抓來當封印，或是破壞封印嗎？」這樣一講就瞭解了，難怪在知道黑石可能重塑子石後就對抓學長沒那麼熱衷。我還以爲是因爲有摔倒王子他們的關係。

「也是有可能，但是冰炎殿下的意思是，更有可能的應該是血緣，當初製作封印時主要的種族是以精靈、羽族、時族爲首，獸王、鱗族和妖精等爲輔，所以如果要強硬打開封印，大概必須要有主要種族作爲基石，同時具備精靈、獸王力量又是古老血脈的冰炎殿下說不定是很合適的人選，就算開啓失敗，也能夠利用這點重新把封印關上。」轉達了學長要告訴我的事情，羽裡微微皺起眉，「艾曼達與菲雅到底爲什麼能夠關上封印這點已經無從得知，但是夜妖精或許知道些什麼，才會這樣做吧。就在昨日，冰炎殿下他們一行人仍然遭到夜妖精追兵的攻擊，但被奇歐王子和狩人擊退，暫時並無大礙。」

也就是說他們多少還是想抓學長來當預備嗎？

我摸著手環，有種這件事還是速戰速決比較好的感覺。就算先把黑石還給白川主，賴恩他們還是會不斷想辦法弄開封印吧？

等等，這樣說起來，難道賽塔也是被攻擊的目標嗎？

該不會他們卯起來攻擊公會，除了要癱瘓醫療班之外，也是因爲知道賽塔是白袍的這件事情吧？

的確，學院戰之後賽塔並不是經常待在學校裡面，因爲學長的關係，他經常在公會和學院來來去去。

但是這樣也太……

「你們講的話好複雜喔。」烏鷲坐在旁邊晃著腳，打斷了我們兩個的談話，一臉無趣地打了個哈欠，「如果是要去那個很漂亮圖案的地方，很容易打開喔。」

我和羽裡幾乎是同時轉向盯著發話者看。

「不是嗎？」烏鷲歪著頭，很不解地回望著我們：「你們不是在說這個地方嗎？」

「你知道怎麼打開？」我想起來封印之刻的事情，難道眞的可以用子石和黑石打開？

「這裡。」指著圖騰大門，烏鷲拿著炭筆在上面畫了三個圈：「不一樣的字上面有石頭，其中一個已經不見很久了，另外兩個好像關不住門，可能用假的石頭就可以打開了吧，如果進得去的話。」

我愣了一下，聽他的語氣，他也知道子石存在的事情。

等等，那不見的就是當成封印的母石囉？

上次進去時因爲裡面太黑，所以我沒有注意到大門上除了發光圖騰之外的其他東西，原來還有母石。

因爲母石少一顆，所以那個啥陰影的東西才會蠢蠢欲動嗎？

難怪上次安地爾在半路就被攔截了，如果他拿著那顆假子石衝進去還眞不知道會發生什麼事情。我想重柳族可能多少知道封印裡的狀況，那時候才會很爽快地冒出來。

我越來越覺得烏鷲很奇怪了。

這些事情，我隱約覺得六羅本人應該不知道，但是烏鷲卻知道得很詳細，好像原本就應該曉得一樣。

他到底是誰？

就在我疑惑之際，羽裡突然臉色一變，「你馬上回去，快點！」

「咦？」

「有人入侵到你房裡了！」

※

我幾乎是被驚醒的。

一翻起身先是被微亮的光刺到眼，半秒之後發現有人站在床邊翻我的包包，「誰！」

可能沒預料到我會突然爬起，對方也嚇了一跳，立刻放下包包轉向我，背著初晨的淡淡陽光，我看見黑色的輪廓慢慢出現了模樣，還真的被我猜對了。

「你們這些人……不可以集中一次來嗎！」上半夜來兩輪就算了，現在一大清早還來，我要感謝幸好他沒挑下半夜嗎？

我撐起身，發現睡過一覺後身體變得很輕鬆，山妖精的殘毒就如治療士說的已經消得差不多，只剩下一些淺淺的瘀青痕跡還沒退。

轉過身看著我的艾里恩沒什麼特別的表情，扣掉剛剛的驚訝，就站在原地盯著我看。

「賴恩去了湖之鎮。」

我想也是，他挾持了越見之後應該不會明目張膽回城主那邊，去封印之地等黑石的機率比較大。

我坐起來，斜眼看著他：「你在找黑石嗎？」如果是，看他的樣子應該是沒找到。

「能夠交給我嗎？」艾里恩也沒有反駁，很快地坦承：「我希望可以將這件事盡快結束，隨著徵兆的出現和動搖，艾芙伊娃的狀況越來越差了。你們在這塊區域造成的損傷都會間接反映在她身上。」

看來他也是下定決心了，不然就不會一大清早來翻我的背包。

「東西當然是不能交給你，而且也不在我身上，你知道在誰那邊。」我故意說了謊，不過也踩死他不可能追上魔使者和他搶這點。

艾里恩沉默了。

就在我們兩個僵持之際，房門被人一腳踹開，「漾～起床吃飽出發了！」端著一大盤超量食物衝進來的五色雞頭在看到城主出現時沒什麼太大的反應，反而有種多少猜到他會來的表情。

也是啦，昨天都來一批了，要是他再不來就太沉著了……應該說會被放鴿子。

「確定賴恩他們的行蹤了嗎？」看他一臉馬上要出發的表情，應該是已經知道了。

「哼哼，公會那些傢伙說啥要自己解決、不要牽扯到學生要我們不要擅自行動之類的廢話，還在那邊要回報要小心救出人質，本大爺真想一拳揍得他們唉爸叫母，所以讓本大爺的手下去追，剛剛說已經下去湖之鎮底部了。」五色雞頭丟下盤子，抽出根雞腿放在嘴裡咬得喀喀響。

那可以確定艾里恩說的是真話了。

想著羽裡告訴我的話，我腦袋裡還是一片混亂。

隨手抓起顆飯糰咬了兩口就塞到背包裡，旁邊走來走去的小飛狼順勢跳到我肩膀上，「越見應該安全吧？」雖然已經讓魔使者去保護他，不過精神一來後我開始擔心了。

夜妖精不殺他是一回事，但如果被打得像豬頭回來都不知道要怎樣向他哥交代。

「這就不知道了，他們好像是從另一個入口進去的，本大爺的手下只看到那邊埋伏很多炭火渾蛋，早一點到的應該都已經進去了所以不確定，不過應該是死不了啦。」掃掉桌上一半食物，把城主整個視而不見的五色雞頭非常自我。

我看向艾里恩，現在總覺得好像眞的得去湖之鎭一趟了，不管在哪方面，即使蒂絲和六羅都不希望我們過去。

而且還有個鬼族……

「我知道他們從哪邊進去。」沒有對五色雞頭發脾氣，乾脆也對他視而不見的艾里恩直接面向我說道。

「你這次還要騙我們嗎？」看著城主，我實在不懂他爲什麼要一直隱瞞某些事情。例如賴恩、還有很多小細節……

「……」艾里恩沉默了。

「我們也不是沒辦法自己來。」

「好吧，事不宜遲，你還想知道哪些，我會在路上告訴你們。」抬起一隻手阻止我繼續往下說，艾里恩露出認命的表情，「現在快點行動吧，否則那個醫療班可能會沒命。」

「咦？」我愣了一下。

艾里恩嘆了口氣：「會抓獨角獸是因爲……解除封印其中一道手續是需要古老幻獸或神獸之血。將純粹的血液潑灑在陰影封印上，會污染力量，造成封印之力減弱。」

「幻獸？可是越見……」

啊靠！鳳凰族是神獸！

我突然驚恐了，因爲跟喵喵他們相處太久，完全忘記這件事情。的確在學院戰時，我曾經看過很多金色的鳳凰，只是不曉得越見是主系還是旁支，會不會有什麼影響之類的。

「你早就知道這件事情嗎？」坐在旁邊的五色雞頭冷不防地突然開口。

「……多少曉得，但是賴恩會把目標轉移到醫療班上不在他原本計畫中，只是因爲時間已經不容許再拖延了。」艾里恩環著手，似乎有點躊躇，看起來很煩躁。

我盯著他，其實還是很懷疑啦，不過我也不像學長他們可以問出更多的事情，老實說艾里恩願意講這些，可能已經算很多了。「我最後還有個疑問，你知道賴恩的計畫……像是獨角獸和越見的事情，是在我們出去之前，還是回來時候？」

「在你們回來前才知道的，那時候賴恩主動找上我，原本計畫要奪黑石，但我希望我們三方可以合作，讓鬼族或妖魔無法觸碰封印，只是沒想到事態會變這樣。」很快地回答了我的問題，艾里恩看向窗外開始發亮的天空，「我與賴恩的確認識，但並不會危害你們，希望你們能夠明白這點。」

我想想，也對，如果他真的很陰險，那麼最早蒂絲和六羅就不會找上他了。

或許，城主只是因爲艾芙伊娃被逼到沒得選擇了吧？

「我的時間不多了……」

猛一轉頭，我像是聽見很細小的聲音，但不確定是不是艾里恩發出來的。在陽光開始映入房間之後，他又恢復了那個統治一城城主的姿態，讓人感覺有點冰冷與難以靠近。

「對了，如果你妹是克利亞，那她是用啥評斷這塊土地有危險？」吞掉了最後一大塊肉，五色雞頭抹著嘴巴站起來，「你們一直認定封印快被解除了，世界會有啥啥東西跑出來之類的，到底是用啥來確定啊？」

看著五色雞頭，艾里恩伸出自己的左手，翻開袖口之後我們看到他手腕上有一圈刺青，感覺上像是某種植物的樣子，已經有一半變成黑色了。

「這是聯繫土地的責任印記，大地越是危急、圖騰就會急速轉黑，直到圖騰全黑之後，會反噬到克利亞身上承受。因爲我是接任者，所以也擁有這個印記；艾芙伊娃也有，我們是依靠這個來感知土地狀況。」艾里恩拍著手腕，冷冷地回應：「六羅與蒂絲到來時，這個印記只有拇指大的黑印，魔使者在沉默森林出現之後，這個印記在一夕間黑了半圈。」

難怪他們會這麼驚恐。

是說魔使者到底和那個封印有什麼關係啊？爲什麼賴恩會說徵兆裡也算上魔使者一份？怎樣想都不覺得有關，頂多就是六羅的身體而已。

思考之際，我突然覺得地面隱隱約約在震動，很快地便發現不是錯覺，轟地一聲巨響，地面猛烈晃了好幾下，害我沒站穩差點摔倒，旁邊的桌椅也被震得離開原本的位置。

五色雞頭直接拽住我的領子，一手按著旁邊滑動的床櫃，「嘖，啥狀況！」

晃動持續了一分多鐘才緩緩停下，很快地走廊外傳來騷動，就連窗外的街道也傳來警笛聲和一般居民的喧鬧聲，剛剛的強烈震動似乎帶來了相當驚嚇。

「那魯。」城主皺起眉，打開了窗，那個之前我看過的黑衣人翻了進來，「城裡狀況？」

「尚爲平安，只有些民房因震動引發了火災，已被周圍術士全數鎮壓，並沒有問題。但是您須要看看外面的狀況。」黑衣人回報著，讓開身，瞬間消失在我們面前。

這個還眞好用，地震到現在還不到五分鐘，他就已經掌握全城狀況了，比雷達還強啊！

打開窗戶，跟著艾里恩的目光，我們看見剛剛才開始光亮的遙遠天空彼端，出現了黑色的漩渦狀雲。

像是誰倒了墨水一樣，瀰漫了整片清朗的空中。

第十一話　扭曲之力

空氣中傳來竊竊私語。

我盯著外面遠遠的那片黑，突然聽到空氣裡的語言，猛一回神，似乎看見有什麼形體消失在風中，與之前在學長房間看見的那個有點相似。

大氣精靈？

風裡一直傳來那種聽不懂的細小話語，很快地又消失在陽光下，像是發生的事情帶來了強烈的不安，空氣中不斷傳達著聲音，連接到更遙遠的地方。

「那是啥鬼？」直接壓在我頭上，五色雞頭露出超有興趣的表情看著遠方完全不正常的黑色天空，「湖之鎮的方向。太好了，本大爺就覺得光去燒炭很無聊，這下子總有可以增加趣味的東西了。」

我並不想增加趣味啊！

光看天空變成那樣子，只要是正常人都不會想去吧你！

「本大爺的僕人兼搭檔，馬上整裝出發，本大爺要去討伐那個小鎮了！」根本沒有「那地方很危險、不能去」的基本認知，五色雞頭興致勃勃地很像要去郊遊，還把我瞬間拖下水。

我不去不行嗎！

那個黑漩渦裡有雷電啊！

看著那塊黑色的天空雲籠罩在湖之鎮的方向，我有點毛骨悚然，外加剛剛大氣精靈變得那麼明顯，連我這個幾乎很少遇到他們的都可以聽得那麼清楚，肯定是在講那個地方很恐怖之類的，有必要衝第一線送死嗎你！

說不定公會判斷得沒錯，我們還是別去比較好。

「等等。」艾里恩盯著天空，突然打斷了五色雞頭的行動。

黑色的漩渦不斷擴張，將周圍白色的雲全都捲進去，因爲相當遠，從我們這邊看無法直接判斷它的大小，只能看出那塊東西在擴張到某個程度之後突然像是實體一樣從天空掉下來，被拉扯的黑雲像是糖霜拔絲一樣被那塊東西拉出許多連接著的條狀物，看起來相當詭異。

「那是什麼東西？」看著黑色塊狀物，我完全不解。

「……」艾里恩沒有回答，但是臉色變得非常難看。

就在室內突然出現緊張氣氛時，遠遠的天空突然又黑了一塊，接著轟隆隆的聲音從那端傳來，十幾秒後聲音猛地擴大，接著就像剛才一樣，地面再次猛烈震動，旁邊的椅子翻倒在地，我及時抓住窗框，才沒有被這波更劇烈的搖晃給晃倒。

這次我知道了，地震是從那一大塊黑色的地方傳來的。

「刻不容緩，你們快點出發吧。」緊抓著窗框，我看見艾里恩的手指都抓到泛白了，像是用了很大的力量，木製的框被他捏得凹陷。

……

等等，我們？

「你不去？」看著剛剛還說要去的城主，我整個有點愣掉，他又要拐人了嗎？

「我要召集城裡所有術士啓動防禦，很快地，黑色就會蔓延到這片土地上，如果不及時疏散契里亞城所有居民，這裡將會消失成爲廢土。」看著遠方的黑色漩渦，艾里恩的臉色有點慘白，「爲什麼會這麼快……」

雖然我不知道他嘴裡的快是什麼意思，但看到天空的黑往這邊不斷延伸，我也知道事態似乎突然一下子變得很嚴重，有可能還超過艾里恩的預料。

湖之鎮發生了什麼事情？

「你終於要臨陣脫逃了嗎？」五色雞頭邪邪地笑了兩聲，「本大爺就說嘛，你這傢伙肯定一肚子壞水，看到危險就不去，說不定江湖路上還被你和那根黑炭捅刀，接著你們兩隻就撿我們掉下來的便宜咧。」

「對我而言，確保城鎮的安全才是第一重點，只要布陣完畢，我會立即趕上你們。」揚了下手，四周掉下好幾個黑衣人，安靜迅速地半跪在城主面前等待命令。淡淡看了眼五色雞頭，艾里恩很快地用了些我聽不懂的語言說了一長串話，那些黑衣人在聽完之後又四散而去。

清晨的契里亞城依舊持續騷動。

從這裡看出去的街道跑出了很多人紛紛指著異變的天空，有的驚慌有的連忙抱起孩子轉身奔回屋裡，呈現混亂的狀況。

因爲契里亞城和我們那邊世界的街道太像了，如果不是因爲我知道自己在守世界，會有錯覺以爲這是發生在另外那裡的事情。

「算了，漾～我們走吧，懶得再配合他們。」五色雞頭不知道是眞的不想管城主，還是有其他原因，直接伸手拽住我的領子要把我從窗戶丟出去——有門啊！走正門可不可以啊你！

「請等等。」

就在我們要離開的時候，天花板突然又翻下來一個黑衣人。

……這裡好像是公會的分部吧？

到底爲什麼艾里恩的黑衣人群可以來去自如地在別人家公會屋頂上翻來翻去？這還眞是個無解的謎。

見過幾次、叫作那魯的黑衣護衛恭恭敬敬地半跪在契里亞城城主面前。

「還有事情嗎？」艾里恩看著對方，微微皺起眉。

「請城主先前往該去的地方。」黑衣人低著頭，從腰袋裡拿出一塊不知是什麼的白色布料，上面似乎有些字，不過我完全看不懂。「艾芙伊娃小姐希望您與這兩位進入湖之鎭，並要帶話給您：『如果不前往，他們怎麼知道如何解讀，會到各地學習古代遺跡，不就是想要解除我們這片土地的危險嗎。』」

「艾芙伊娃小姐說，今代的克利亞是她，城主只須負責維護契里亞城與湖之鎭的平安。

當初承接下湖之鎮並承諾會守護的是城主，除了契里亞城，您也必須確認湖之鎮的安全，這才是城主首要的任務，不必擔心克利亞的反噬，因爲那是她所選擇的命運。」將話語傳達完畢之後，黑衣人又低下頭。

艾里恩盯著手上的布料，有瞬間毫無表情，看不出來他是不是動搖還怎樣，就默默地把那塊東西收了起來。

我想他大概也陷入兩難了。

「請城主不用擔心，短時間裡，護衛隊與術士們能夠確保契里亞城不受入侵。」見侍奉者沒有發話，黑衣人很快又追加了這句，「以及，保護艾芙伊娃小姐的安全。」

「那你到底來不來，本大爺可不想再陪你們拖拖拉拉的。」把飛狼丟出窗外變成大飛狼，五色雞頭嘖了聲跳出去，「至少本大爺還要扭下那根炭的頭當供品才甘心，沒時間跟你們慢慢來。」

看了艾里恩一眼，我也跟著跳上飛狼的背。

的確，現在的狀況，和等艾里恩的事比起來，我比較擔心越見的安全，還有湖之鎮下方的封印。

「請城主不用再違背自己。」黑衣人低聲地說著。

深深地看了自己的手下一眼，艾里恩轉身跟上我們，然後丟下了句話：「向公會求援。」

他終於要讓公會插手這件事情了。

「是！」

黑衣人消失在空間之中。

飛狼猛地竄高，很快就將我們帶上了契里亞城的最頂端。

一脫出建築物之後視野比剛剛清楚許多，整片天空的黑色變得異常清晰，甚至可以看到黑色的細絲從那一大塊一小塊的黑暗中往外延伸，正迅速向四面八方延展，看起來馬上就會出現在契里亞城附近。

城市中的保護者似乎同時開始動作，我可以看見城牆周圍到處出現了陣法的光點，然後連結起來將城市包圍。

「陰影。」

聽到城主的話，我有點驚愕，「不是說封印還沒打開？」

艾里恩轉過頭看我，「你們想的果然太簡單了，這個只是封印不穩而外洩的陰影，即使只有一滴水的大小，也能夠污染天空。賴恩想要掌握的就是這樣壓倒性的力量；相同地說，如果是鬼族先解開了封印將陰影得手，便不是這麼單純了。」

看著黑色的天空，我想我開始理解六羅爲什麼會說事情沒有那麼簡單了。

「漾～你看下面。」

就在飛狼飛行一段距離後，五色雞頭突然把我的頭往下壓，差點沒把我的脖子當場折斷。

「啥東……」

我連忙揮開五色雞頭的手，抓緊飛狼把身體探出去，想確定我到底有沒有看錯東西。

下方出現了許多個體，在契里亞城通往湖之鎮間的道路上有著不少長得和山妖精異常相像的東西，因爲飛狼速度很快所以並不清楚有多少數量，只能隱約看見其中還混雜著那種猴子傭兵，與契里亞城外圍的衛兵產生了混戰，越靠近湖之鎮，更混雜了一些黑色的夜妖精，看起來都是戰士打扮，遠一點有比較像是術士的零星幾個人。

「居然追上來了。」看著下面的大群山妖精，我想應該是跟著我們來的，數量多到讓人咋舌，根本是傾巢而出了吧。

他們幹嘛對這東西這麼執著啊！

如果說賴恩跟艾里恩的目標是封印的石頭，那山妖精也只是想要黑石，有必要追殺得這麼徹底嗎？

整片天空變得灰暗，視線也跟著不清楚。

「看來這邊很難驅動術法。」嗅著空氣中逐漸傳來的臭味，艾里恩做了幾次手勢，我們周圍才慢慢清晰起來，味道也被隔離不少。

我抓著飛狼，坐回原本的位置，下面的聲音立時被風衝到很遠。

「所以你和賴恩認識很久了嗎？」既然還有點時間才會到湖之鎮，我看著開始逼近的黑色物體發出疑問。

艾里恩在我旁邊坐下來，按了按手臂，「管理一座城市雖然比管理大地輕鬆，但對於城市的利益以及計畫，必須做許多非常長久的設想。而且有許多種族在城裡來去，不論好壞，包括你旁邊那個殺手家族。」

「喂！說歸說，不要用你的手指指本大爺！」五色雞頭直接朝對方咆哮。

「於是就會和很多不同的種族做必要性的交易與協調，包括不能對城鎮本身有什麼破壞行爲等。」完全無視對方的艾里恩收回手，表情似乎比上飛狼前輕鬆多了，「也因爲彼此有相當的利益關係，所以才會和夜妖精有比較深的往來。他們需要的是封印的黑暗力量，我需要的是將能夠威脅克利亞的一切因素都加以排除，所以在賴恩的建議下允諾配合他們的動作，包括在評估後收下湖之鎭加以重建，協助他們妨礙你們的行程等，剩下的事情你也知道得差不多了。」

「……其實城主您的本性很糟糕吧。」斜眼看著對方，我突然了解爲什麼當初色馬會對他有那種疑惑了。

果然讓人很不想接近。

微笑了下，沒有承認但也沒有否認的艾里恩搔著獸耳，「但是在執行的過程中，我發現賴恩並沒有將完全的計畫告訴我，所以有許多的問題。包括探測式青閣下與你，六羅的事、蒂絲的事，以及黑石的事，導致原本的計畫到後來幾乎走樣，所以夜妖精才會再度找上我把事情說明……雖然有大部分是在你們進入妖魔地、我返回後自行查出來的。」

我突然了解爲什麼城主在和我們交涉時會有那種態度了，我想，他大概對夜妖精的計畫也很不清楚吧，很有可能跟我們一樣差不多是現在才知道的。

「所以賴恩見黑石被你拿到手之後認爲已經不須合作，便自行前往湖之鎮。」

凝視著遠方逐漸逼近的城鎮，艾里恩總算將剩下的話交代完畢。

看著契里亞城的城主，我到現在才鬆了口氣。

至少，可以不用再防備他了吧。

⁂

空氣中的細語越來越少。

我突然想起之前學長說過與陰影有關的事，那個相當是鬼族起源的東西其實我並沒有太多概念，大致上覺得應該就是類似鬼族的毒素、沾到可能會被侵蝕之類的。

不過到底爲什麼陰影會變成全面戰爭？

正在如此思考，我手腕上的老頭公突然騷動起來，一開始只是有點奇怪的細小共鳴聲，到後來直接緊扣著我的手腕發出很強烈的震動。

「怎麼了？」連忙按住老頭公，我立刻感覺到手環傳來異常驚恐的情緒，還沒反應過來，老頭公已經擅自發動力量，層層隔離外邊的陣形不斷擴張開來，密密麻麻地使用好幾層，連米納斯都跟著放下保護結界，完全把持有者的我當作空氣沒搭理。

還沒搞清楚他們到底在幹什麼，飛狼猛然一個低竄，衝進黑色天空的下方。

四周的氣流立即變得混亂，不過因爲有結界的隔離與保護，被包圍在其中的我們倒是一點影響都沒有，隱約只覺得外面亂流嚴重、黑色的絲狀物到處都是，還有不斷於天空成形的小小塊狀物掉落下來，很快在空氣中散開消失。

看著周圍的狀況，艾里恩拍了下我的肩膀，「幸好你先布下結界，我應該得修正我對你力量的看法。」

其實你不用修正，因爲動手的也不是我。

「這些東西看起來眞讓人不爽。」五色雞頭瞇起眼睛，看著到處都是的黑暗氣流。

飛狼撞進來後我們才發現那些塊狀物還有掉下來的並不是實體，雖然看起來有形狀，但卻碰不到，越是往鎭中心去，只感覺黑暗的顏色越濃。

「幸好飛狼曾受過實戰訓練，如果只是一般騎獸，現在應該已經無法冷靜了。」撫著飛狼的後頸，艾里恩邊小心翼翼地觀察四周變化，邊這樣說著。

很快地，飛狼進入湖之鎭的空地，緩緩降低高度，在地面停了下來。

鎭裡異常安靜。

讓人彷彿有種錯覺，這裡變回了當初我第一次看到的湖之鎭，靜寂無人、帶著淡淡死亡氣息的無人小鎭。

像是西方的小城鎮，街道上毫無人煙，黑色的絲狀線條大街小巷隨處可見。

但是這裡現在已經不同於那時了，我再度造訪時，契里亞城的人已經進駐，湖之鎮已經開始規劃成新的城鎮，不應該回到過去。

「駐點的衛兵和人員都不見了。」張望著，空蕩的街上並沒有契里亞城派來重整的人手。似乎也覺得不對勁的艾里恩連忙喊了幾聲，但完全沒有任何回音。

「會不會是看到天空變這樣，先撤了？」其實我也有種很不安的感覺，焦躁與急切滿滿充斥著。這裡根本不曉得有什麼，那些黑色物體也根本不知道會造成什麼影響，這樣就像是在打什麼恐怖遊戲一樣，搞不好等等會有喪屍和腐屍之類的東西衝出來。

「怪了，剛剛不是那堆長毛的東西跟炭在外面鬥毆，怎麼裡面連一隻都沒有。」不知道是不是因為野性直覺作用，五色雞頭居然沒有像往常般丟下我們，一馬當先地奔向他的人生路，讓我在後面不斷腹誹他，反而搔著臉跟著我們一起走了小段路。

看來這裡真的很危險。

不然他應該是連鬼王出現也會擅自亂跑……等等，難道這裡比鬼王出現還危險！

我突然對自己的發現感到震驚了。

「漾～你趴在旁邊的牆壁上幹嘛？」那個號稱鬼王出現還是會亂跑還會踩鬼王的彩色頭蹲在我旁邊發出疑問。

「沒有，我只是默默覺得……人生果然還是要愚蠢一點比較好。」不要察覺到某些事情真的對精神狀況好很多、非常多。

爲什麼我的人生會變成這樣……我突然有點懷念那些尖叫就好的日子，至少不用察覺之後自己驚悚得要命。

哀怨了幾秒，我還是打起精神，正想從旁邊的牆拔起來繼續前進時，突然發現手下鬆鬆的，原本堅硬的牆壁在我移開手掌後變得有些粉狀剝落，細細碎碎的一小角掉在地上，變成了粉末。

「這裡是不是怪怪的。」我盯著粉屑，完全不相信被我碰一下就會變這樣，我又不是其他人，根本沒道理！

「哼！這種掉法小意思！」根本不知道別人在講什麼的五色雞頭鄙視地看著缺角，接著一巴掌往旁邊的牆壁呼上去。

我錯愕了。

被打了一巴的牆壁震動了兩下，接著突然轟地一聲完全崩毀，就像牆壁好像是麵粉做的，全都碎成粉末，眨眼幾秒整面牆全消失了，只留下地上成堆的碎灰證明它曾經存在過。

「本大爺才是最強的！」挽起袖子，大概這次想把房子打垮的傢伙興致勃勃地面向更大的牆壁。

「麻煩你住手。」連忙抓住五色雞頭，我覺得從出發之後，自己的胃好像經常隱隱發痛。

他家的人到底是怎麼把他養大的啊？居然可以把他養到這麼大隻還沒有被氣到高血壓胃發炎外

加神經斷裂。

看著地面的碎灰，艾里恩皺起眉，接著試圖性按了按旁邊還完好的牆面，發出細微聲響後，牆面就和剛剛一樣也碎開一小角，粉屑隨風而散。

「這些房子的結構已經被毀掉了，只剩下原本的形狀。」艾里恩拍掉手上的髒污，環顧著周圍似乎在搖晃的其他房子，「我想是因爲那些黑色氣流的關係。」

「……你說知道其他的路，那我們快點下去吧，不然如果繼續擴展就糟糕了。」看著逐漸鬆散的房舍，我想如果連契里亞城都變成這樣一定更糟，畢竟那裡有成千上萬的居民，很可能會出大事。

是說其實我好像也不用跟著艾里恩，早些時候我把魔使者放出來，最快的方式就是直接聯絡到他身邊，絕對追得上那些夜妖精。

重點在於……我不知道怎麼聯絡上他……

當時只記得把人放出去，忘記問問該怎樣找。

「好的，雖然有點擔心其他人員的安全，不過還是先尋找源頭比較重要。」艾里恩這樣說著，直接往旁邊走，然後彎身、拔開水溝蓋，一切動作自然到上面好像沒上鎖，他也沒花什麼力氣一樣。

「先進排水道吧。」契里亞城主笑容可掬地如是說。

又是排水道！

這是啥可惡的該死緣分！

※

接下來的狀況就和我第一次來這邊時相差無幾。

坐上飛狼，讓移動比較快的飛狼載著我們，依照艾里恩的指向在排水道裡狂衝。因爲這次沒有人做殘水蒸發，所以偶爾會聽到踏水的聲音，空蕩的迴響很快就被甩在大後方。

經過契里亞城的重建，與之前不同的是排水道明亮許多，有些部分還更新了標示，原本應該是要給新的居民使用，但現在也都空寂一片，跑了大半天的飛狼沒碰到任何人影，隨著時間流逝已經越來越深入地底。

之前沒走這麼遠，我都不曉得湖之鎭的排水道居然這麼深。

難道他們排水不是將水疏散到城鎭四周，而是從地底下另外闢水道散走？

「可惡，車程還眞遠。」安分有陣子的五色雞頭開始磨牙了，從離開契里亞城到現在都沒有動手可能讓他很有意見。「本大爺的目標是那堆炭，到底會不會遇到啊！」

「快到了。」看了正在發難的殺手一眼，艾里恩隨便說了句。

又跑了幾分鐘後，排水道突然中斷，在最深處的地下出現像是懸崖的斷層，旁邊還殘存的細小水流順著中斷的傾斜地面往斷層下流，底下傳來了水聲，不快也不慢，帶著清涼氣息的地下水脈。

「看來這邊的封印還是完好的，不曉得陰影是從哪裡洩出。」艾里恩跳下停步的飛狼，指著斷崖下，「這邊有一條通往封印之門的小路，我想賴恩應該也是從這邊進入。」

我歪著頭往下看，底下果然有條會發光的河流，在寬大河流的中間隱約有個不知道是什麼的圖形，與之前在上面看到的墳場古蹟有點類似，不過這裡和當時安地爾拖著我進去的地方不同。難道封印的入口不止一個？

建造的人心情也太好了吧！蓋那麼多入口是存心叫人自便入侵嗎！到底在想什麼啊我說。

就在我這樣想的時候，突然屁股被人一個重擊，整個人從原地飛出去。

「飛躍吧！人生的青春就是要這樣揮灑！」踹人不通知的五色雞頭連城主都踢下來，接著很歡樂地一跳，和我們一樣朝著底下的水脈掉去。

「哇啊啊——」看著水光瞬間逼近面前，現在我超想做的就是抓住五色雞頭把他的彩色腦往牆上撞！

不要隨便揮灑人家的青春啊！還有你根本不是在揮青春，是在灑人命吧！

在撞上水流之前我本能性地抱住縮小的飛狼和自己的腦袋，很快地便感覺到全身衝進水裡，在上面看似乎沒什麼在流動的水流意外洶湧，一掉進去馬上被往下拖，力量大到我沒辦法掙脫。

很快有人抓住我的後領，大力拽進那個有圖形的地方。

還來不及搞清楚是怎麼回事，我和旁邊那人已經摔到地面上了，轉頭才看到一樣是全身濕答答還在咳嗽的艾里恩，五色雞頭稍後才跳出來。

「你個——」

「喔喔喔，這裡眞是個不錯的地方。」五色雞頭直接打斷我的抱怨，甩乾身上的水後就在旁邊走來走去。

我抬起頭，看見四周變成了寬敞的走道，周圍都是我之前曾看過的有點像水泥的岩石材質。和安地爾走的那條稍微不同的是，這裡看起來應該直接是起點，而非中途才改變，周圍的牆面上還有很多石刻壁畫，一幅幅都帶著淡淡的色彩。

看來這邊似乎是比較正式的通道。

「這些似乎是敘事畫。」和外表氣質超級不搭地拿出手機，艾里恩將上面的圖畫重點式地拍下……原來不是只有我會做這種觀光拍照的事情嗎！

爲什麼城主會用手機！

我還以爲他們會很帥地又用什麼法術把圖案拓下來。

「這裡有壓抑術法的保護結界。」似乎注意到我詫異的目光，契里亞城主很快說了這句，然後繼續按他的手機。

對喔，我都忘記這回事了，之前和安地爾在另一邊通道時也發生過一模一樣的事，拿起自己的手機，發現果然已經斷訊，連點網路或法術連線都沒有，只剩機子本身的操作功能可用。

「你們兩隻有沒有聽到奇怪的聲音？」在旁邊的五色雞頭突然停下腳步，側著頭像是在注意什麼。

不要把人的單位用隻計算！

「似乎有，在外面。」艾里恩也跟著轉過頭。

說實話，我覺得我好像什麼都沒有聽到。

就在我硬著頭皮想發問時，非常細微的滴滴答答聲音突然無預警傳來，因爲太小聲了，所以我一開始並沒有察覺到，像是隔了不短的距離。

那個聲音在移動。

接著啪答一聲，突然出現在我們上面、掉下來，摔在地板上，帶著水氣和微妙的氣息。

「這是契里亞城的衛兵。」瞬間認出對方身上穿著的服裝，艾里恩連忙湊上前去。

接著我才看清楚摔下來的是個人，不知道是什麼種族，臉朝下也不曉得到底是不是活著。

奇怪的是這裡明明是湖之鎮深處，爲什麼衛兵會突然出現在這邊？

難道從那條水脈漂過來的？

「小心！」五色雞頭突然抓住蹲在地上想扶人的城主往後翻開。

原本躺在地上不知死活的衛士猛地揮出長刀，刀鋒直接從毫無防備的艾里恩臉頰邊劃過，接著他從地面跳起身，表情不善地面向我們。

「退下！」擦去臉上的血絲，艾里恩直接朝那衛兵一喝，但後者好像完全沒聽見，蒼白的臉上浮現詭異的冷笑，握緊長刃直接往眼前的城主和五色雞頭又是一揮，落空後仍不斷接連攻擊，像是我們和他有深仇大恨。

讓人毛骨悚然的是，這個衛兵臉上始終帶著冷冷的微笑，像是這樣攻擊人很愉快，或是在進行某種奇異的遊戲。

「煩死了！本大爺可不是專程來對付這種雜魚的！」五色雞頭一個側身，眨眼繞到衛兵身後，重手把對方給打暈了。

「這是怎麼回事？」艾里恩微微皺起眉，再度趨上前，仔細檢視倒在地上的衛兵。

淡淡的微光下，我看見那個衛兵的臉似乎有點扭曲猙獰，和一般看見的人臉不太一樣……也不是因爲被打昏臉變形，是一種從人身上隱隱散發出來的感覺。就算是五色雞頭也不太有這種怪異的不協調感，但是這個衛兵就是給人非常不舒服的氣息。

「你家的蹩腳衛兵腦袋秀逗了吧，江湖道混太久總是會出現不適應而亂抓狂的傢伙。」五色雞頭用一種「我是前輩我說的正確」的語氣胡亂拐人。

那個亂抓狂的就是你啊！給我有自覺一點！

「不，應該不是。」爲衛兵做簡單的診療，艾里恩露出不解的表情，「他身上並沒有什麼不對勁，也沒嚴重的傷口，只是被水流沖來所以有點虛弱……奇怪，爲什麼會這樣？」

「就說是秀逗了咩～」五色雞頭踢了踢那個衛兵，沒趣地將視線轉往通道，「比起秀逗的雜魚，如果你們還要在這邊看江湖路，本大爺要先去追尋青春了！才不跟你們這些傢伙一起浪費時間，人生寶貴啊～～～」

你也知道人生寶貴嗎？那就不要隨便拿別人的人生來揮灑啊可惡！

超想把拳頭砸在五色雞頭腦袋上，我用力深呼吸了幾下，讓自己清醒冷靜點，才不會砸了之後被剁手。

「從這邊到賴恩那裡還有多遠？」雖然我也對壁畫很有興趣，但這條通道和那個衛兵給人很怪異的感覺。之前和安地爾下來時，對他警戒歸警戒，不過那條路倒沒有這種讓人有點喘不過氣的不適感。

我開始回憶烏鷲畫出來的地圖，不知道我們是不是在他畫出的那條小路裡。

「應該不遠，我記得他們說過在轉彎的大空間裡，對於封印之門的正確方位也無人曉得，所以他們肯定會暫時先停下探索。」放下了衛兵，艾里恩幫對方做了簡單的處理後就站起身，「估算時間，或許很快能碰上。」

「那快走吧。」

我有一種超不妙的預感。

「子石眞的還存在嗎？」

在靜默的通道中，我跟著其他兩人加快了步伐，順便加問了些事情。

他們一直在說蒂絲可能拿到子石、或是那塊黑石可以重組子石，但是到現在都沒人看到過那東西，怎麼可以那麼確定？

就連安地爾拿到的都是造假的子石而已，眞說起來，我相當懷疑那東西當眞存在？

「我想應該是有的，否則賴恩不會這麼緊急，且你手上也有複製的鑰匙，這說明有另外一方更急著要打開封印，而且對方的技術遠在我們之上。」艾里恩看了我一眼，說著：「至少到目前爲止，我們還無法成功地複製出可能已經毀掉的子石鑰匙。」

……如果是安地爾，不曉得爲什麼，我總覺得那傢伙手上搞不好還有成打的數量，一顆沒有換一顆之類地用到他爽。

這樣說回來，他爲什麼要搶黑石？

突然想到當時安地爾拿的也是黑色的子石，該不會複製子石其實也有利用到黑石的力量吧？只是純粹猜測，希望不要眞的是我想的這樣，畢竟白川主也在找一樣的東西，如果被這樣消耗掉，實在是太不好了。

那到底黑石是什麼東西？

因爲想得太出神了，我完全沒注意到五色雞頭和艾里恩已經停下腳步，順著通道一個轉身，我直接砰地一聲撞上堅硬的東西往後摔。

「漾~走路要看路啊，要是一天到晚撞電線桿和掉水溝，你遲早腦袋會撞壞掉！」

涼涼地走過來，五色雞頭突然揮出了獸爪把我整個人往回抓。

我這才發現我撞上的東西不是柱子也不是電線桿，而是不仔細看就會看不到的夜妖精。

轉角之後，綳死著張黑臉冷冷看著我們，手上的長刀就插在我剛剛坐著的地面上，如果不是五色雞頭快一步把我撈走，那把刀就會插在我腦袋上讓我的頭殼開花。

「我們是來找賴恩的，你……」

艾里恩的話還沒說完，突然整個人往後一閃，夜妖精的長刀差點劈到他，銳利的刀鋒只帶走幾根髮絲，迴旋再刺，就被完全躲避開來了。

盯著我們，不知道爲什麼只有單獨一人的夜妖精突然露出一抹淡淡冷笑，微弱的光影下，連臉看起來都有點猙獰。

冰冰冷冷的笑意，像是在遊戲。

有瞬間，我把他的臉和剛剛衛兵的臉給重疊在一起。

「這傢伙和你家雜魚一樣！」五色雞頭嘖了聲，抓著我的領子往後避開夜妖精的攻擊。

不過這次這個夜妖精沒有再進行更多攻擊的機會。黑色的刀刃從他的胸口突刺出來，短短幾秒便癱倒在地，黑色的身體沒有立即失去氣息，還微弱地抽搐著。

出現在他身後的是老面孔。

「過來。」半張臉上莫名包著綳帶的賴恩看了我們一眼，把地上的夜妖精踢到一邊，然後逕自往彎道後的空間走去。

「眞想捅死他。」一臉很想由後幹掉對方的五色雞頭磨著爪子，發出怪異的咕噥聲：「剝皮拔骨，人皮做燈籠、骨頭當晾衣架……」

你不要被黑色仙人掌上身啊！

很怕五色雞頭突然發難抽我們的內臟，我連忙走到艾里恩另一側，假裝和他並肩行走。幸好另端的傢伙沒有眞的學習他哥的拔身體精神，只是不時咒罵早一步走掉的夜妖精。

轉過通道後四周變得很陰暗，不清楚是故意的還是無法弄亮，走道看得不是很清楚。但就算如此，要看見地上橫躺的眾多軀體也非常足夠了。

微暗的路面上，有的穿著夜妖精的服飾、有的是契里亞城衛兵的服飾，每具身體下都有著一灘血液，有紅色有黑色、全都混雜在一起，刺鼻的血腥氣味塡滿了空間，讓人嗆到有點快窒息。

這幅畫面代表這裡在不久之前發生過衝突，而且還是非常激烈的戰鬥。

一開始我以爲應該是兩方人馬碰在一起所以打起來，但當我看見衛兵的武器有一些插在衛兵身上、夜妖精的武器也有部分插在同族身上時，我開始滿頭霧水了。

他們衝到這裡打自己人？

中途艾里恩多次檢視了地上的那些人，然後朝著我們搖搖頭，表示自己也看不出個所以然。

沒有多久我們就看見在不遠處停下的賴恩，走道的空間也在不知不覺中變得開闊，盡頭變成了很大的房間，四邊有雕花的石柱及通往不明方向的小階梯。空間相當廣闊，目測給一支足球隊伍在裡面跑幾圈都還綽綽有餘。

裡面比通道光亮許多，我一眼便看見坐在階梯上幫夜妖精包紮的越見，雖然身上帶傷不過看起來精神很好，沒有被血祭也沒有被怎樣，魔使者就站在他旁邊靜靜地盯著不放。

四周還有些夜妖精，但數量已經不多了，用手指就可以算得出來，似乎通道上的戰鬥消耗掉他們大部分的人手。

「早就說過隨便攻擊醫療班會後悔的。」包紮完後越見還重重地在傷患繃帶上一拍，原本還可以保持面無表情的夜妖精直接痛得齜牙咧嘴，臉上明顯露出很想揍治療士的神色，但又不能真的動手。

「你沒事吧？」不曉得爲什麼他會變成在幫夜妖精治療，我看賴恩沒有阻止的動作，就連忙往越見那邊湊過去。

「沒事，比起這些傢伙算好得很。」活動了下自己受傷的肩膀，越見很爽快地笑了下，「至少後段都是他們在保護我，因爲術士沒有用處、會治療的被殺傷，只能求我幫忙了。」

看了眼魔使者，他也沒有損傷，甚至連斗篷都好好地披著沒缺角，和狼狽受創的夜妖精隊伍有天壤之別。

「這裡發生什麼事了？」艾里恩環視了下，詢問著唯一還有心情笑的治療士。

舔掉了沾在手上的藥物，越見整理起自己的包包，「原本這些傢伙正想把我帶到某地方殺掉，但在中途和你家追上來的衛兵發生衝突……奇怪的是他們打到一半突然就像被什麼東西附身，敵我不分地胡亂攻擊。那邊那個賴恩也是被自己的親信砍到臉，於是剩下還有理智沒出狀況的就一路撤到這個地方，我看他們沒人可以治傷，拖著一身血亂滴，要他們給我認錯之後才開始治療。」

指著臉上有繃帶的夜妖精，越見這樣告訴我們。

其實我比較想知道夜妖精是怎樣道歉的，但一提到這個，站在旁邊的賴恩表情就臭到最高點，也沒有人敢開口。

「有人誤觸了封印。」

過了很久，賴恩才死臉地開口：「少量的陰影被釋放出來，造成我們傷亡慘重。」

這和艾里恩講的一樣。

「不是你們觸碰的？」契里亞城主露出詫異的神色。

「我們並沒有在毫無準備的狀況下接近，是從上面外洩的。」賴恩指著頂端方向，冷冷地說著：「是你那邊的人。」

「……我已經下過命令不能觸碰未解的物品，不是我方的人，況且這上方並不是遺跡方位。」艾里恩很快否認。

如果不是賴恩也不是那些考古調查的，我也只想得到一個最可能的人選——

安地爾，你又在搞什麼！

第十二話　沉眠

「給你。」

接過陌生夜妖精遞來的茶水，我默默道了謝，抱著飛狼坐在旁邊不顯眼的地方看著剩下的這些人。

還是很想做掉夜妖精的五色雞頭從頭到尾都瞪著他的目標物，不知道想哪時候下手。

「目前的路途已經在封印之門的一半。」似乎覺得時勢已經到了不合作不行，賴恩讓他的族人稍微將通道口清理過、確定暫時無危險之後，才甘願開口：「艾里恩你……手上的地圖應該僅到這裡而已。」

「早先找到入口時，先遣隊員的確是只繪製到這邊。」坐在另一邊的城主向遞給他茶水的夜妖精點點頭道謝，像是也認識對方。

「到這裡爲止，是『第一道』。打開向下的門之後才會正式到達封印之門的路。」用腳踩地上不明顯的圖騰印，賴恩冷冷說著。

「……夜妖精對這個地方還眞清楚。」莫名被帶衰捲進來這裡的越見支著下頷，看了抓他來的人一眼：「難道你們不只開過這邊？嘖嘖，這可不是什麼好事。」

「我們的資料記載不比公會的差。」賴恩如此迂迴回答。

聽著他們無聊的交談，不知道爲什麼我開始打哈欠了，明明才剛起床沒多久，眼皮突然整個掉下來，太不自然了。

意識到不對勁時，周圍景色突然整個變換了。

這群人眞的是完全不尊重我的清醒時間，要拉就拉、要抓就抓，上次害我撞熱食就算了，萬一哪天我正在生死瞬間怎麼辦！直接閉著眼睛被掛掉嗎！

才想要罵人，我猛地發現四周不是深綠色草地也不是小屋，整片的黑色中有微弱的光芒，隨著我的注視那些光越來越清晰，也開始顯露出藏在深處的景色原貌——是我曾來過一次的深處。

也就是外面那票人現在想突破衝過去的目的地。

會把我弄到這邊的……應該是六羅本人吧？

盯著發光圖騰有一會兒，我卻完全沒看見應該要在這邊的人，羽裡和烏鷲也沒有出現，無邊的黑暗空間一片詭異的死寂，沒有任何聲音。

爲了避免我自己發毛胡思亂想，只好先把注意力轉回光上。仔細一看才發現圖騰的光似乎比上次來的時候黯淡，感覺好像減弱了不少，光芒不時閃爍著看起來非常不妙。

既然把我拖進夢裡，應該要出現吧？

盯著牆上的光起碼快五分鐘，還是沒有任何人出現，讓我搞不清楚這到底是在夢境還是眞實。

黑暗的角落中我隱約可以看見那種黑色的線，不知從哪裡流出來的，像是有生命般緩慢地在地面上擴展爬行著。

「不是已經請你不要再來嗎？」

被突然傳來的聲音嚇一大跳，我立時往後彈起，差點沒去踩到黑線，「這、這個……」看著從牆壁裡走出來的人影，我連忙自己拍拍胸口順氣，不然在夢裡被嚇死可能又會被當作什麼笑話還紀念了。

我注意到他的身影好像比上次更淡了，幾乎可以透過去將後面的石頭與圖騰看得一清二楚，只有形體輪廓稍微清晰些，是因爲反映封印之地的狀況嗎？他是不是更衰弱了，好像講話也不是那麼有精神，聲音有些空洞。

「這次又是讓你的幻武兵器帶你進入嗎？」臉色不算很好的六羅嘆了口氣，盯著我，似乎很無奈。

「咦……等等，不是你找我的嗎？」明明就是我突然被弄進來，怎麼變成是我自己跑來？

六羅突然用很奇怪的表情看著我：「我並沒有找你。」

我們兩個就這樣呆呆地互相盯著對方，不知道是什麼狀況。

如果不是六羅把我弄到這裡，那會是誰吃飽撐著沒事幹？

……凶手人選太多了，一時半刻還眞不確定。

「算了，先別思考這些事情，容易浪費時間。」很快放棄追問誰來誰找的問題，六羅正色看向我，「你們現在待的地方相當不安全，我並不想再追究你依然故意進到這邊來的問題。目前你們得先離開那個區域，很快地，湖之鎮就會被全部覆蓋影響，陰影會以你們無法想像的速度擴張，唯一慶幸的是外洩的量並不多，幸運的話應該在進入契里亞城之前會被大氣精靈稀釋，或者被公會完全抵擋。」

「你知道是誰弄的嗎？」如果我沒猜錯，應該就只有一個傢伙會這麼手賤。

「目前在這裡的一共有三批，原本就在上方的考古隊、夜妖精與你們，另外有一個單獨行動者，從不同的入口進來，是那位衝破了小型封印。」扳著手指的六羅偏著頭想了半晌，頓了頓，才告訴我：「黑色的氣息，可能是鬼族。」

我就知道！

看來安地爾又找到新的通道，這裡到底有多少通道啊？還有他是螞蟻還是地鼠，爲什麼這麼喜歡亂找洞鑽！

「對了，我想請問母石的事情。」既然見到六羅，而且他顯然在這邊混得很熟，我乾脆直接發問了，不然大家講來講去都在猜測，猜半天也沒個所以然。

六羅指向了後方的光圖騰，被三種圖形包圍的中央有著黯淡的色彩，第一次看到時我完全沒有注意到，現在仔細一看，看見三角周圍隱約有小型突起形狀，其中有一個是凹陷下去的，可能因爲年代久遠覆滿了灰塵，猛然一望還眞看不出來和其他的有不同之處。

「似乎已經失落許久，所以這邊才會如此不穩。先前還能靠著殘餘力量與另外兩顆交互作用，但近年開始逐漸消退。」看著那個凹陷處，六羅這樣淡淡地說著：「夜妖精應該是察覺到這現象才會那麼早就開始準備。」

「等等，如果母石的力量已經消退，那爲什麼上次我們來的時候那些鬼族沒有察覺？」說到陰影，沒道理連安地爾找了那麼久都找不到，何況上次還有那隻螳螂人和更多怪異的東西。而在那之後，公會也不可能無知無覺還派人高高興興地在上面挖骨頭。

「……」六羅沒有回答，只是看著那個凹陷處。

我看著他，突然心底整個發冷，就連手指都有點抖了起來。

「填補那個的是你對吧……」

所以霜丘夜妖精在之前就開始發瘋，但是湖之鎮出事後卻沒有人察覺這裡的問題。

因爲這之間六羅死了，用自己的靈魂與力量彌補缺少的母石，串聯起原本應該有的作用，再度短暫地復甦原本應該完整的封印。

所以他才拒絕離開這裡，沒有人找得到，直到他的力量衰弱後這裡蘊藏的古代謎底逐漸爆發，才重新被安地爾給盯上。

「我這樣就可以了。」亡者握著手心，輕輕地開口：「比起結界崩毀傷害到更多生命，這樣不是才是最好的嗎？」

我看著他，一瞬間終於明白他爲什麼拒絕我們。

「母石不能再重新製作嗎？」

抹了把臉，不知道爲什麼我突然有點無力，還有種難以形容的疲勞感，「既然子石可以搞出複製品，說不定母石也可以才對。」

「歷史上並沒有記載子母石的製作方式，我想只有古老一脈的精靈族、羽族和時間種族有確切的方法。雖然曾有人複製過子石，但幾乎都以失敗收場；更別說是力量強大的關鍵母石，根本沒有。」六羅搖搖頭，給我一個否定的回答。

「精靈族和羽族學校都有啊，而且都超古老的，我想一定有辦法把這裡重弄好，到那個時候你就可以回來了吧！」學長和黎沚都是這類種族，肯定能夠做些什麼。

「如果……有人！」似乎正想告訴我些什麼，猛然中斷的六羅立即轉過頭看著另一端。

幾秒後，那邊的牆岩震了兩下，突然像是粉塵一樣全都細碎崩毀，就像上面那些房子，脆弱到經不起力道。

黑暗的牆後，我看見超級不妙的人。

握著複製子石的安地爾不知何時穿越層層障礙，已經走到這邊了，手上應該是剛剛使用過的黑石突然碎裂成粉，落在地上和那些牆面混在一起、消失無跡。

看著四周的黑色線流，安地爾的臉上浮起了可怕的冷笑，然後轉頭盯向我們，正確地說應該是透過我們直視最後的封印。

我聽到了淒厲的尖叫聲，無法判斷從哪裡傳來，腦袋瞬間被聲音給淹滿，差點爆開，眼前也跟著發黑暈眩。

下一秒我再睜開眼，周圍的景色已經不是在封印大門前了，但我還在夢境裡。取而代之的，這裡變成小屋裡的景色。

我根本不知道安地爾接下來做了什麼。

「不要去！」突然從後面冒出來，一把圈住我的腰，力量大到差點把我的內臟從裡面擠噴出來，任性的夢境主人發出叫喊聲：「不可以進去那裡！」

「馬上讓我醒來！」我用力地想抓開對方的手，突然驚愕到烏鷲的手勁之強，連扒開手指都沒辦法，「現在很危險！」

安地爾都到最下面了，他是想要破壞封印的人，待在那裡的六羅很危險，可能會被鬼族一起毀壞。

「所以你不可以去，不能進去到那裡！」非常反常的小孩緊緊抓著我：「就算讓你永遠待在這邊，也不會讓你進去！只有你對烏鷲最好了，我們一起永遠在這邊玩不是很好嗎？」

「一點都不好！」我並不想年紀輕輕就變成植物人啊渾蛋！

再度用力，這次總算掙脫掉烏鷲了，我連忙往後退好幾步，回過頭時看見了羽裡匆匆忙忙想衝進來幫我，但不知道撞到什麼東西，被狠狠甩出小屋。

「這次我不要再聽你們說話了！」不曉得在發狂什麼的烏鷲蹲下身，突然拉出夢連結的線體，在羽裡和我都還來不及阻止之前，將相接的線給扯壞。

門外深綠色的草地瞬間消失，取而代之的是無盡的黑暗。

「最討厭的就是其他的人，永遠不要再來了！」烏鷲一張手，掌心上出現了細小像是雷電的黑色物體，甩到周圍後，原本還稍微能看見的其他線體瞬間消失得一乾二淨，就算我對夢連結不太懂，光這樣看也知道他把這個地方完全隔離了。

羽裡來不了，意味著這裡只剩下我和這發瘋中的小孩。

「你不可以去那裡，也不能進去門後面。」露出了讓人難以形容的陰冷神色，烏鷲臉上完全沒有我認識的他那種天真笑容，就這樣慢慢地逼近我，身體周圍全都是那種黑色的雷電，隨著他的移動開始往我這邊過來。

「爲什麼不可以？你是不是又想起了什麼？」我連連往後退，實在很怕被那種黑色電觸到，不知道在夢裡會變怎樣，唯一確定的是如果我被硬留下來，可能會套用羽裡差點往生的模式，或是永遠睡在這邊了。

「沒、沒有，什麼都沒有、沒有想起來……！」

看他的樣子與反應，肯定是想到什麼，所以才會那麼激動。

「所以把我拉進夢連結的是你？」但爲什麼會掉在六羅那邊？難道夢連結也會有傳說中的接線出錯嗎？這也太危險，都沒人告訴我隨便穿夢會有這種風險！

「對，你待在這邊陪烏鷲，這樣就好、就好了，發生什麼事情都沒關係，只要你在這邊就可以了。」已經不聽我拒絕的烏鷲低垂著頭，對我伸出手。非常小的手掌現在看起來異常巨大且帶有威脅。

更糟糕的是我的腳好像被什麼釘住了，無法逃逸，唯一可以救人的米納斯連一點反應都沒有，不知道是因爲外頭剋制術法的關係，還是又被烏鷲動了什麼手腳。

難道我的人生今天就要劃下句點了嗎？

還是睡死的悲哀句點，這個比之前撞樹變成土窯雞也好不到哪裡去，如果可以選，我還眞的比較想要正常一點的死法，要求不太多，病死還是老死還是車禍死都沒關係，但就是不要常常都是亂七八糟的死啊！

「不用害怕，不會有什麼恐怖的感覺……」

現在就很恐怖了！

「你只要在這邊永遠陪我就好了。」

這樣說著，烏鷲身邊的黑色雷電往地上一沉，突然將小屋的地面以他爲中心，放射性腐蝕開來。

我錯愕地看著腳下地板被破壞，突然出現了踏空的景象，但我們騰空在原處，並沒有摔下去。

失去地板遮掩的底端，是黑色深沉的坑洞。

我看見無數黑色的線在那裡螺旋環繞著，像是聚集的黑洞，讓人寒毛完全豎起，雞皮疙瘩都可以結伴跳舞了。

要死了！他該不會要把我種在這裡吧！

「以褚冥漾的眞名限制靈魂，讓束縛之繩捆繞生靈。」對我張開手心，烏鷲突然唸出了讓我感覺更不妙的句子，在他唸到名字時我突然整個人異常沉重、全身無力，同時突然感覺不太到周圍的聲音、狀況，好像一下子被拋到很遠，那些發生的事情似乎與我無關。

眼皮很沉重。

但是我眞的不想睡，再沉睡下去，六羅就會眞的被殺死了。

我必須通知五色雞頭他們這件事情。

不然、不然眞的會來不及。

「永恆的束縛……」

烏鷲的聲音變得很低，混雜著我沒聽過的語言開始說出了無法聽懂的咒語。他越是唸得多，我的身體就越沒有知覺，整個麻木了起來，無法理解自己正在發生什麼事。

我看著他，腦袋眞的昏沉了。

那我剛剛……是在思考什麼？

「你的眞名……」

朦朧中，我似乎聽見了很多種不一樣的聲音，正確來說是很多種不同但完全交混在一起的

語言，有的柔和有的強硬，完全沒有重複的語言充斥著黑暗的世界。

「眞實代表的名字，非眼前之名，在靈魂被傷害前，先從黑暗地醒來。」在那些混亂的語言中，出現了低低的讓我能聽懂的聲音。

那是誰的聲音？

很想仔細聽清楚，不過卻非常睏倦，感覺醒來是非常痛苦的事情，讓人難以忍受。每次熬夜後早上要起床差不多都是這種感覺。

全身痠痛、累得要命。

趴在床上，我聽見有人在旁邊小跑步的聲音，在這種疲憊的時候聽起來特別吵、極度惹人厭，而且對方還沒有要停下來的跡象，來回跑了好幾次，距離有長有短。

「是跑夠沒有！」被跑步聲音搞得火氣很大，我從床上撐起來開口就罵。下一秒比較清醒之後才猛然想到，我的房間裡應該沒有其他人才對啊，爲什麼會有跑步聲？難道又是什麼鬼在跑嗎？

一起床，我看見的是自己在台中的房間，這沒什麼不對，只是爬起來後那陣腳步聲就跑出門外、消失在樓下了。

難道是老姊？

是說，我是什麼時候到家的？

抓抓頭，想著大概又睡糊塗了，平常也都會回來，沒什麼好奇怪的。

跟著那陣聲音往樓下走，首先看見的是一整片木造地板，有點陌生但又好像是我家沒錯，連接出去是很有西方中古世紀風格的奇怪大廳，大廳窗戶看出去卻又是很東方味的造景，混搭得相當怪異。

我家的品味是這樣嗎？

跑步聲在寬廣的空間中央停下，拉著風箏的小孩衝著我笑了笑，在另一個大人的帶領下快樂地跑出屋外。門外又是一整片與造景不同的青草地，陽光普照，還可以看見很多白色的鳥在藍天下飛過。

所以我家在不知不覺間變成中西合併外加野外風嗎？

難道在學校混太久所以連自家變形了我都不知道……這是老媽的傑作還是老爸的傑作？

「西方邊境已經開始傳來戰事，這次不能再放過了，否則傷害會非常嚴重。」

說話的聲音從原本應該是廚房的地方傳來。我回過頭，看見那裡成了一個小房間，雖說是小房間但布置還滿氣派的，窗簾什麼都精緻講究，連擺設看起來都是美術品之類的東西。那裡有兩個我沒見過的人，臉看不清楚，隱約可以辨認出都是成年人，穿著與我不太一樣，是奇怪的異國服裝。

「陰影已經籠罩整片大陸，伊多維亞城不能也淪爲受害。」

討論的聲音相當低沉，很快便消失於房間裡。

然後有人從我身後走去，部分穿著盔甲的女人披掛著有獨角獸圖形的外袍，握著長刀消失在大廳的另外那端。

我有點恍神，但又說不出來哪邊不對勁。

感覺這裡有許多不同事物，全都交會在我家一樣，樓梯上還有奇怪的動物跑下來，蹦蹦跳跳地鑽進廁所裡。

大廳的中央長桌突然出現一票人暢飲啤酒，眨眼之後變成很多白鬍子的老頭在商議事務，像是頻道跳台一樣，很快又換成了可能是妖精的東西在拍桌吵架。

猛一回神，我才發現這裡很多人來來去去，不一樣的穿著不一樣的種族，從這裡出現然後從那邊消失，幾乎完全沒有任何交集，相互穿梭而去。

再度回過頭，這次我差點被嚇到。因爲站在我身後超級貼近的是個青年，有著非常熟悉的面孔。

「六羅？」

似乎沒有注意到我的青年面無表情地經過我身邊，步履有些不穩，仔細一看發現他走過的地方都是血，一滴一滴地拉出了血的路線。

接著我看見房間那端有更熟悉的臉，熟到讓人反感厭惡，站在那邊的鬼族靠著梁柱把玩著手上的黑針，和我記憶不一樣的是，眼前這個安地爾似乎比較年輕一點，打扮也與最近看過的不同，頭髮也沒那麼長。

看見他們兩個，我突然覺得好像有什麼重要的事情忽略了，但又感覺不是那麼重要，沒有一定要想起的絕對感。

只不過這個應該眞的是我家吧？

到底爲什麼會變成這種怪樣子？

「這是很多人殘存的記憶。」

我面前慢慢出現了新的人影，這次對方沒有逕自離開，反而對著我突然開口說話，「在過往中的記憶，經由各種管道被傳遞與吸收，目前靈魂本體所在的位置非常混雜。因爲將你強硬從深層中拉出，現在停留的是淺層記憶區域。」

「我聽不是很懂耶，不過這應該是我家……？」看著對方，他的臉很模糊不清，只露出雙清晰的眼睛，直覺應該無害。

「這是深度睡眠。」不知哪來的人淡淡地回答我，這樣說著：「會覺得這種畫面稀鬆平常，是因爲將你送到這裡的人讓你這樣認爲；繼續沉睡下去，你的意識會和身體剝離，永遠待在這個地方。」

說實話，因爲我現在腦袋還昏昏鈍鈍的，依舊無法理解對方要告訴我什麼，只能從他講話的感覺來判斷似乎狀況很不妙。

但是那又會怎樣？

「你的眞實之名還未被束縛，在對方發現之前先離開這裡。」

對我伸出手，他這樣說。

看著那雙眼睛，我很順從地把自己的手搭上去，一點懷疑也沒有。

四周震動了下，木造的大廳開始碎裂崩毀，那些人影沒有再出現，六羅和安地爾都消失在崩壞的房屋之中。

隱隱約約，我似乎想起了什麼，但很快又忘記了。

但是，從學校出發旅行的事情開始一點一滴地回到我腦袋裡，遲緩鈍鈍的感覺相對地漸漸消失。

我想起現在應該是在湖之鎮最底層才對，六羅的狀況非常危險，早我們一步的安地爾說不定即將破門衝入，將封印的東西弄到手。

這麼重要的事情不能忘記。

而且現在也根本不是什麼睡覺的時候啊！

緊緊握住對方的手，我突然完全清醒了，該想起來的事情一件不漏地全回到腦袋裡，包括被烏鷲強塞進來，還有他不知出了什麼狀況。

這些事情，不能忘記。

猛然睜開眼，我對上了一雙藍色眼睛，清澈冰冷得讓人發寒。連疑惑的時間都沒有，原本還在昏睡狀況的我瞬間變得超級清醒，好像從一開始就沒睡過一樣。

我躺在一整片石地上，和夜妖精中途休息的地方不一樣。

周圍很吵鬧，已經有人開始打起來了。

※

「放開。」

冰冷冷的聲音從布料下傳來，我先是一個錯愕，等到眼前重柳族抬高自己的手之後，才發現我緊緊抓住他的手，緊到連手套的布料都摺縐了。

「對不起！」連忙放開對方的手，被嚇了一大跳的我從地上彈起，完全沒想到重柳族居然會在這個地方這種時間冒出來，而且還這麼接近就在旁邊，這個比一早起床看到五色雞頭滾在我床邊還要驚悚。

拍了拍自己的手腕，完全無視我的重柳族站起身。

跟著他往前看我才發現四周戰況很火熱，包括那個聲稱自己不是前線的越見都已經在稍微後方之處加入戰鬥，因爲這裡被封鎖了法術，幾乎所有人都是徒手或用兵器戰鬥，當然徒手那個就是號稱有爪天下通的五色雞頭。

他們戰鬥的對手不是人也不是山妖精，更不是自家的夜妖精，而是黑色、看不出形體的扭曲活動物體，數量還相當多，從正前方的通道裡面湧出。

「這是什麼！」不曉得爲什麼，看到這畫面我一秒想起了烏鷲畫的那張圖，還有通道裡面會有啥啥的那些話。

「呦！漾～你終於醒了，本大爺還以為你是個大人物，打算等打完再去開扁的！」遠遠看到我爬起來的五色雞頭騰出一隻爪子向我打招呼。

還好我現在醒了！

你到底跟我有什麼仇，一天到晚都想扁我啊！

左右看了下沒見到魔使者，再仔細看才發現他就在越見附近，可能是因為前一個命令還有效，他正在將湧上來的黑色物體打掛，確保周圍安全。

各種怪異扭曲形狀的黑物體被切斷或是打退之後，很快又冒出新的，永無止盡。

「你……」回過頭正想詢問重柳族，我才發現他不知何時不見了，旁邊連個影子都沒有。

我突然想起夢中拉我一把幫忙我掙脫烏鷲陷害的……該不會真是他吧？但他怎會忽地心情這麼好幫我這一次？我還以為他巴不得我最好不要再作怪，而且他一幫忙不是就會受傷的嗎？

另外，那個淺層匯聚的記憶又代表什麼意思？

「我只再幫這次。」

重柳族的聲音淡淡地在我腦袋裡響起，接著靜默了。

叩咚的兩聲，我看見放置在旁邊的包包滾出了一丸東西，就是出門前帝交給我的，完全不知道功能為何的小球。

就在我想著要不要丟看看時，其中一顆突然自己融解了，像是雪球般融得很快，但融到一半時我眼尖地看見有枚彈頭出現在裡面。

「米納斯！」在白球轉變成銀色子彈後，我連思考都沒有，拾起了轉換完成的彈藥喚出幻武兵器，直接開了二檔填裝，「全部人快點趴下或閃開！」這次我可不知道會不會有王水還是什麼東西噴出來！

槍前出現了大型的繁複陣法，層層疊疊的，都是優雅的精靈文字。

一看到術法突然可以使用，幾乎所有人瞬間解決掉手邊的黑色物體，接著迅速跳開的跳開、趴地的趴地，場地立時淨空。

我抓住了槍身，在法陣的光逐漸增強後抵著牆壁，直接朝不停湧出黑色物體的通道開了一槍，像是爆炸般的巨響穿透了陣法，帶著刺眼的銀白色熊熊火焰一路燒進通道，強烈的光線也照亮了裡頭萬頭攢動的噁心畫面。

那道白焰焚燬了大半黑物，衝到最深處、幾乎只剩下拇指大小時，爆裂聲從通道最底處傳來，地面也隨之震動，接著炸開的火焰變成了無數小白光；白光布滿了盡頭後，瞬間就像是箭支一般全呈現了尖刃長條形，像暴雨一樣衝出了通道，將剩下的那批黑色物體完全清除乾淨。

前後根本沒有幾秒。

拚死拚活打得半死的夜妖精用驚愕的表情轉向我，不過我也沒心情管他們要吃驚還是怎樣，米納斯二檔的反作用力把我震到撞牆，全身痛得要命差點吐血，果然二檔還是很難控制。

「快點繼續向前，那些黑體會再生。」沒有解釋現在到底怎樣，兩個夜妖精快步衝來，直接把我從地上架起，一人一邊挾著我快跑。

現在連夜妖精都學會了把我隨手攜帶是吧！

沒有絲毫猶豫，像是很有同感的其他人立刻將落在地上的東西回收起來，接著以賴恩爲首，紛紛快速衝入通道，倉皇迅速得像被鬼追一樣。

我試圖想再試試其他術法，發現已經不能再用，可能剛剛那個是重柳族的放水，既然如此乾脆多放幾次嘛！他輕鬆我們也好幹活啊。

拉著我跑了一段非常長的距離後，所有人的腳步才逐漸慢下，狹小通道中的黑暗空間只聽到倉促的細小呼吸聲，沒有人敢先開口。

相較起來，被拽著跑的我還比較輕鬆，因爲霜丘夜妖精比較大隻，所以我被挾著到現在腳都還沒碰到地板，人是半騰空的。

過了幾秒，黑暗之中有人不知晃著什麼，沙沙沙的幾個聲響四周突然亮了起來，仔細一看才看到是賴恩拿著像竹筒的東西，光源就是從那裡來的。

「剛剛那個是怎麼回事？」

我看著其他人，發問。

短暫的休息中，越見告訴我我睡著之後發生的事。

我被拖進夢裡後，不知用什麼方式打開通道中途牆壁的賴恩等人領著他們繼續往下走，我則是讓飛狼馱著。

因爲我昏睡得太過突然，他們一開始還以爲我也像那些人一樣會突然反常變得暴戾，不過在越見診治出來只是不明原因突然沉睡之後，就沒有人想管我會變成怎樣了，賴恩還說可以直接把我丟在路上，差點和五色雞頭互毆起來。

現實時間的流逝比我感受到的還要更久，我大概整整睡掉了四、五個小時左右……難怪現在精神還滿好的。這中間他們都在選路開機關，到我清醒之前沒多久，更深處的地底突然震動起來，接著那些黑色物體撞破牆壁衝出來，就變成我醒來時看見的場景。

「在你昏睡時我有再幫你灌過藥劑，我還以爲是餘毒發生的作用，結果不是，爲什麼你會突然睡著呢？」越見邊幫我檢視身體，大致上講解完狀況後很疑惑地詢問著：「身體並沒有毒素反應或是其他會造成你昏睡的原因。」

……其實我是被鬼抓腳拖進夢裡，但這樣和越見講好像也不對。

「就……大概是時差之類的東西沒調整好吧。」我摀著臉，講得自己都異常心虛了。

越見很認眞地盯著我看，就在我覺得他大概想說我在白爛他時，治療士突然堅定無比地開口：「原來如此，那你最好要快點讓身體調整好這邊的時間，不然持續下去你會很慘，這是身爲醫療人員的建議，當然如果你調不過來、要找我幫忙也行啦，只是對精神有點負擔。」

不要這麼認眞相信我的話啊！

還有對精神有負擔到底是什麼方式？難道就沒有無負擔的方法嗎？

就在我腦袋隨便亂想之際，旁邊突然傳來一小陣騷動，不知爲何圍在一起的夜妖精發出譁然聲，被包圍在中間的艾里恩看著自己的手，原本還剩下半圈正常的手腕刺青現在已被不祥的色彩填滿，而且顏色越來越濃，像是在催促時間已所剩不多。

「果然剛剛那個震動是有人試圖破壞封印。」重新拉下袖子，艾里恩面色不是很好，正確來說已經鐵青了。

「啥？除了我們還有其他傢伙在這下面嗎？」五色雞頭的音量超大，迴盪在空間裡。

「應該沒錯，我們快點下去吧，已經只剩下最後一點路。」艾里恩看了殺手一眼，淡淡說道。站在另一側的賴恩則是從頭到尾都沒有理過我們，說眞的其實他會讓我想起摔倒王子，個性都一樣欠揍，只不過摔倒王子畢竟還是比較人性化一點，後期我們也算相處得不錯……大概是，反正沒有對我白眼加上老是想幹掉我應該就算不錯了。

……默默覺得自己有點哀傷。

幾個人收拾了下，兩個夜妖精突然朝我走過來。

「免了！我可以自己跑，飛狼也可以載！」連忙抓住在旁邊走來走去的小飛狼，我退了兩步。

難道你們抓人落跑抓上癮嗎！還一次兩個給我走過來，請注意我有長腳啊我說！

守在旁邊的魔使者看了那兩個夜妖精，大概是判斷沒有危險，倒也沒有突然把他們切掉。

夜妖精攤攤手，咕噥兩句我聽不懂的話就退回去了。

「那就出發吧。」

其實後面那段路並沒有多長，追著他們的腳步外加被魔使者半拉半扯地經過了十分鐘左右，據說應該是最後的一道牆出現在我們面前。

迎上前去的是賴恩，他手上拿了塊透明的水晶體，接著將水晶按到牆面上，以水晶爲中心迸開了無數光圖騰，與之前看到的刻印有點像，應該是同一個種族製作的。在圖騰爬滿石牆後，牆壁突然左右分裂開來。

看著打開的牆面，我發現周圍的夜妖精都將手按在腰間或身上的兵器，神情變得警戒嚴肅，連魔使者都站到我面前抽出黑刃。

應該要很吵的五色雞頭也沒說話，直直盯著開啓的牆，像是隨時都可以撲上去打爛牆面。他們警戒的對象很明顯就在牆壁後。

我想應該不是安地爾，那傢伙狡猾到會完全藏起自己的氣息與感覺，讓人措手不及，不可能這麼輕易就被其他人發現才對。

所以牆後還有什麼？

「漾~拿好你的幻武兵器。」稍微有點距離的五色雞頭露出冷冰冰的微笑。

連五色雞頭都這樣說了，我也不敢再隨便亂看，直接把米納斯緊握在手中。

幾乎就是那秒發生的事。

牆壁打開的同時，無數黑線從裡面噴射式地暴湧而出，絲毫沒有防備的機會，像是猛獸一樣瞬間直逼我面前。

快了一步揮刀的魔使者將那些黑線全都打散，連一滴都沒有沾到我們身上，但是其他人就沒有這麼好運，剛剛還走過來要拉我的其中一名夜妖精發出驚恐的叫聲，那些黑色線捆繞到他身上，緊緊纏了好幾圈，陷入衣服中的更直接往身體裡面侵蝕。

接著，黑線不見了。

那名夜妖精就這樣站在原地，他的同伴都警戒地盯著他看。

就在我奇怪爲什麼沒人上前關心他時，那名夜妖精突然露出冰冷的一笑，與之前我們見過的相似到讓人頭皮發麻。

像是已經很有經驗的其他夜妖精完全沒有吃驚錯愕的表情，幾個人包圍那個同伴，其中一個在對方注意力被他人引開後，突然一個箭步衝出去將那人給擊暈，動作快到讓人覺得他們超熟練的，大概之前也都這樣對付其他相同遭遇的夥伴。

「你們最好自己也小心一點不要變成那樣。」賴恩淡漠地丟過來這句話。

我看著他們把自己的同伴棄置在一邊，知道如果被黑線抓到大概下場也不會更好，說不定他們嫌礙事就直接給一刀了。

騷動過後，我們總算看清楚門後的狀況。

那是一塊相當大的地下空間，當初我在這裡時周圍是黑暗的，所以並沒有感覺到完整的空間範圍，但這次不同，夜妖精帶來的光亮將我們所見的地方全映照出來，連細小的角落也都塡充了淡淡的光，將內部全然顯示了出來。

除了封印之門主體外，四周有巨大的雕刻柱子、階梯，還有繁複的壁圖，如果是平時我肯定會非常驚艷接著開始觀光，但很快地我們注意到封印大門已經被破壞了，門上破了個大洞，黑色的線體大量從那裡湧出，就像沒有止盡似地塞滿了整個洞，這種數量如果衝到地面上，絕對會引起強烈的恐慌。

不過，吸引我們的倒不是這件事情。

連我在內，都可以感覺到洞裡傳來非常不善的氣息。

「鬼族！」夜妖精一秒認出氣息，發出了不悅的低吼聲：「鬼族已經開始破壞封印，到底是怎麼回事！」

有人看了我，感覺像是在指責說爲什麼黑石在我身上，鬼族卻可以打開門。

就在夜妖精逐漸把矛頭指向我時，封印裡又發出不明、淒厲，又帶著讓人恐懼的尖叫聲，接著地面猛然一個晃動，開始強烈搖晃了起來。

我根本搞不清楚裡面是怎麼回事，差點被晃到往後翻倒，五色雞頭在危急關頭拉了我一把。站都還沒有站穩，後頭就發出一連串崩毀聲，地面出現無數裂縫，黑色線體就從四面八方的縫中竄出。

那瞬間，魔使者擋到我們面前，奇異的陣法從他腳下延展開來。

幾乎同時，我聽見其他人正大喊法術可以用了，被黑線掩蓋的周圍隱約出現亮光，接著便被完全遮蔽。

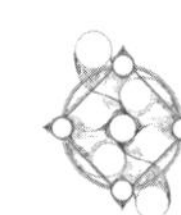

第十三話　解除的時間

「可惡，本大爺千里迢迢可不是來這裡鬼打牆的！」

已經很悶的五色雞頭在被我拉進陣法之後，開始碎碎唸，「漾～快點扭開你的灑水器噴水！」

米納斯並不是灑水器好嗎！而且幹嘛要灑水，你以爲是火災現場嗎！

正在我們兩個進行無意義發言時，站在前面的魔使者突然伸高手示意我們安靜，接著將黑刃往某個定點一射，暗色的刀刃沒入了洶湧的黑線中，眨眼後傳出了金屬碰撞聲。

「果然不能順利嗎？」

遮蓋視線的黑線群中，傳來了讓人異常熟悉的聲音，接著某種東西破開黑暗反射回來。

魔使者非常順手地側身一接，拿回了自己的黑刀，然後刀在空中一劃，四周線條突然完全破散開來。

那瞬間我們這邊的人也全都重新出現在視線中，看起來似乎沒有太多損傷，號稱實戰經驗不高的越見被賴恩抓在身後，不知是要保護還是要確認他不會逃走。艾里恩則和一些夜妖精站在一起。

讓人比較頭大的是，站在封印之門前面的那個顯然是比我們更早到很長一段時間的人——

鬼王高手安地爾。

看見鬼族出現，夜妖精都發出了不悅的低咆。

黑線清散，安地爾身後那扇封印之門也露了出來。在夢境中看過好幾次，這還是我第一次清醒時眞正看見這扇門，遠比我想像的還要巨大，上面繪滿各種壯觀又美麗的圖騰，如果不是因爲時間不對，搞不好我就讚歎到都可以出神發呆了；但因爲現在情況很糟糕，只能匆匆一瞥立刻將注意力放回眼前的情勢上。

這扇門後面，有著那種可怕的陰影，唯一慶幸的是，門上雖然有些損傷破壞的痕跡，但倒沒有被打開，所以只洩出輕微的黑色線條。

「請放下你手上的東西。」看著安地爾收緊的手掌，艾里恩直接開口。

「我手上可沒有任何東西，有的只是失敗品，不用擔心，還是沒什麼太大的用處，頂多只讓我簡單開了幾扇中途之門。」衝著契里亞城主微笑，安地爾倒是很爽快地舉高自己的手張開，黑色的粉末直接從裡面掉下來，那玩意怎麼看都非常像我之前看過的複製子石……他果然弄了不只一顆。

「爲什麼這傢伙複製的子石有用？」聽著對方涼涼的語氣，五色雞頭盯著那些黑色粉末。

「這可是個好問題。」耳尖地聽到我們這邊的竊竊私語，依舊笑得很欠揍的鬼王高手轉過來直視我們：「因爲這裡面有子石的殘粉，雖然很少，但有一定的效力。如果你願意用黑石和我合作，說不定現在已經成功打開這扇門了。」

我知道他後面這段是衝著我說的，所以特別讓人不爽，他每次都用這種好像在跟熟人講話的語氣，遲早有一天我會被他害死。

果然聽完鬼族的話之後，已經有幾個夜妖精帶著不信任的眼神瞪我，好像只要我現在掏出黑石，就會被他們剁成肉醬。

「原來如此，那麼完全的子石並不存在嗎？」看著一派悠閒的鬼族，握著手腕的艾里恩發出了疑問。

「告訴你也無所謂，我找了幾千年也不過才弄到這麼一點。」比了個手指節的大小，很愉快地告訴對方他有多少籌碼，安地爾靠著身後的牆面，悠哉到這裡像他家一樣。「複製研究時損失了些，剩下的全都分量做成複製石，能使用的也不多。如果你們也想要，倒是可以談談有趣的條件。」

「我們不會與鬼族談條件。」艾里恩很冷漠地拒絕了。

等等，話說回來，子石不是「一顆」嗎？如果已經變成那種屑塊粉末狀，那就代表蒂絲他們要守護的可能不是子石，其他人的猜測都落空了，頂多只曉得其中一個是黑石，保險箱的內容物到現在都還不能確定作用。

也或許，很可能保險箱只是欺敵作用，根本沒有什麼子石還是決定性的物品？

「眞讓人失望啊，與我談條件不會吃虧的，不是嗎，那邊那位褚同學。」沒事又把浪打到我身上的安地爾笑笑地說著。

「絕對很吃虧。」看我就知道了，都差點被玩死，誰還敢跟他交涉個鬼。

安地爾聳聳肩，一整個不以爲然。

短暫交談後，地面再度一股震動，感覺像是門後最深沉的地方傳來，由小而大，然後再從我們這邊向外擴散。

「你做了些什麼？」看著地面再度冒出的黑線，艾里恩皺起眉。

「也不過是路過破壞幾件礙事的物品。」看著地上黑線，可能完全不受影響的安地爾環著手，依舊盯著我看，也不知道還在打什麼主意，「但是對於你們來說應該也算好事吧，例如現在可以使用術法。」

他指指身後，讓我們看見門上有一大塊破壞的痕跡，不知道是封印的哪個部分，上面還有一些殘餘的黑粉。

「立刻離開這裡。」

就在我覺得其他人要槓上安地爾時，熟悉的冷漠聲音突然傳來，接著眼前一黑，本來暫時沒有動作的魔使者突然抓住我和五色雞頭往後面跳開很遠，接著封印之門的大廳中央爆開了刺眼的銀色光芒。

晚了一步躲避的夜妖精們摀著臉，對於突然發生的事情感到措手不及，有的發出了低低的哀號，艾里恩和賴恩似乎也被突如其來的攻擊嚇了一大跳，位置再後面一點的越見則沒什麼事情。

安地爾還是站在原地，放下瞬間遮擋視線的手，看著大廳中央突然出現的人，「又是你，不過時間種族的介入比我想像的晚了點，應該是在處理上面被破壞的那些封印吧，看來陰影暫時還不會擴散得太嚴重，眞是有點掃興。」

冷冷看了下站在階梯上方的鬼族，重柳族的青年將彎刀橫在胸前，淡色的眼睛環顧著所有在場的人，「立即離開此地，否則時間種族不會留情。」

「就你一個人……」

某個被刺痛眼睛的夜妖精才吐出這句話，便整個人被打飛，直接撞到後方的牆壁上吐出黑色血液，然後落下來失去意識。

「足夠奪取入侵者生命。」根本沒讓人看見他是怎麼出手的重柳族回到原位，從我這邊也只看到他的衣角飛了下，連對方做了什麼都不知道。

看著撞昏在角落的同伴，賴恩的臉色整個沉了下來。我猜他可能有預料到會碰上守護者，但大概不知道對方會強到見鬼。

「還眞凶，不過今天就無法對你那麼禮貌了。」看來這次也打算和他來眞的，安地爾張開手掌，上面出現許多深黑色的長針。「時間種族應該也已經聽見了，這個封印註定要被開啓的聲音，裡面的陰影急欲離開，你們已經將這些古老的力量困住太久。」

「那它只能永遠被封印更久，不可能有解除的時刻。」冰冷地如此回答鬼族，重柳的青年輕輕將彎刀往後一放，兵器碰撞聲打斷了交談，從後攻擊上來的賴恩被擋得一點都不費力，

「沒有用的。」

「與其被鬼族得手，還不如讓夜妖精監視陰影，時間種族已經退出歷史外，就不要再來插手這些事情！」瞪著殺出來的時間種族，也毫不退讓的賴恩再揮出一刀，依然被輕鬆擋下，完全無法觸碰到對方。

「看來你們要對付的也不只我一個。」笑著讓開位置，安地爾愉快地看著夜妖精包圍重柳青年，還順手去摸正在破壞中的封印大門，「對了，就算擋下不讓我們繼續打開封印，已經溢出的陰影仍然會吸引他人過來幫忙，例如你們附近那位。」

就在我疑惑附近哪位的同時，一旁的五色雞頭突然抓著我跳開來，先前那個被打倒、扭曲的夜妖精出現在我們後面，手上的刀差點沒劈到我，反手再揮時則被魔使者給制住了。

接著入口開始一片騷動，之前幾個被丟在外面的夜妖精搖搖晃晃地走進來，其中還混雜著幾個艾里恩的手下，有幾個人走路的樣子很怪，像是手部或腳部已經斷掉了但還硬拖著在走動。

「好心地告訴你們，觸碰到陰影的已經都沒用了，他們只會臣服於陰影的意志，和鬼族的黑暗扭曲不一樣，是無解。」重新取出複製子石，安地爾將那東西塞入石面上的某個凹陷中，「建議你們，最好的方式就是處理掉那些人，否則會被陰影送行的可能就是你們幾位了。」

「這樣就很傷腦筋了。」

意外地，回答他的不是艾里恩也不是賴恩，更不是那個正在將夜妖精一個個擺平的重柳族，而是離我們稍微有點距離的越見。「身爲醫療班，似乎也不能就這樣放著不管。」他搔著頭，看著滿地又開始出現的黑線。

「鳳凰族還在堅持自己的使命嗎？」將視線放在治療士身上，安地爾稍微停下動作。

「曾是醫療班一員的你應該不用再問這種多餘的話吧。」越見回以冷笑，也不怎麼客氣。

「抱歉，眞是失禮了。」也回得很從容的安地爾聳聳肩。

「從來就不冀望鬼族會有禮貌啊，尤其還是從醫療班出去的鬼族。」

……意思就是說醫療班變成的鬼族會特別不禮貌嗎！

我看著越見，都不知道每次在捅自己單位的他到底是不是醫療班的一員了。

「這也是，那麼，鳳凰族的旁系者想要怎樣處理無法解決的影響者呢？」指著那些搖搖晃晃、臉部猙獰的人，安地爾露出很感興趣的笑容。

越見笑了聲，回答了他一句連我聽了都會發毛、非常理所當然的話——

「就關到可以被處理再放出來吧。」

沉重的聲響傳來。

就在越見和安地爾短暫對話之後，重柳族已經快速將周圍的夜妖精都打掛了，只剩一個勉強還可以擋下來的賴恩站在原地。

「你們快點離開。」看了我們這邊一眼，重柳青年瞬間消失在視線之中，接著再出現已是在安地爾面前，兩人眨眼間交手了起來。

「西……」轉過身正想叫五色雞頭一起逃逸時，我看見那隻根本不懂人話的雞已經衝向賴恩那邊，繼重柳族之後直接朝那個他忍很久的夜妖精揍下去。

……你可以先分辨一下現在的情勢嗎！

這種時候不是讓你去毆打夜妖精的時候了吧！

「你要先出去嗎？」還記得有我這個路人的越見拉出鐵扇，瞥了眼旁邊不打算出手的魔使者，很好心地詢問：「現在這邊情況很不安全，我可以先將你傳送回契里亞城的醫療班分部。」

然後被卡在牆壁裡嗎？

「我等西瑞一起走。」放著他在這邊亂搞，我很怕眞的會出事啊！平常有盯就一直狂出事了，這種時候更不能把他丟在這邊吧！

要是封印眞的垮掉怎麼辦！

對於腦袋裡瞬間浮現幾十種五色雞頭可能搞垮封印地的畫面，我一整個好想去撞牆。

我前世到底是欠他啥啊……難道是倒餿水時不小心倒在他的祖墳上面之類的嗎？所以才要這樣整我。

「你放心啦，我看他命很硬的樣子，不太像是會在這邊掛掉的命。」指著纏鬥中的夜妖精和五色雞頭，越見給了我非常開朗的話。

我就是怕他命太硬去剋爛封印地。

「你們兩位先離開吧。」不知道什麼時候走過來的艾里恩甩了手，一道帶著淡淡綠光的陣形封住入口，將原本要走進來的那些被黑線影響的人整個撞回走道，讓他們短時間內衝不進來，「學生不要在這邊送命，還有醫療班的這位，你也快走吧。」

艾里恩可能是顧忌著夜妖精抓他來的理由。

盯著對方，越見突然抓住他的手腕，「……這個應該是真的吧，不過你不是持有者，難道是分一半過來？」

回望著治療士，艾里恩突然勾了勾唇角，「您應該是醫療班頂端團隊的其中之一吧。」

「你猜錯了，我才不是和提爾他們同掛的。」越見丟開對方的手，踩踩地上朝我們爬過來的黑線。

契里亞城主笑了笑，沒再繼續往下說。

地面又震動了下。

正當我想回過頭叫五色雞頭不要再打時，越過了安地爾他們之後，我看見封印之門前面站著一個最眼熟不過的面孔。

面無表情的烏鷲冷冷看著我，似乎完全沒有人察覺到他，連在附近的安地爾和重柳族都沒注意到，就好像他完全不存在一樣。

四周空氣的流動突然變得緩慢。

站在那邊的烏鷲慢慢對著我抬起了手，張開口吐出沒有聲音但我卻可以懂的句子：

——既然這樣，全部都死掉好了——

他的表情太冷，讓我打從心底打了寒顫，本能性地脫口連自己都來不及反應的話：「小心！」到底是叫誰小心我也不知道，總之就這樣中止了所有人的打鬥。

「漾~你在……」

五色雞頭抹掉臉上的血，不知道想對我叫些什麼，但下一秒他與賴恩突然分別往後跳開。

還不知道發生什麼事，魔使者突然就擋到我們面前，揮出黑刀插在地面想做出結界，還沒完成便聽到某種東西碰撞在結界上的聲音；看不到是什麼，喀喀喀地發出了一連串的聲響，接著消失在地面當中。

「有什麼東西在下面。」艾里恩將我往後按，然後伸出手，從空氣當中拉出了細刃長刀，旁邊的越見也凝神警戒著四周。

我回頭一看，烏鷲還站在那邊，臉上掛著詭異的笑容，視線轉向距離相當近的重柳族青年。

那瞬間我也不曉得自己到底是怎麼反應過來的，一看見烏鷲轉向，我也直接往那個重柳族衝過去，他可能也沒預料到我會衝過來，毫無抵抗地就被我撞翻在另一邊的地上。

「你……」

「不要爬起來。」還站著的安地爾突然從我背後連著下面的青年一起踩回地面，力道大到差點把我的內臟給踩噴出來。

還沒抗議，我就聽到一整串叮叮噹噹的聲音，斷成兩截的黑針大把掉在我們周圍，但完全沒看見是什麼在攻擊我們，只感覺有奇異的氣流瞬間而過。

怪異的氣息消失後安地爾才鬆開自己的腳。

我一秒爬起，剛好看到對方欠揍的悠哉笑容和滿地的黑針，因爲是被救的所以也不能講什麼。

「這裡有什麼怪異的力量在針對我們。」安地爾將黑針貼在身邊，還是看不出來有緊張的感覺。

「那個……」才想叫他們趕快離開，我突然覺得不太對勁，應該要跳起來把我揮走的重柳族完全沒有動作，還被我按在地上，「你沒事吧？」

然後，我看見的是大片白色的液體，像是廉價的顏料一樣不斷從黑色布料裡滲出來，伏在地上的重柳族按著自己一直出血的後腰，勉強撐起身體，在他身後的牆上有道很深的切痕，感覺很像是被銳利的東西劈進去，有點驚人。

「你剛剛沒有撞開他的話，可能腰都斷了吧。」安地爾瞇著眼睛，似笑非笑地丟過來這句，「眞是，如果就這樣死掉也省得我動手。」

「不用你多事。」身體都已經開始發顫了，脾氣還是很硬的重柳族一把揮開我，然後撿起自己的彎刀。

白色的血液上突然出現小小的腳印。

烏鷲的臉就出現在我的正前方。

※

他使用的力量很強大。

他可以做到超於其他人的事情。

他自稱是六羅。

他有著奇異的記憶。

但是，他卻很奇怪。

那瞬間，我看到了深綠色的草地，已經不是連結到屋子了，廣大的青色空間重疊在白色的血之上，夢連結的線絡在那裡亂成一團。

被反彈術法的羽裡躺在草原上動也不動，沒有反應。

我到現在才想起來，從其他人那邊認識的六羅，是一個連敵手都不願意殺的人，所以他才會死，如果是這樣的人，爲什麼可以輕輕鬆鬆地向別人動手？

「因爲那不是我。」

抬起頭，在深色草地上我聽見了淡淡的嘆息聲：「小學弟，那不是我。」

那麼烏鷲是誰？

擁有六羅的記憶與力量，相似到毫無差異的慣用陣形以及類似的外表。

深綠色的草原眨眼之間破碎，根本沒有人可以回應這個疑問。踩在白色血液上的孩子笑得異常冷酷，整個地面都在震動著，乾淨的血泊上震出了一圈圈漣漪，開始被地面吸收。

「只有你是朋友，所以其他人可以都殺死，這樣你就不用再回到這邊來了。」露出了淡淡的笑容，烏鷲直接消失在我面前。

「不對！你搞錯了！」伸手直接抓了個空，我驚悚到不知道怎麼辦，周圍的人完全沒有看見烏鷲，不曉得是本來就看不見還是他故意不讓其他人看見。

帶著白血的手突然抓住我的手腕，我回頭看見了那雙淡色的眼睛，就算傷得很重也沒露出太多痛苦的情緒。「馬上離開這邊。」他重覆了從一開始就說過的話，「不然，我的同族將到來。」

我注意到他的視線往下看，地上的白血陷入地板，開始出現了怪異的圖紋，順著石上的紋路，白色的血開始流向封印之門。

「你不是不想死嗎？」

重柳族的聲音很輕，然後他站起身，血液流逝得更快。

白色的血手印看起來異常刺眼，接著我想起來了，賴恩他們之所以要抓學長很可能是因爲精靈族血液的事情。

當初製作封印的種族還有……時間種族。

「凱里！保護越見！」直接讓米納斯轉成二檔，我朝地面發出的聲音開了一槍，但是也晚了一步。

強大的力量瞬間撕裂了魔使者布下的結界，地面應聲而裂，五色雞頭還有艾里恩被甩到另端，反身要抓住治療士的魔使者被看不見的氣流撞擊開來。

那幅畫面像是被人用慢速播放一樣，我就這樣看著越見被不知名的力道摔到我們旁邊的門上，被割碎的背部濺出大量血液，覆蓋封印之門。

這些事情發生在刹那之間，迅雷不及掩耳。

上一秒還很有活力的治療士從門上掉落下來，紅色的血與白色的血迴繞成詭異的色澤圈，不知道爲什麼這時候讓我想起了五色雞頭結拜的那杯飲料，荒謬到可笑的地步。

封印之門的光變得黯淡。

似乎一直在等著這個時機的安地爾臉上出現了笑容，張開的掌心上有著一直等待的子石，在虛弱的封印下顯得更刺眼。

這裡不行了。

我只想到這句話。

一把抓住我與倒在地上的越見，重柳族眨眼間將我們帶離了一段距離，就在大廳入口前看著衝上去的夜妖精和鬼族同時出手破壞了那個衰弱的封印。

地面劇動，黑色像是某種生物的腳從地板下鑽上來，帶著無數黑色線條。

「這個地方完蛋了。」扛著似乎也失去意識的艾里恩跳過來，五色雞頭嘖了聲，垂著的左手呈現了有點不自然的角度，很可能是剛剛結界被撕裂時受傷的。

魔使者下秒出現在我們旁邊，他的肩膀上多了隻獨眼的黑鳥，也不曉得是什麼時候出現的。

「你們快點離開這個地方。」水妖魔的聲音從鳥嘴裡傳出，看來她一直在監視我們這裡的事情，「陰影復甦了……應該說已經醒了有段時間，現在正要全力掙脫，繼續待著會全軍覆沒。」

「走。」重柳族按著我，彈了下手指，我們的腳下出現了銀白色美麗的花圖騰。

「賴恩……」看著門前的夜妖精，雖然知道他不是什麼好人，但是……

「安靜。」

重柳族只給了我這兩個字，然後周圍瞬間扭曲，空間震動得非常厲害，有幾次我都差點被甩出去，硬是抓住了越見和飛狼才沒真的讓他們一起掉。

我不知道烏鷲到底是誰，但起碼可以肯定這些事情都是他引起的。

他知道製作封印種族的事情，知道要用神獸和古老種族削弱封印，還知道現在有誰要破壞封印。

他要殺的是在我身邊的其他人。

我到現在才發現，那個烏鷲也只是一個我完全陌生的人，不知底細、沒有頭緒，甚至連要怎樣找他我也完全不曉得。

重柳族的圖騰發出了碎裂的聲音，強烈的震動後，我們被甩在大塊的空地上，七零八落地四散亂摔。

先跳起來大罵的是五色雞頭，這種時候他還是異常有精神。

越見和重柳族就躺在我旁邊，紅色和白色的血沒有停止，灑在扭曲怪異的骨頭上面。

我們被丟在湖之鎮之下、過去的墳場上。

曾經埋葬過凡斯的地方。

※

「你們沒事吧？」

黑色的布料幾秒後出現在我們面前，我過了一小段時間才意識過來是個黑袍，還握著幻武兵器的默克出現在我們身邊，一看見其他兩人的傷勢倒吸了口氣，先開始進行治療術法，「這裡現在很危險，公會緊急派來的人手已經保護大部分的居民離開，你們也快點想辦法脫離吧。」

我注意到他的黑色大衣上很多刀痕，像是也被狠狠攻擊過。

「就只有你一個嗎？」五色雞頭踢著旁邊的骨頭，好奇地張望了下。

「還有一些工作人員在附近的結界裡，因爲感覺到這邊有突然出現的陣術，所以我才過來看看發生什麼事情。你們似乎傷得很重，也遇到奇怪的攻擊嗎？」從背袋裡抽出繃帶，貌似很熟悉這些包紮程序的默克在重柳族的瞪視下迅速在他的腰上打了個結，接著也幫越見做了一樣的動作。

「奇怪的攻擊……難道你們的工作人員也？」瞄了下旁邊的魔使者，他似乎沒什麼太大的損傷，只是斗篷尾端被開了一道刀口，看來應該是沒事。

「嗯，那些奇怪的黑色東西出現後，部分人員突然襲擊其他人，因爲沒有預警，所以造成嚴重的死傷。」扶起昏過去的越見，默克將他扛到身上，「這邊也相當不安全，你們先跟我過來吧，雖說人員損失慘烈，但還是有位治療士可以幫忙。」

「……本大爺先四處繞繞。」感覺上沒有很想治療的五色雞頭對周遭的變故比較感興趣。

「那麼你帶著這個，可以防禦一些黑色物體的侵入，如果被攻擊就快點與我們會合。」

默克從口袋裡拉出一塊水晶，罕見地五色雞頭居然沒有說一些亂七八糟的話拒絕，很爽快地收了，接著跳出結界，消失在一大堆骨頭之後。

目送五色雞頭消失在人生道路上，我本來想扶重柳族，結果他露出碰他就把我剁成肉醬的眼神，只好轉過去扶失去意識的艾里恩，還得一直回頭看他有沒有跟上。

意外地重柳族眞的有跟在我們身後緩緩走而不是又自體蒸發，這讓我莫名地鬆了口氣。也說不上來什麼原因，有可能是我擔心他自己又在哪個角落默默滴血，但我想應該是……目前他是最了解一切狀況的人，而我們需要他。

默克帶著我們走到另一處空穴，感覺像是爲了短暫休息而臨時建造的小空間，那裡的人比我預計的少很多。

之前下來時起碼有幾十人，現在在裡面的已經不到十人了。早先見過的情報班沃庫就在其中，但沒有見到他的未婚妻，剩下的幾個看起來都是無袍級的普通工作人員，另外有一個藍袍，全部的人都負傷，看起來比默克嚴重很多，那個藍袍正在忙碌地替他們治療。

「不久之前我們送走了一批人，這是最後一些，被影響的其他人已經都不曉得去哪邊了，但隨時會再出現突襲我們。」默克簡單說了他們的現況，接著壓低聲音告訴我：「被影響者包括艾麗娜，請務必要注意這件事情。」

「咦！」我愣了下，想起那個被式青垂涎的紫袍歷史學家。

「那時候太過突然，艾麗娜爲了保護其他工作人員離開，不幸被黑色物體抓住，接著……

就開始攻擊我們了。」按著肩膀上的傷口，默克的眼神有點黯淡。

一直抓著魔使者肩膀的單眼烏鴉突然打斷了沉默，詭譎的眼珠轉向我們：「陰影不分階級和力量，只要被侵蝕都會聽從他，真是讓人期待啊。」

「那個人應該也不行了。」

「那到底是啥鬼東西！」瞪了在說風涼話的烏鴉一眼，我口氣大概也好不到哪裡去。

「就是古老的黑色力量，很純粹、強大，妖魔都喜愛的力量，世界神話的黑暗面。」怪異地發出了幾聲笑，烏鴉的嘴裡傳來水妖魔的聲音：「現在只是一點點，但很快就會吞噬你們所在的那個地方。不用問那是什麼，那就是陰影，絕對存在的永恆黑暗，只要有光就會有影，所以任何生物都無法拒絕他的入侵。」

所以安地爾才不怕陰影嗎？

早先看到他的時候一點防備都沒有，也很自得地在那些黑線裡走來走去，因爲他是鬼族，已經都是黑色力量了，所以才不怕被陰影纏上嗎？

這樣回想起來，的確那些線狀東西都沒有找上安地爾。

但是絕對會找上賴恩。

我突然覺得說不定夜妖精一直都太高估自己了，在這種狀況下，他想和安地爾爭奪陰影的力量根本就是不可能的事情，先天條件他就已經輸了。

賴恩會遇到什麼，我不敢再去多想了，且安地爾也不是什麼善良的人，只能祈禱他有個善終就好。

「請問您是哪位？」一直盯著烏鴉的默克發出疑問。

單眼烏鴉發出怪笑，沒有回答黑袍的話。

接著，我們進入暫時的休息區域，差不多同個時間，被撞昏的艾里恩慢慢清醒過來，但什麼也沒問，就像他已經知道所有發生的事情了。

重柳族的青年挑了個超遠、完全沒有人靠近的位置坐下來，黑蜘蛛在他周圍爬來爬去，只要一有人靠近就會發出恫嚇的聲音；確認無人打擾之後，他也很緩慢地開始幫自己打理起來。

地面再次隱隱震動，不曉得下面的變化如何。

「我要再將剩下的人都送出城外，你們也一起出去吧。」按著震動的地面，似乎隱約知道在發生什麼事的默克很嚴肅地開口：「如果錯過這次，也不知道能不能再送……」

「你沒有要一起出去？」看著黑袍，我有點疑惑。

「沃庫想留下來找艾麗娜，他只是個非戰鬥型情報班人員，我不能留他自己一個在這裡。現在狀況不明，情勢也相當危險，除了保護外，我也想再找找有沒有其他倖存的人，同時分析那股黑暗力量傳達給外面的公會人員。」看了眼有些距離的紅袍工作人員，默克的聲音壓低得只讓我們兩個聽見，「我注意到那股力量正在形成自我的區域結界，突破那股力量送出幾次人員已經耗損我很大的精神，所以我也無法繼續保證其他人的安全。實際上現在要維持這個結界不讓黑色物體進來就已經相當吃力了，所以你們越早離開越好。」

「可是就算找到，不是也已經……」我沒有講出剩下的話。不管是水妖魔還是安地爾，都說他們已經沒用了，可能就持續那種樣子無法復元，是無解。

默克嘆了口氣，過了半天才繼續開口：「公會中有項規定，只要確認袍級的死亡或者嚴重的負面影響，在場的其他袍級必須在第一時間內將其毀滅。」

他這樣一說，我猛然想起了摔倒王子曾要把學長炸成粉屑的事情。

那時候摔倒王子完全沒有猶豫。

「踏入公會的那瞬間開始，每個人都有這個覺悟。尋找艾麗娜不只是因爲他們是未婚夫妻，而是沃庫想要親手抹逝她，而我必須是那個見證者，或是在他無法動手時的毀滅者。」默克的話說得很沉重，但他講得非常直接，並沒有因爲那些內容而退縮。「袍級的死亡會影響很多事情，反叛的袍級會讓狀況變得嚴重，而一個袍級身上有太多太多能夠被利用的資訊，所以必須在第一時間被處理掉才行。」

他講的我明白。

但是總覺得好像哪裡有點讓人難過。

不只摔倒王子，我所認識的黑袍在漫長的晉級中一定或多或少都遇過這種必須毀掉自己同件的狀況。

他們的責任異常難受。

地面又開始震動了。

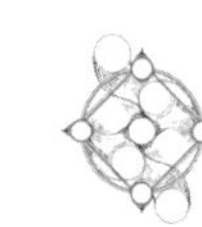

第十四話　時間守護者

「默克，準備好了沒？」

在我們兩邊都沉默下來之際，站在另一端的沃庫走過來，臉上沒太多的表情，看到我也僅止一瞥便轉開視線。

「可以了。」默克停止交談，看著已經被包紮得差不多的人員，拍掉自己手上的灰塵。「我會將你們送到比較接近契里亞城的地方，現在外圍應該已經有公會的人手在阻止黑暗物體擴散，只要直接求援就可以了……」

「等等。」艾里恩突然開口打斷他的話：「我必須留下來。」

「呃、我也是，西瑞還在這邊。」我怎麼可能放心他又自己在人生道路迷失。

「如果你們能夠保護自己，就請自己決定。」可能早就預料到，並不意外我們會提出留下的要求，默克很快帶過去，接著拿出水晶在地上布下非常繁複的多層次法陣，和移動陣完全不同，看起來就是超級高階的用法。

我想了想，跑兩步到那個醫療班前，「麻煩你一定要好好照顧越見。」畢竟他是因爲我們才會被牽扯進來這件事情，不然他早早採了藥就可以回家了，還被打成重傷，讓我覺得有點對不起他哥。

那個完全不認識的醫療班告訴我沒問題，他有把握可以完全治好同伴的傷勢。

陣法啓動之後，艾里恩與我退出了那一大片發光地區，剩下的人就完全消失不見，只留下我們了。

「你們帶著這個。」

將所有人都送走，默克拿出了好幾枚拇指般大小、色澤看起來差不多的藍水晶，散發著內斂光澤的寶石似乎蘊含著某種力量。「一人一個，這是串聯水晶，分散行動可以掌握其他人的行蹤，現在的狀況不明，如果遭遇危險才能立即通知其他人。」

我看著藍水晶的數量，發現他把魔使者和重柳族都算進去了。魔使者還好，反正也就是塞進去，但重柳族怎麼可能給他掌握行蹤啊我說？

看向坐遠遠的重柳族，我打了個冷顫，還是先幫他收下來。「你們現在就要出發了嗎？」我注意到沃庫神色焦躁，看起來完全不想等。

「是的，這個結界在離開之後還會維持一段時間，你們可以繼續先待在這裡調整，裡面也有些留下的物資和食物，都還未被污染，可以使用。」指示著我擺放位置，默克又交代了些必要的事情，然後才在紅袍的催促下一起離開。

他們走掉後，結界裡的空間突然變大。

我將水晶塞給魔使者，接著小心翼翼地走向很遠的重柳族，他家的蜘蛛一看到我靠近，連理都不想理，一副我根本構不上威脅所以路人甲可以不用搭理的反應，超級沒有禮貌。

「你要帶嗎？」我打賭他絕對有聽到水晶的事情。

重柳族的青年抬起頭，用殺人的目光回答我。

「……先寄放在我這邊，如果你想到還是心情好再跟我領吧。」我默默地收下來，決定還是不要自己再去找刀被捅對人體安全會比較好。

「站住。」

在我轉頭的同時，重柳族突然開口。

「怎、怎麼了？」該不會他眞的良心發現要跟我拿團體物品吧？

和我想的完全不同，根本不是要拿水晶的重柳族指指地板，順著他的手指看下去，我看見我腳邊石沙地面不知何時開始繞滿了很多黑色線條，和陰影的那種黑色線狀物體不同，比較細、看上去感覺非常像——

「夢連結？」

誰把夢連結丟滿地？

「他跟來了。」青年淡淡地說著：「你的……人際關係眞複雜？」

一點都不複雜！只是有一堆人喜歡隨便把我拖到夢裡面！請好好選用詞彙啊，如果被不了解狀況的人聽到怎麼辦！

一回過頭，看見不了解狀況的艾里恩站在旁邊，臉上有一瞬的錯愕，但很快就假裝沒事。

「只是喜歡用連結的朋友比較多。」黑著臉回答青年的話，我咳了兩聲，再度把視線放到地上。

說眞的，現在完全不知道烏鷲想要搞什麼鬼，夢連結的線居然清晰到在這種地方都可以看見，而且還活像鬼片一樣整個纏繞……該不會他下秒就要把我拖下去陪他了吧？

「這是怎麼回事？」顯然也看見地上黑線的艾里恩繞開那些線。

我聳聳肩表示我也不清楚，根本不想回答陌生人話語的重柳族更是像蚌殼一樣一個字都沒有吐出來，只是揮出彎刀將幾條比較濃黑的線給斬斷，不過那些黑線就像是有自己的意識一樣，斷了後又掙扎著再生出來，很快又連回去。

所以這是代表糾纏不休嗎？

「這是陰影的形成力量。」似乎還是不太舒服的重柳族頓了頓，聲音有點虛弱，「在這個區域很難完全處理。」

「……你說這些夢連結是陰影？」我有點錯愕，沒想到烏鷲使用的會是這種東西。

「是，仔細一看，不就是相似的東西嗎。」重柳族指向結界外、已布滿的黑色線狀物，顏色和感覺與我們腳下的細線幾乎一樣，差別只在於粗細大小。

「如果是這樣，那麼你一直都和陰影有所聯繫，爲什麼沒有被改變？」艾里恩對我提出了問題，語氣有點不敢置信。

「你問我我問誰啊！」鬼才知道烏鷲一直在用的連結線是陰影，那種感覺好像突然知道我家電腦一直插著病毒線，只是現在那台電腦是我，害我整個人都毛起來。

「因爲對方沒有改變你的意思。」重柳張開手掌，讓蜘蛛爬到他身上，「但是截斷是必要的。」

「欸、可以等等嗎？讓我自己決定啥時候要弄掉。」看著逐漸消失在空氣中但還是存在的黑線，我突然有種不是很希望現在截斷的感覺。也不是說不害怕這種陰影力量，可是他並沒有傷害到我……

重柳族看了我一眼，沒有回答什麼。

也沒有再講什麼的艾里恩按著額際呼了口氣，「看來事情已經到了很糟糕的地步。」說著，他伸出手，腕上的印記已經全部發黑。

「外面的狀況呢？」在地底下我們無法知道湖之鎮和契里亞城的現況，也不知道那些黑色線體現在擴展到哪裡了。

艾里恩伸出手，輕輕唸了段不知什麼意思的語言，「那魯。」

話語停止後，我們面前突然出現四個光點，接著光點相對拉出線，變成等人高的平面，形成的面狀出現淡金色的漣漪，很快開始顯現畫面。

這種術法我看很多人用過，有點類似即時連線影像，安因也教過我，不過我只能用最基礎的，而且還不一定會成功。

清晰的影像出現空中鳥瞰的城市畫面。城市很顯然就是湖之鎮，空中上方已經完全黑暗，黑色的線體與塊體不斷從天空掉落，有些建築物已經崩毀到看不出原樣，整體損傷比我們當初到來時還要嚴重。

不過四周的黑暗並沒有擴展開來，仔細一看隱約能夠見到小鎮周圍出現了很多大型陣法、陣形相連在一起，將外漏的陰影完全壓制下來；操作那些陣法的不意外全是袍級，從最高階的黑袍到白袍都有，數量雖然不多但也不少，部分則是在對付外頭的山妖精和可能已經被影響的其他守衛和夜妖精。

「看來還有點時間。」艾里恩鬆了口氣，打散影像。

「沒時間了。」

重柳族的話讓我們兩個都愣了下。

「你、不要講話。」突然抓住我的手，重柳族拿出了條白線綁在我的手腕上，接著走過去在魔使者手上也綁了一樣的東西。「別做任何動作。」

我很少看他這麼急切，就讓魔使者站到角落去，那隻單眼烏鴉也不知道消失到哪裡去了，連根毛都沒看到。

「你不是不想死嗎。」

這句話他說過，我也還記得他的上一句是什麼。

——他的同族將到來。

四周的黑線突然瞬間消失。

幾個黑色的人影在空氣中浮現出來，非常突然，就像我最開始遇到這個重柳族一樣，無聲無息到根本難以察覺。

其實我一直在想，如果當時我遇到的不是這個重柳族青年，很有可能我全家都會像當年妖師住所的人一樣全都下去報到了，更別說後來他還多少有提供我協助。

或許，他是對我們很不錯的。

出現在地底空間的一共是三個人，全都是和青年差不多打扮，只露出雙不同顏色的眼睛，其中有一個勉強可以分辨出是女人，因爲曲線算很明顯，三個人都帶著大型的黑蜘蛛，比青年的大上很多，都有一般狼犬的那種大小，看起來有點恐怖。

站直了身體，青年在他的同族靠近之後迎了上去，距離幾步遠時停下來，緩緩朝那三個人行了個禮。

這時我才發現他身後的傷口好像還沒止血、也有可能都沒停過，繃帶已經完全濕了，衣服布料看起來也有點沉重。

氣氛異常緊繃，連我站在原地都感覺到呼吸困難，旁邊的艾里恩直接將我拽到他後方。

那三個重柳族冷冷地往我們這邊瞥了一眼，其中的女人從布料後發出冰冷到讓人打哆嗦的聲音：「不允許與他人同行之規。」

「……這是殘留在此地的人。」青年回以同樣冷的話語。

他們這族溝通還眞冷硬，感覺根本沒啥感情，難道時間種族都是這種德性嗎？還眞是不怎麼討喜的種族，一整個就是面對面吃飯還會胃痛的感覺。

女人的視線轉向我們。

「我為契里亞城與湖之鎮之主，艾里恩．柳，其餘是我的侍奉者。」回應著對方的目光，艾里恩眼睛眨都不眨地就謊造我和魔使者的身分，而且氣勢不比重柳族低，完全就是城主的態度。「時間種族現在到此，是打算要處理陰影嗎？」

「異族不得與我們提問，半身克利亞的城主，只要做好種族使命即可。」女人丟還給他這些話，接著也懶得再搭理我們，就將視線放回自己同族身上。不知道是不是我的錯覺，她在掃過青年身上的傷勢時，眼神還帶了點淡漠的不屑，似乎對於對方會受傷這件事感到輕蔑。三個人裡沒有半個走出來替自己同族療傷，也沒看見他們關心過傷口，只簡短用自己的語言問了幾句不知道什麼東西，就轉頭往當初我們發現石碑的地方走去。

我看著還在冒血的傷口，不知道為什麼就有股不爽的感覺直往上衝。

還以為他的同族會先幫他做點啥治療，因為之前曾遇過，知道他們傷口的治癒方式有點怪異，結果他同族根本漠不關心！

沒回頭管我們，青年很快跟上自己同伴的腳步。

「不要和他們有接觸，了解嗎。」艾里恩低聲地跟我說：「記得你自己的身分。」

我當然記得，如果被抓包應該會被那三個看起來完全沒什麼人性的時間種族打成殘渣吧？

確認我點頭保證，艾里恩才跟上青年，我和魔使者就跟在他身後。不曉得如果有個萬一，打起來到底是魔使者比較強還是重柳族比較強？

沒種去做比較，總之等我們停下腳步，那三個時間種族已經在看那些剩餘的壁面，解讀上似乎完全沒問題，閱讀起來沒有中斷。

「時間種族能夠處理封印嗎？」看他們間時還會交談幾句互換意見，站在旁邊看的艾里恩發出了疑問。

那個女人終於轉過來看他，依然是相當不客氣的回答：「異族不得提問。」

「請認清楚你們踏在誰的領地上，湖之鎮爲契里亞城副城，我爲契里亞城城主，在未向時間種族請求之下，你們擅自介入已經違反世界城市統領條約，我要求時間種族履行告知義務，在我的土地上，對城市及所有物件所做爲何，否則我有權力將你們逐出！」完全把女人的語氣反彈回去，艾里恩回以更不客氣的斥喝，震懾四方的聲音迴盪在不算小的空間中。

「時間種族無須遵循大世界條約。」女人微微瞇起眼睛，依舊吐出不合作的發言。

「就連精靈族都必須遵從世界巡規，踏在我們土地上的時間種族想破壞契約嗎？那契里亞城可以就地視時間種族爲敵，進行必要的被侵略討伐。」艾里恩伸出手，翻開的掌心上出現了圓形的圖騰：「我將以一城之主的身分對重柳族所屬的時族發出抗議，同時請精靈族與各大種族、公會作爲公評者。」

「你——」

女人旁邊的同伴突然按住她的肩膀，另一個重柳族才發出屬於男性的低沉聲音：「契里亞城主，請收回您的身分徽章，重柳族不會破壞世界巡規。」

艾里恩收起手掌，圖騰隨之消失，「再度詢問幾位，請問時間種族能處理與解讀封印嗎？」

「答案是肯定，但我們需要些物品。」態度比較好的重柳族回答艾里恩的問題，然後他摸著石壁上的圖案，將他們看過的東西告訴我們：「這是陰影封印之一，上爲關、下爲門，過於古老的上方防關已經被破壞，所以才會這麼容易被抵達門口。據上面記載，這幾道石壁是守關，原本作用爲保護整個封印及禁止他人踏入。目前就您所見，守關在許久之前就已經毀損，而底下是封印之門，能夠取得古老陰影之地，重塑封印不難，但是守關如果無法再製，破壞者依然能夠再度入侵。」

我聽著他們的話，其實不會很難懂，應該就是說這幾道比較像所謂的大門之類的東西，底下的封印之門應該是最中心。

大門沒有修好，小偷還是可以一直衝到家裡那種感覺。

「需要什麼？」同樣也了解他們意思的艾里恩皺起眉問道。

「封印之門需要完整的母石結構，守關需要力量將它復甦。但是現在陰影已經清醒，第一必須的是再讓他回到封印之門內。」簡單地回答城主的話，重柳族男人看了一眼一直跟在我後面的青年，「無事離開。」

青年看了我一眼，也沒什麼猶豫，就眞的轉頭不見了，只留下一地的白色血液。

早知道就應該先拿藥給他。

雖然曉得他要跟監我應該不會閃太遠，不過還是會覺得如果剛剛有先給他就好了，那一下看起來眞的很嚴重，不知道有沒有傷到要害。

「我們將在此重製守關，需時間、安靜，無事的話請別妨礙。」男人送了我們一句非常明顯的驅逐話，接著就完全不搭理我們，三個人各自站開成爲三角形狀，黑色蜘蛛則面向外面，對我們發出不友善的低低聲音。

說眞的，要不是因爲知道他們實力強到不是人，我還眞想拿米納斯送他們幾發。給人的感覺眞的是超級不爽，目中無人的態度也超不好，如果五色雞頭在這邊搞不好就一個拳頭呼上去了，可惜我沒有他那種氣魄。

但是我好想呼啊……

現在完全可以理解爲什麼那個青年會是那種死德性了，嚴格來說他還比較友善，搞不好他在他們種族裡還算是佛心，跟監我的人是他眞的是太好了。

「先離開吧。」艾里恩推著我，一路走進看不見那些重柳族的下水道。

「我超想……」掐那些人！

回頭看著城主，現在突然覺得他無比順眼。

「我知道，我也很想，但是時間種族的確沒有義務配合各種族，現在肯協助已經算是友善了。」看起來也想掐那些人的艾里恩嘆了口氣，然後看著自己的手腕，「我必須去看看所有狀況，還有賴恩……其他安排，或許能想些辦法幫忙他。」

「你跟賴恩到底是怎樣的交情？」居然到現在還在幫忙夜妖精。

「……你跟殺手家族者不是也有著不錯的情誼嗎。」艾里恩笑了下，突然消失離開了。

「我……啊靠！根本不一樣啊！」至少夜妖精不會踢你屁股還有把你踹下樓梯踹下河裡還要你出生入死當他小弟好嗎！

因為他跑太快了，我根本來不及發出抗議的喊聲。

一下子，就只剩我和魔使者了。

「現在不是安靜多了嗎。」

在所有人跑的跑閃的閃之後，單眼烏鴉又出現在魔使者的肩膀上，用著涼涼的語氣：「不過那三個時間種族還眞是礙事，把守關堵起來，萬一我們想進去玩怎麼辦呢～～」

還是堵起來好了！

不要沒事就跑進封印裡面玩啊！會死人的！

「是說，你不是已經找到凱里的靈魂嗎，為什麼沒有將他帶回來？」慵懶地詢問著，烏鴉直視著我。

都已經到這種地步了，我也不可能再跟她說謊，於是就把六羅的狀況整體講了下，說不定水妖魔反而會有什麼方法可以幫忙。

「嗯……這樣嗎，果然是在很麻煩的地方。」單眼烏鴉沉吟了下，倒是沒有馬上回答我。

「妳不是大概知道嗎？」我還以爲她之前就知道了，搞得我們團團轉。

「只是有那種感覺，確切地點倒不曉得，不然我還要你們做什麼，老早就拿起來自己用。」烏鴉嘎嘎地給了我幾個不懷好意的笑聲。

「……」幸好她不確定。

看了眼旁邊的魔使者，我也很頭痛，根本不知道要怎麼幫，沒有母石的現在是由六羅的力量在頂替的，下面有鬼族在破壞封印，上面有重柳族在修理，要是他們知道六羅混在裡面，一定是一個想打壞、一個想要他繼續代替，不管怎樣都不是我想要的方式。

「陰影力量我們吸收倒也可以，畢竟那東西我們有興趣很久了，不過這樣一來就麻煩了，會被其他弱小的種族騷擾很久，所以我暫時還不想介入。」單眼烏鴉傳達著水妖魔的話：「至於現況嘛……你乾脆就再去找他一次吧。」

「誰？」六羅嗎？

烏鴉沒有回答我，直接往地面看。

順著看下去，我看見的是滿地的黑線。

烏鷲？

「這個遺跡的力量和那些線是相通的，怎麼遇到就怎樣找他。」單眼烏鴉抬起頭，直勾勾地盯著我看：「小妖師，難道你到現在還不知道你遇到的是什麼東西嗎？虧你還可以和他玩這麼久，要是正常人，應該早就死了，你得好好謝謝在守護你的那些東西。」

「什麼意思？」

我遇到什麼東西？我不理解她想要說什麼。

但是……有可能其實我……多少已經有點猜到了，只是不太想去知道。

自從我遇到在封印之地的六羅之後，或許隱隱約約就開始有那種感覺，可是我實在無法理解為什麼會這樣。

他們都說陰影正在復甦。

「去最後一次吧，你就會知道為什麼。」水妖魔笑了。

我猛一轉頭，看見早先消失的重柳族青年站在我身後，他動作很輕地低下身，撿起了一根夢連結的黑線，淡色的眼睛看著我，似乎在等我的決定。

「決斷。」青年這樣說。

其實，我懂的。

為什麼他聽得懂罔市罔腰，為什麼他知道某些事情，為什麼他可以擁有那種強悍的力量。

其實只要稍微想過，就知道了。

因為那都不是他的東西。

我伸出手，抓住了那根黑線。

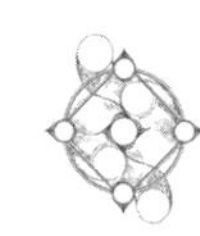

第十五話　真實

他一直很寂寞。

沒有人知道他的存在，也沒有人知道他在這裡，空蕩蕩的地方就只有他一個人，無法離開、無法出去，直到意識後突然發現了單獨的可怕。

然後他試圖想離開，在那時候經過了別人的夢，一個剛好出現在他身邊屬於別人的夢，於是他進入夢連結，與我的交疊，混亂了夢連結的聯繫。

黑暗的空間裡，讀取別人的記憶。

沒有過去、只有突然甦醒，所以將他人以為是自己。

「睜開眼睛。」

重柳族青年的聲音在我面前響起，我一睜開，就愣了一下。和平常看見的不同，沒有穿黑色把自己捆得像暗黑木乃伊一樣的重柳族青年是白衣袍子的打扮，看起來很像是某種祭祀人員之類的服裝，上面還有銀線圖騰，頭上頂了紗帽，臉照樣蓋掉一大半，只露出一點點下半部。

重點是他身體微微在發光。

這就是時間種族平常的模樣？

左右張望了下，空間完全是淨白色的，乾淨到透光，四周還開滿根本不知道是什麼名字的花木，也都是透明的，感覺很像水晶雕塑，但又像是活生生的。

透明的蝴蝶在花上振著翅膀。

重柳族的夢？

「你的路在那邊。」重柳族抓著黑線，指向我後方。

跟著轉頭，我看到白色空間開了一條黑色的路，蜿蜒地經過那些透明的植物，感覺很像在完美上切出一道傷口，看起來超級猙獰。

黑色道路的盡頭，是那間小木屋。

「需要幫忙時，我在這裡。」將黑線交給我，並沒有打算陪我進去的青年走向一邊的透明大樹，直接坐在下面。

看他不知道是在坐禪還是發呆，我握著那根涼涼的黑線、嘆了口氣，認命地獨自往小屋走，希望出事時對方真的會好心來把我提出去，畢竟我也不想再被拖到夢裡面一次，現在回想起來就有種好險的感覺，一直睡下去不知道會怎樣。

邊這樣想，我推開了小屋的門。

裡頭擺設依舊，與我之前來的時候看見的相差無幾，只有幾件東西被亂丟亂扔移了位置。

但是烏鷲不在裡面。

找了張椅子坐下來，我將一開始遇到他、一直到現在的所有事情都想了一遍，越想越覺得事情與自己想的大概相差無幾，難怪之前莫名引來時間的水滴。

「你回來了嗎？」

回過頭，我正好讓小孩直接撞到我懷裡，差點沒有把骨頭啥的都撞斷……到底是誰說夢裡沒有感覺啊，被學長踹來踹去還不是也都痛得要死！

抓住懷裡的孩子拉開正對他，突然發現他其實有點顫抖，或許他自己事後回想起，也害怕了吧？

「我會再回來，所以不要再想要做上次的事情。」很認眞地盯著對方，我用比較嚴肅的語氣開口：「你不是說過要做好孩子嗎？」

「但是、他們都一樣，我不要其他人了。」皺起臉的小孩憤怒地回答我：「都一樣的，我一個人很寂寞，都只有我一個人，但是只要你可以一直陪著我就好，他們卻讓你不要再來，爲什麼我不能夠讓他們消失？」

「……因爲你本來就和他們不一樣。」我的話讓小孩停止開口，他看著我，大大的眼睛裡折射出夢境的倒影，「烏鷲……你，應該已經知道爲什麼了吧？」或者應該說，他之前就想起來他自己是誰了。

抿著唇，小孩沒有回答我。

他很寂寞，一開始他就告訴過我了，長久以來都只有他自己一個人。

所以，他是被關在黑暗的最深地底，冰涼的空間還有凍結的時間，沒有人可以闖入也沒有人可以與他交談，他一直是在封印中沉睡著。

直到有一天他突然清醒，被破壞的守關與失落的封印母石讓封印不再那麼強大，所以他才一點一滴地甦醒過來，意識到自己獨自一人在空蕩的孤寂空間裡。空虛與寂寞逼迫他拚命往外掙脫，但是力量仍然被壓抑，只有虛無的感知和精神存在。

直到，六羅來到這個封印裡，代替了失落的母石奉獻自己的力量。他觸碰到那些外來的力量，經由夢連結，讀取了六羅的記憶、一切、力量，再透過六羅的夢連結到其他人的夢，將那些深沉意識的畫面當作自己的，進而認爲自己就是六羅。

因爲，他本來就是一個無。

所以當他意識到的時候，他有的是別人的記憶，那些他自己混亂之後吸取而來的東西。

從頭到尾六羅都只有一個。

陰影，也只有一個。

被封印在湖之鎮底下的陰影，名爲烏鷲。

⁂

「我很可怕嗎？」

看著我，烏鷲靜靜開口：「你們不是一直都想再把我封印回去，那個大大冷冷又黑黑的地方。」

「因爲你的本體不能待在外面，已經傷害到太多人了。」不知道爲什麼，全部想通後我居然也異常冷靜，平常應該驚慌失措的我現在居然還有心情坐在這邊跟他慢慢聊……大概是因爲認識太久，一時沒辦法眞的完全將他推開來。我所認識的這個孩子很直接、也很黏人，很怕自己待在小屋裡沒人來，但偏偏他就是註定了必須被封印在門之後。「你應該知道，那些外洩的力量造成了怎樣的影響，很多人因爲這樣死傷。」

「可是那不干我的事，先觸碰我的，是他們。」烏鷲發出指控：「我只想有人陪就好了，可是他們要把我奪走，要用那些力量，我明明不想要這樣，是他們先開始的。」

「如果不想傷害他們，就收回那些外洩的力量。」想著外面的黑色天空，如果衝破了公會結界都不知道會變成怎樣。

「那你會一直待在這裡嗎？」孩子看著我，不死心地複述他的需要：「只要你就好，如果你留下來，我可以永遠待在那個地方，就算沉睡也沒關係，不要再醒來也沒關係，因爲我只有你可以陪我。」

「我不可能待在封印裡，而且我也必須醒來，有很多事情我得做完，我還有任務要進行，還有其他的朋友。」現在想起來，如果再早幾年或許我眞的會答應他的提議，早幾年的時候，我會覺得我在不在根本沒關係。

但是現在已經不一樣了。

雖然還是扯後腿的角色，但我已經不想放棄生活，還有各式各樣的人，相遇過的和不曾相遇過的。那些很倒楣的事情、奇怪的事情，都不可能捨棄掉。

「……世界出現的時候，神創造了各式各樣的種族。」不知道爲什麼，烏鷲突然說起了不相干的話題，「歷史河流的時間，遊走自然的精靈，翱翔天空的羽族，奔馳大地的獸王，嬉戲水中的海民，以及建立廣大社會的人類。」

他說的這段我大概聽過，據說幾千年前是以這幾個大種族爲首，在創造神話裡也出現過類似的歌謠。

「但是，神還創造了一個原始生命……凶影，也就是你們所謂的陰影。因爲是世界不要的黑色面，所以從久遠的歷史開始，我們就一直被封印著，沒有自己的自由。原本只有一個，後來經過分裂變成很多很多，散落在世界各地，被不斷封印起來、永遠沉睡。」抓著自己的手腕，烏鷲的聲音逐漸大了起來，「從很久以前開始就一直都是這樣，每次都只有戰爭還是壞人想要、才會來解放，不然我們就只能被封著不能醒來，如果沒有意識就算了，但偶爾就會像我一樣突然甦醒，察覺到自己的存在……然後一直都只能自己一個。」

我看著他，不知道要怎樣說起。

與妖師不同，最起碼妖師還是有目的的存在，只是後來被懼怕、排斥才遭到殺害，那是在演化歷史中發生的事。而陰影是打從一開始就是「不要的東西」，只要出現就會引起爭端，就像我看到的一樣，碰到的人會完全扭曲，然後變成無解。

所以陰影才會被永恆封印起來。

「如果你答應，我就會永遠沉睡在這裡。」重申自己的條件，烏鷲的眼神瞬間變得冰冷，然後說了第二段：「如果你不答應，那我就除掉其他人，到時候你也只能永遠跟我一起。」

爲什麼我左聽右聽覺得兩種選項都不對……還有這應該是魔王去對公主講的話吧！不要隨隨便便拿來威脅路人啊！

幹嘛那麼執著拖我一起進去啊！

難道我眞的要接芭樂的對話……你可以永遠困住我的人但困不住我的心嗎！靠，我是跟五色雞頭混太久腦袋壞掉了吧！

「你還是沒有聽進去我的話，我們可以就維持之前那樣做朋友，不過如果要永遠待著是絕對不可能。」我想了想，決定還是認眞和他說清楚，既然都已經到這種地步了，不講清楚反而會讓他覺得這樣做可以。「通過夢連結，還是都會再遇到，不過如果你那麼不乖的話，我再也不想要和你做朋友。」

烏鷲瞪著我，表情有點讓人覺得驚悚。

希望他不要自己突然爆發然後當場把我做掉。之前的小孩或許不會，但現在他是陰影，會怎麼做我不曉得。

「我才不管其他人會怎麼樣。」

說完，烏鷲突然消失不見，我連續喊了幾次都沒有回應，不曉得是眞的跑掉還是故意不讓我再跟他講。

幸好這次沒有再被他壓著深睡。

抓抓頭，已經沒辦法再抓出來溝通，我也只好先離開小屋走出重柳族的空間。不過打開門之後，我又看到讓我錯愕的人。

在那棵樹底下坐禪的多了一個，那個人還叫作六羅，非常怡然自得地坐在重柳族旁邊，間時還悠哉地交換兩句聊天。

……你們要不要乾脆準備茶水順便泡了啊？

「小學弟。」

遠遠一看到我，六羅就開始招手。

快步跑向他們，我有點疑惑爲什麼他可以進入重柳族的夢連結，重點是居然還沒有被驅逐，看上去兩人相處得還算愉快，重柳族沒有臭臉也沒說啥，就隨便他坐在旁邊都沒怎樣。

這是差別待遇吧！

「六羅學長你……」

「我想有必要走這趟，因爲感覺到你又進入了夢連結，所以試著連看看，是這位經由他的空間讓我過來的。」簡單地講了下他爲什麼會在這邊，六羅邊說著：「封印已經快被衝破，下面的狀況很危險，你們得快點離開。」

我看他的氣色好很多，跟之前完全不同，魂體感覺也滿穩固、與普通人差不多，也沒有之前快要消散的感覺，難道是因爲在重柳族的地區所以比較順嗎？

果然時間種族就是不一樣。

「……安地爾跟賴恩都沒放棄嗎？」原來還沒有打破封印之門，難怪我就覺得不太對勁，上面還滿安全的，沒有太大的威脅。

「是，我調動了封印母石的殘餘力量，做了融合印記，在結界衝破的同時也會引發自動爆毀。」雲淡風輕地說著他的決定，這時候的六羅看起來卻異常輕鬆，好像爆破的事情和他沒關係。「如果順利，或許可以重創陰影力量，這樣外面的公會袍級就能很快將殘餘再度封印。」

「但是你與封印之門和入侵者會一起毀滅。」重柳族很冷淡地丟出這句話。

「這樣不行，西瑞和九瀾先生百分之三百會把我宰掉。」如果他們知道我有聽到這件事，肯定是五色雞頭先把我打死，接著黑色仙人掌歡樂地來剝皮抽骨，光想像我的下場就知道會很慘，爲了我自己，絕對不能給他自爆去。

「……他們會理解的。」

相信我，他們絕對不會理解。

我一臉黑線地看著對方，打從心底覺得他家兄弟肯定完全不理解，然後周遭人就會遭殃。

「身爲時間種族，同樣無法支持這方法。」似乎也站在反對方的重柳族冰冷說著：「封印之門再造必須耗費更多時間與力量，不能同意。」

打破可以處理，爆破就不能處理了是吧？

我想起正在外面維修守關的另外三人，猜測著說不定他們的最壞打算就是再把陰影打回去一次，修補封印之門，關閉之後就大功告成。

「嗯……」六羅沉思起來，不知道他有沒有放棄剛剛那個打算。

「對了，你早就知道烏鷲是陰影嗎？」雖然不太確定，不過根據前幾次六羅給我的感覺，我總覺得他可能知道，尤其對方還在使用他的記憶。

「是的，第一次他闖進來時我就知道了。」很快回答了我的疑問，並沒有太過驚訝的六羅補充自己的想法，「因為他進了封印之門，那時候我就覺得不對勁，仔細探查力量，發現與封鎖的陰影相同，就知道那是陰影脫離的意識。」

「所以你就這樣丟著給他到處跑眞的沒問題嗎？」他不就是要避免陰影衝出才接替失落的母石嗎！

「……爲什麼會有問題？」反而丟回問句給我，六羅露出疑惑的表情，「封印的是他的力量與軀體，並不是他的本質。小學弟接觸過，應該曉得他的本質並不是惡，我認爲如果單純只是在夢連結中來去，不應該綁鎖住他。」

我看了眼重柳族青年，他果然微微瞇起眼睛，大概對於六羅的話語感到有點不以爲然，如果是他們，我想大概就直接把烏鷲給做掉了吧。

「那、烏鷲是什麼的名字？」我有點介意這個，當初學長聽到時臉色有點不對，最開始是因爲烏鷲有印象才被我們拿來用的，如果他的記憶是從六羅那邊得來，那顯然這個名字應該另有其人。

六羅勾起微笑，「黑之霸者、黑色疾鷹，還有很多稱呼，所以大家才幫不能透露名字的資深黑袍取了烏鷲這個代號。」

「嗄？」資深黑袍？

「你也認識的，他很喜歡小賭。」像是想到了什麼愉快的事情，六羅笑了兩聲：「資深黑袍，也就是你們與我們的班導。」

「……」我默了。

被我叫半天的名字原來是班導的代號嗎？

原來是他的嗎！

爲什麼挑來挑去會挑到他的代號啊我說！

難怪那時候學長聽到會有點錯愕，那麼大隻的光頭和那麼小隻的小孩一整個很難搭在一起，還相差很多咧。

「時間到了。」突然中斷我們的談話，重柳族站起身，看了看六羅。

「好的，謝謝你調動力量，我已經很久沒有這麼輕鬆了。」下意識摸了摸頭子，六羅微笑，「讓人忘記那些苦痛。」

淡色的眼睛看著他，沒有回應什麼。

「六羅學長！」連忙叫住可能隨時就要離開的人，我有點緊張，很怕他還是想不開去和安地爾他們同歸於盡。「假使有辦法再度封印陰影，你是不是就可以跟我們一起回去了？」只要那扇門沒事、守關還在，公會介入的話，失落的母石力量不一定要由他承擔才對。

六羅依然勾起了微笑。

「或許吧……但是、我已經死亡很久了。」

然後，他轉身消失在透明的風景之中。

我猛然從夢境裡驚醒過來。

四周的花木蝴蝶全都沒有了，取而代之的是先前看見的下水道空間，魔使者站在旁邊保護我們，老頭公與米納斯設下結界，地面浮出來的黑色線狀又開始變多，地底又傳來搖晃。

晚我幾秒的重柳族睜開眼睛，什麼話都沒講就站起身，伏在他身邊的蜘蛛馬上爬到他肩膀上。

「沒有母石的狀況下，有沒有其他辦法填充那個空掉的地方？」趁重柳族還沒消失，我急忙抓住他。

甩掉我的手，重柳族的青年又冷冷瞥了我一眼。

最後，他指了指我的手環，在我反應過來前，人就逕自消失了，什麼話也沒有留給我，更別說辦法。

但是我的手環……

那顆黑石嗎？

難道用黑石去頂替母石也可以？

但是這樣一來，我要拿什麼給白川主？

下水道的深處突然傳來一陣巨響。

與先前在地底的不一樣，好像是有什麼在那邊引起的聲響，而我很快就知道那是什麼東西了──

「給本大爺閃邊！你們這些傢伙！」

遠遠地我聽見五色雞頭的超級大嗓門在那邊罵，只是不知道在罵誰就是，「本大爺江湖從來不留印！快快給本大爺退開，不然你們就只能集體燒紙！」

我第一次注意到原來他這種講話方式不是在我們面前才這樣講，根本就是習慣到已經完全融入日常了吧！

還沒去找他，騷動就已經自行衝到我面前來報到了，而且還外帶很多驚人的附贈品。

「呦、漾~還眞是奇遇！」還有段距離便朝我招手，接著五色雞頭回身把一個看起來好像穿著侍衛隊服的人給打平。

一點都不是奇遇。

「你是跑去哪裡？」我看到他後面還有其他人追過來就有點黑線，數量還不算少，大概四、五個左右……你是去把敵人都挖出來嗎，讓他們好好待在不知名的地方不是很好嗎！剛剛平靜得沒任何人就行了幹嘛特地去把隱藏的人都找出來啊你！

「先別問這個，本大爺遇到很有意思的東西，你看後面。」跳過來抓住我，一把將我的脖子往旁扭，根本沒在意會不會把別人啪嚓扭斷的五色雞頭指著好幾個人的更後方，那一大團毛的東西怎樣看我都覺得眼熟。

「山妖精？」居然已經進入裡面了？

「超有意思的對吧，更有意思的還在後頭。」抓著我讓開了路，我們站著的地方出現了陣形，接著是一連串我聽到都會起雞皮疙瘩的鬼笑聲。

黑色的鐮刀直接把那些圍攻的人撞飛到通道大後方去，連同那隻山妖精。

「嘖，西瑞小弟，你們是老鼠嗎，每次都喜歡鑽這種下水道。」出現在我們面前的是黑色仙人掌，和之前遇到的不一樣，他穿著黑袍而不是平常自己的那種多口袋衣服，也不是藍袍。

「在外面遇到的。」五色雞頭指著他哥。

原來你一路跑到外面去了嗎？但是你跑出去幹啥啊！

還有爲什麼你衝出去居然還沒有被那些黑影抓到，難道黑影也不想吞你嗎？

「我們是接到公會緊急徵調令過來的，第一批隊伍也進來了，應該正在往下吧。」甩著手上不知道什麼時候多出來、血淋淋的內臟，黑色仙人掌完全不介意我驚嚇的目光，直接把那個內臟往黑袍的內袋塞。

我覺得其他黑袍看到你把這件大衣拿來塞器官……可能眼神都會死了吧……

看了眼站在旁邊的魔使者，收起幻武兵器的黑色仙人掌冷笑了聲，倒是沒有表示什麼，但這才讓人覺得恐怖。

「哼！本大爺怎麼可能讓那些公會的傢伙領先本大爺，漾～我們也下去，還要比他們早！」發出人生就是要攻頂的言論，五色雞頭豪邁地對我比了大拇指。

「……好啊。」

「欸！」

這次錯愕的變成五色雞頭了，他大概沒想到我會一反平常的掙扎抵死不從，還很爽快地直接答應他。

說眞的，偶爾給他錯愕一次還滿好笑的。

摸著手環裡的黑石，我想著可不可以就自私這麼一次看看。雖然我知道這個東西對白川主很重要，但六羅對很多人更重要，他不能永遠待在這個地方。

還有，把陰影的封印之門重新封起也很重要。

我必須，直接去面對烏鷲。

他不壞，只是寂寞了一點，雖然很任性，但他能夠理解。

「漾～你頭殼有撞到嗎？」五色雞頭支著下頷，在我旁邊走來走去，還很不放心地直接摸我的額頭。

「你才腦漿去燒到。」我拍開他的手，想了下翻出剛剛默克給我的串聯水晶，本來是想要把多的那個給五色雞頭避免他又消失在人生路上，但翻來翻去就是找不到多的、原本是要給重柳族的那顆。「奇怪……」難不成掉了？

「你在找啥？」五色雞頭歪著頭看我的動作。

「默克給了串聯水晶，好像有一顆不見了。」我拿出我自己那粒小水晶說著。

「這樣找就可以了。」黑色仙人掌非常順手地拿走我的水晶，接著攤開手掌，讓水晶飄浮在掌心上；幾秒之後我就看到空氣晃動了下，隱隱出現了很像路線圖的東西，在路線上可以看到其他的藍色小光點，有兩顆結伴離我們很遠一段距離，應該是默克他們，我跟魔使者的就連在一起。

一顆在上層，看起來可能是艾里恩。

最後有一個距離我們很近，雖然有在慢慢來回移動，但沒有什麼動靜。

難道那個重柳族眞的拿走了？

不過他怎麼可能給我們追蹤他的位置，該不會眞的是掉了被什麼撿走吧？

「是哪顆？」黑色仙人掌收起水晶，遞還給我。

「……不用找好了。」如果不是重柳族也就跟我們不是同路的，我想了想，去拿回魔使者身上那顆交給五色雞頭，反正魔使者會跟在我們這邊，倒是不用怕他突然消失。

「嘖，本大爺最恨生平有人參透我的旅程！」嫌惡地看著串聯水晶，五色雞頭抱怨了幾聲，不過還是有乖乖收下來。

「好，那麼我們也該出發了，不然會跟不上喔。」黑色仙人掌按著肩膀，微笑。

抱著小飛狼，我看見我腳下的黑線，又看了看魔使者，突然想到某種不知道可不可行的辦法，「要不要試看看捷徑？」

這樣一講，果然兩個殺手家族的小孩都轉過來看我。

「移動陣不是會將人送到自己血緣者的附近嗎？」只是，我不曉得靈魂體有沒有用就是了，「還有這個。」

拉起夢連結的黑線，我想它的另外那端應該是接在烏鷲身上吧。

「說不定我們真的可以第一名到達。」

我以妖師之名，這樣認為。

深層之下，又開始傳來震動。

黑色仙人掌頭毛後面的眼睛打量著我，「看來出來旅行之後，你也開竅不少嘛。」說著，他接過了那條黑線，「那麼，卡在岩石還是掛掉，你們的屍體要送我喔？」

「想都別想。」我一秒回答他。

「本大爺寧願變肉醬當肥料。」五色雞頭用鼻孔看他。

「真遺憾。」微笑著說完，黑色仙人掌張開了手，我們腳下開始出現一層又一層黑色泛光的陣形，除了移動陣之外還不知道加上什麼、很多複雜的術法，然後開始啓動。「抓好喔，我可不保證乘客安全。」

是要抓哪裡！

根本來不及回他這句話，我們四周扭曲了。

然後，衝向封印之門。

《特殊傳說Ⅱ 亙古潛夜篇．卷三》完

為了身體健康，請謹防亂搭夢連結……

by 紅麟

即使再怎樣久遠，歷史依舊會繼續傳遞。
當這片大地繼續動盪時，
守護者們依舊執行著自己的使命。

特殊傳說

〈克利亞篇〉

腳本／護玄
繪／紅麟

我們生來便揹負了平衡土地的使命，
在世界承受不住傷害和污染時，我們就必須承受那些人為的傷痛。
這是不是不公平呢？

艾芙伊娃小姐，醒醒，
醒醒～
城主的少爺又送了禮物，
聽說是出入商隊的時候請人特地帶來的。
都是妳喜歡的樂譜哦。艾里恩少爺真是好人呢！
嗯。
您不去神廟嗎？今天可是選擇克利亞的日子。

呼呼～
長老可是說要我們這一輩的人都務必到場的。
呼呼～
怎麼可能不去呢。
克利亞。那是用先祖流淌的血肉堆砌土壤的種族。在克利亞的歷史中，就算一輩子沒有做過任何壞事，卻依然要揹負那些傷害直到死亡。
不管是哪一代的克利亞，都只能接受這種宿命，而所有的目的只是——
讓大地能繼續活下去。

克利亞的職責時間歷代不同，接任之後只有兩種卸任方式，一是在期間身亡，備用的克利亞接任。
另一種則是撐過這些時間後，新的預言到來時，接任的克利亞接替現任，才能重新成為一般的族人。
上一任是一位美麗溫和的婦人。
而今天，
是決定新一任克利亞的日子。

謝謝你送我的那些琴譜。
妳喜歡就好。
在這種時候其實人人相同，即使連族長的孩子也不例外。
族裡一半人認為是詛咒；一半人認為是榮耀。而克利亞本身認為是什麼呢？
歷代並沒有人說過。

竟然選中族長的兒子啊……
我並不覺得有什麼不好。
這樣在我們這一代，其他人就不用擔心了，對吧。
是啊。
只有她知道，艾里恩的心願是到各地遊覽。

所以，在第二個預言下來時，她順從地也接受了，只有男孩極力反對。
為了彌補她，族長認她為義女，而她便這樣成為了艾里恩的妹妹，兩人將一同前往接任契里亞城。
艾里恩接下了保護者們的記憶，她所看見的則是歷代克利亞那血肉堆砌土地的記憶。
從那之後，艾里恩便更加努力地學習各種古代術法與知識，卻開始疏離她。

她的身體也開始越來越衰弱。周遭的東西越來越多。
湖之鎮的鬼族之事爆發時，她躺了整整一個月，直到污染降於標準之下。
艾里恩努力地尋找各種藥術，不斷請求幫助。
所做的一切就為了那第二個預言做準備——

世界將再次被
黑暗所覆蓋。
當這個預言降臨，
他們幾乎可以看見
未來。這就是克利
亞的使命。
艾里恩輕輕地朝
她微笑了下。

外人不須要知道。
原來那天艾里恩並沒有完成徹底傳承。他選擇了另外一種方式，只有他們兩個人知道。
再次從黑暗中甦醒時，周圍的人鬆了一口氣。

在艾里恩也一病不起、束手無策時，幸好有名旅人前來幫助；而到來的青年與公會也頗有淵源。

在這短暫的時間中，艾芙伊娃難得地向溫柔的青年稍微吐露了下她看見血肉堆疊的大地。

救了她一條命的青年這樣溫柔微笑地説著：

那是首很有意思的歌謠，如果妳有興趣可以教妳。

為什麼會選上克利亞呢？青年也無法給她答案。
就像青年家族所承擔的殺之責，即使不喜歡、不願意，他卻是同輩中能力最為出色的那名。
這讓她覺得，自己和艾里恩似乎也不是那麼孤寂。
然而那個青年再也沒有回到這裡。

艾里恩陸陸續續打聽出了不少消息，但是並沒有告訴艾芙伊娃。
因為不管別人如何，他都要得到這份力量。
為了讓這塊土地上的人民不再被侵擾，克利亞可以從責任中解脫，她不再過這樣充滿痛苦的生活。
他可以不擇手段。

或許會失敗，
或許會成功，
都沒有關係。
只要那名少女
能回到最健康
的時刻。
而這個世界周而復始，
依舊輪迴著……
《克利亞篇》完

下集預告

特殊傳說II 亙古潛夜篇 04

漾漾一行人衝入了封印之地，
連五色雞都覺棘手的江湖變種妖道角紛紛出籠。
難道，這全是夢連結裡黏人孩子搞的鬼？

換上黑袍的九瀾帥氣逼人！？
幻武兵器一秒變身後──
無差別的超強攻擊，連自家人都不放過……

內心OS：
你到底是想敵人死還是自己人死啊！

國家圖書館出版品預行編目資料

特殊傳說II.亙古潛夜篇／護玄 著.
——初版.——台北市：蓋亞文化，2014.10
冊；公分.

ISBN 978-986-319-111-7（第三冊：平裝）

857.7　　103006273

悅讀館 RE323

特殊傳說II 亙古潛夜篇 03

作者／護玄
插畫／紅麟　封面設計／克里斯
出版／蓋亞文化有限公司
地址◎台北市103承德路二段75巷35號1樓
電話◎（02）25585438　傳真◎（02）25585439
網址◎www.gaeabooks.com.tw
電子信箱◎gaea@gaeabooks.com.tw
部落格◎gaeabooks.pixnet.net/blog
投稿信箱◎editor@gaeabooks.com.tw
郵撥帳號◎19769541　戶名：蓋亞文化有限公司
法律顧問／宇達經貿法律事務所
總經銷／聯合發行股份有限公司
地址◎新北市新店區寶橋路235巷6弄6號2樓
電話◎（02）29178022　傳真◎（02）29156275
港澳地區／一代匯集
地址◎九龍旺角塘尾道64號龍駒企業大廈10樓B&D室
電話◎（852）27838102　傳真◎（852）23960050
初版四刷／2023年4月
定價／新台幣 250 元
Printed in Taiwan

ISBN／978-986-319-111-7

Gaea

GAEA